Emilia Doyle
Das Kleid der Highlanderin
Roman

Emilia Doyle

Das Kleid der Highlanderin

Roman

*Bibliografische Information der Deutschen National-
bibliothek:*
*Die Deutsche Nationalbibliothek verzeichnet diese
Publikation in der Deutschen Nationalbibliografie;
detaillierte bibliografische Daten sind im Internet
über http://dnb.dnb.de abrufbar.*

Impressum:
© 2019 by Emilia Doyle
All rights reserved
Coverfoto:
Paar: Brad & Angelique
periodimages.com
Hintergrundbilder:
pixabay.com
Covergestaltung:
Tom Jay: www.tomjay.de

Lektorat: Elsa Rieger:
https://www.elsarieger.at/lektorin/

Herstellung und Verlag:
BoD - Books on Demand, Norderstedt
ISBN:978-3-743173590

Das Kleid der Highlanderin

Leah blickte verträumt aus dem Seitenfenster, während ihr Freund Daniel die Auffahrt zur Motorway A9 road Richtung Inverness nahm. Mindestens zweieinhalb Stunden Fahrt lagen noch vor ihnen.

Ursprünglich wollte Leah die Reise allein antreten, in dem Fall hätte sie einen Flug ab Manchester Airport gebucht. Eine Woche vor dem Termin hatte Daniel ihr abends bei einem Gläschen Wein eröffnet, dass er sie begleiten möchte. Ihre Beziehung steckte in einer Krise, und mit diesem Angebot schien er die Wogen wieder glätten zu wollen. Daniel litt allerdings unter Flugangst, deshalb nahmen sie seinen Wagen. Als Pharmavertreter war er es gewohnt, lange Strecken mit dem Auto zu fahren, sodass die etwa dreihundertfünfzig Meilen von ihrem Heimatort Preston nach Inverness keine Herausforderung für ihn darstellten.

Drei Stunden Fahrstrecke hatten sie bereits am Vortag zurückgelegt. Da Stirling auf dem Weg lag, hatte Daniel vorgeschlagen, dort einen Stopp einzulegen, damit sie ihre Cousine Jane besuchen konnte. Seit vier Jahren hatte Leah sie nicht mehr gesehen, da Jane nach der Hochzeit mit ihrem

Mann nach Stirling gezogen war, wo er an der Wallace High School als Lehrer arbeitete.

Losgefahren waren sie in der Morgendämmerung, damit sie früh in Stirling eintrafen, um den Tag ausreichend zu genießen. Mit diesem Besuch hatte Daniel ihr wahrhaftig eine riesengroße Freude bereitet. Obwohl sie und Jane durch soziale Medien in Kontakt standen, hatten sie einander wahnsinnig viel zu erzählen, Auge in Auge.

Am Nachmittag besuchten sie das beeindruckende Stirling Castle, das über der Altstadt auf dem Castle Hill liegt, einem steil aufragenden Hügel vulkanischen Ursprungs.

Sie trafen zu einem günstigen Zeitpunkt ein und schlossen sich der letzten Führung des Tages an. Leah war von Stirling Castle und der Atmosphäre begeistert. Ein in früheren Jahrhunderten wegen seiner strategischen Lage viel umkämpftes Schloss. Einst war hier die Hauptresidenz der schottischen Könige. Zudem spielte Stirling Castle 1746 eine wichtige Rolle, als die Artillerie des Schlosses sich erfolgreich gegen die Rebellenarmee von Bonnie Prince Charlie und seinen Jakobiten zur Wehr setzte.

Eigentlich konnte Leah sich nie sonderlich für Kultur begeistern, aber dieser Besuch löste eine anhaltende Faszination in ihr aus. Nie zuvor verspürte sie so ein intensives Gefühl der Verbundenheit mit der schottischen Geschichte.

Während der Führung machte Daniel sich über sie lustig, weil sie wie hypnotisiert an den Lippen des Führers hing, der mit Leidenschaft die Vergangenheit veranschaulichte.

Leah war gebürtige Schottin, auch wenn sie seit ihrem sechsten Lebensjahr in England lebte, wo ihre Mum drei Jahre später erneut heiratete und seitdem Dawson hieß. Leah selbst trug den Nachnamen ihres schottischen Vaters, Branagh.

»Du bist so still, alles in Ordnung mit dir?«, fragte Daniel auf der Weiterfahrt mit kurzem Seitenblick.

»Ja, natürlich!« Leah lächelte. »Schade, dass die Zeit so schnell verflogen ist, aber es war wundervoll, meine Cousine und ihren Mann wiederzusehen.«

»Schön, dass es dir gefallen hat, mein Schatz.« Er zwinkerte ihr zu und legte die Hand auf ihren Oberschenkel. »Es sind nur zweihundert Meilen bis Stirling. Wir können das gerne wiederholen und beim nächsten Mal ein paar Tage dafür einplanen, wenn du magst. Es muss ja nicht jedes Mal eine Kreuzfahrt sein, was hältst du davon?«

Erstaunt zog Leah die Augenbrauen hoch. Da Daniel das Fliegen nicht mochte, bevorzugte er Wanderurlaube oder Schiffsreisen. Im letzten Jahr waren sie mit der Queen Mary 2 ab Southampton nach New York gefahren. Es war ein aufregendes Erlebnis gewesen, aber ihr war permanent schlecht, sodass sie den Urlaub nicht im vollen Umfang genießen konnte, obwohl es hieß, man werde auf den großen Schiffen nicht seekrank.

Daniel lachte über ihren Gesichtsausdruck. »Du hast dich doch beschwert, ich würde zu wenig auf dich eingehen.«

Leah ließ die Äußerung unkommentiert, um das leidige Thema nicht wieder aufflammen zu lassen, und drückte sich in den Sitz, als Daniel auf die Überholspur wechselte und im rasanten Tempo an mehreren Autos vorbeirauschte. Verstohlen versuchte sie, einen Blick auf den Tacho zu erhaschen. »Musst du so schnell fahren?«, beschwerte sie sich.

»Entspann dich, Schatz. Ich habe alles im Griff, das ist ein BMW 530, der hat nicht umsonst 265 PS unter der Motorhaube. Mit deinem alten Toyota würde ich das nicht versuchen.«

Derartige Machosprüche mochte Leah gar nicht, aber sie hatte versprochen, über so etwas hinwegzusehen, wenn sie ihre Beziehung retten wollten, also hielt sie den Mund.

Seit dreieinhalb Jahren waren sie zusammen und seit etwa eineinhalb Jahren hoffte sie, dass er sie endlich fragte, ob sie ihn heiraten wolle. Doch er dachte offenbar nicht daran, diesen Schritt zu gehen, was sie veranlasste, ihre Liebe einer kritischen Prüfung zu unterziehen. Mit einem Male gab es viele Details, die sie mächtig an ihm störten und es kam immer öfter zu Streitereien. In den Momenten verfluchte sie Daniel und wünschte ihn zum Teufel. Dennoch liebte sie diesen Mann und konnte sich nicht vorstellen, ohne ihn zu sein. Vor zwei Monaten wäre ihre Beziehung zu Ende gewesen, hätte Leah Daniel seine kurze Affäre nicht verziehen. Überzeugend hatte er ihr versichert, dass er nur sie liebe. Leah schenkte seinen Worten Glauben, weil sie ihm glauben wollte. Sie war mit einem gutaussehenden Mann liiert, der auf Frauen eine entsprechende Wirkung ausübte. Ob ihre Liebe weiterhin eine Chance hatte, würde sich zeigen.

Um diese düsteren Gedanken zu vertreiben, lenkte sie das Gespräch auf den gestrigen Abend, wo sie im Wohnzimmer von Jane und Peter den schönen Tag bei einem Glas Rotwein hatten ausklingen lassen. Es war lustig gewesen und es wurde viel gelacht.

»Deine Großmutter erwartet uns sicher nicht vor dem Nachmittag, oder?«, wechselte Daniel plötzlich das Thema. »Peter erzählte mir von einer Burg, unweit von Inverness, die sehenswert sein soll. Ich mache dir einen Vorschlag: Wir schauen sie uns an, essen dort irgendwo eine Kleinigkeit und sind dann pünktlich zum Kaffee bei deiner Großmutter.«

Leah zögerte. »Wir könnten doch auch von dort aus den Ausflug zu dieser Burg machen?«

»Wer weiß, was sie alles mit dir vorhat, wo sie dich so lange nicht gesehen hat. Womöglich bleibt uns gar keine Gelegenheit für Erkundungstouren und falls doch, könnten wir uns in Inverness umschauen. Da möchte die alte Dame vielleicht sogar mitkommen, vorausgesetzt, sie ist noch einigermaßen rüstig.«

Leah überlegte einen kurzen Moment und fand den Gedanken dann gar nicht übel. »Also gut, falls es kein allzu großer Umweg ist. Ich könnte dich beim Fahren ablösen, sollte es dir zu viel werden.«

»Ich würde nicht fragen, wenn ich nicht in der Lage wäre, die Strecke zu bewältigen«, entgegnete er prompt.

Sie verdrehte die Augen. »So habe ich das nicht gemeint!« Das war wieder typisch, wie konnte sie es nur wagen, ihm anzubieten, *seinen* heiligen Wagen zu fahren?

Er lachte, als sie ihn ansah, und so ließ sie sich zu einem Lächeln hinreißen, nahm eine legere Sitzposition ein und blickte aus dem Seitenfenster auf die vorbeifliegende Landschaft.

Vielleicht war Daniels Vorschlag genau das Richtige, auf diese Weise hätte sie vor dem Treffen mit ihrer Großmutter noch ein wenig Ablenkung. Jedes Mal, sobald sie daran dachte, ihr bald gegenüberzustehen, stellte sich ein mulmiges Gefühl ein. Was konnte sie nach all den Jahren von ihr wollen? Der Brief enthielt keine näheren Informationen, war kurz und sachlich. Großmutter betonte aber, dass es unumgänglich sei und sie persönlich nach Inverness kommen müsse. Sogar Geld hatte sie dem Schreiben beigefügt. Ob als Anreiz oder weil sie dachte, die Enkelin könne sich die Reise finanziell nicht leisten, vermochte Leah nicht zu beurteilen. Die Frau musste inzwischen vier- oder fünfundachtzig Jahre alt sein. Sie war die einzige Verwandte von Seiten ihres leiblichen Vaters. Leah seufzte unwillkürlich.

Knapp zehn war sie gewesen, als sie ihre Großmutter zuletzt gesehen hatte. Damals verbrachte sie knapp eine Woche bei ihr, ihre ersten Ferien allein. Mum hatte ein halbes Jahr zuvor James Dawson geheiratet. Sie und ihr Stiefvater wohnten in einem Hotel in der Nähe, da Großmutter sich weigerte, den neuen Mann an der Seite der Ex-Schwiegertochter in ihrem Haus zu beherbergen.

Leah hatte sie als strenge, unnachgiebige Frau in Erinnerung. Vielleicht war dieser Eindruck entstanden, weil ihr der abrupte Abschied lebhaft in Gedanken geblieben war. Es gab einen furchtbaren Streit zwischen ihrer Mutter und der Großmutter, der sogar in Handgreiflichkeiten ausartete.

Leah konnte den Vorfall auf der Treppe sitzend beobachten, obwohl ihr gesagt worden war, sie möge oben im Zimmer bleiben. Worum es bei dem Streit ging, wusste sie nicht, da die Großmutter ihre Mum vorwiegend in gälischer Sprache angegangen war.

Mutter stand mit dem Rücken zur Treppe, sodass sie zwischen den schmalen Sprossen nur das wutverzerrte Gesicht der Großmutter vor Augen sah, das sie nie vergessen würde. Als ihre Mum sie holen wollte, rannte sie flugs zurück ins Zimmer, in dem sie damals schlief. Ihr fiel auf, dass Mum geweint hatte, trotzdem lächelte sie Leah tapfer an und sagte, es sei an der Zeit zu gehen. Sie nahm ihr Kind fest an die Hand und war so schnell die Treppe hinuntergerannt, dass Leah kaum mithalten konnte. In der offenen Haustür versperrte die Großmutter ihnen den Weg und beide begannen heftig an ihr herumzuzerren. Leah hatte angefangen, lauthals zu weinen und sich verzweifelt an die Mutter geklammert, während diese die Ältere immer wieder als Hexe betitelte.

Jahrelang hatte sie deshalb in ihrer kindlichen Naivität tatsächlich geglaubt, ihre Großmutter wäre eine böse Hexe.

Nach diesem Vorfall hörte sie nie wieder von ihrer Großmutter. Es kamen keinerlei Nachrichten, Briefe, Telefonate oder Geschenke, weder zu Geburtstagen noch zu Weihnachten oder sonst einem Ereignis, bis vor drei Wochen der Brief eintraf.

Kein Wunder, dass sie dem Wiedersehen mit nervöser Unruhe entgegensah.

Mum hatte ihr einst erklärt, ihre Ex-Schwiegermutter hatte sie stets dafür verantwortlich gemacht, dass ihr geliebter Sohn spurlos verschwunden war. Angeblich war er in den Highlands auf der Jagd gewesen und eines Tages nicht mehr zurückgekehrt. Großmutters Meinung nach war die Trennung der Eheleute der Grund für sein Verschwinden. Jahre später war er offiziell für tot erklärt worden, eine Leiche wurde nie gefunden.

Ihrer Mutter hatte sie bewusst nichts von Großmutters Brief erzählt, um keine alten Wunden aufzureißen.

»Sie wird dir schon nicht den Kopf abreißen. Sicher hat sie einen triftigen Grund, dich nach Inverness zu bestellen. Ich werde dich nicht alleinlassen mit der Alten, versprochen«, versuchte Daniel zu trösten.

Leah hatte ihm nach Erhalt des Briefes von der Geschichte erzählt, alles, woran sie sich noch erinnern konnte. Er wusste um ihre Gefühle. Sie hatte mit sich gerungen, ob sie auf das Schreiben, das eher einer Aufforderung gleichkam, überhaupt reagieren sollte, aber die Neugier siegte letztlich. Außerdem passte es gerade gut, da ihr noch eine Woche Urlaub zustand. Im Grunde war die Frau eine Fremde für sie, nur dass sie denselben Nachnamen trugen. Selbst die Mutter ihres Stiefvaters nannte sie liebevoll *Omi*, aber Mrs. Branagh vertraulich als ihre Oma zu bezeichnen, würde ihr nie in den Sinn kommen. Auch nicht, falls sie durch den damaligen Konflikt einen falschen Eindruck von ihr erhalten hatte, der Leah bis heute prägte, und ihre Großmutter eine liebenswerte alte Dame war, die sich ihr Leben lang nach ihrem einzigen Enkelkind verzehrt hatte.

»Vielleicht erbst du ja Haus und Grundstück«, scherzte Daniel.

»Wir fahren nicht zu einer Beerdigung!«, fuhr sie ihn schärfer an als beabsichtigt.

»Das weiß ich, aber sie ist schließlich im betagten Alter«, verteidigte er sich eindeutig gekränkt, »und möchte vielleicht alle Angelegenheiten vor ihrem Ableben geregelt wissen. Wäre immerhin möglich. Ich bitte dich, so abwegig ist der Gedanke gar nicht.«

Leah stöhnte. »Lassen wir das Philosophieren, in ein paar Stunden werden wir es wissen.« Natürlich war ihr der Gedanke auch schon gekommen, sie hatte aber nicht gewagt, näher darüber nachzudenken. Und sie wollte es auch jetzt nicht.

Geschickt lenkte sie ab und wies auf die atemberaubende Landschaft. Daniel zeigte sich ebenfalls beeindruckt und schwärmte daraufhin von künftigen Wandertouren in dieser Gegend.

Leah entspannte sich wieder und genoss die weitere Fahrt.

Daniel war zwischenzeitlich zur A82 road gewechselt. »Hier ist es, Drumnadrochit, wir sind gleich da«, verkündete er mit stolzem Unterton.

Schon wenig später erreichten sie die Zufahrt zum Parkplatz. Ein malerisches Bild bot sich ihnen, die legendären Ruinen der Burg vor dem Hintergrund des Loch Ness und den Hügeln des Great Glen.

»Ob man auf den Turm hinauf darf?«, fragte sie, ohne eine Antwort zu erwarten. »Von dort oben muss man einen unglaublichen Blick auf Loch Ness haben.«

Daniel machte Scherze und imitierte mit gruseligen Geräuschen das sagenumwobene Seeungeheuer. Leah lachte und schlug spielerisch nach ihm. Sie war guter Dinge und glücklich, dass sie Daniels Vorschlag zugestimmt hatte. Wäre sie geflogen, hätte sie all das versäumt. Als Kind hatte sie keinen Blick für die Schönheit ihres Geburtsortes und deren Umgebung gehabt. Für einen Moment kam ihr der Gedanke, womöglich könnte das Ziel der Großmutter sein, Leah die einstige Heimat näherzubringen.

Rasch verwarf sie derartige Überlegungen.

Zusammen mit anderen Besuchern näherten sie sich auf einem schmalen Pfad, der durch eine abschüssige Wiese verlief, einer Brücke, der einstigen Zugbrücke, die einen etwa dreißig Meter breiten Graben überspannte.

Daniel zahlte den Eintrittspreis, während Leah mit einem älteren Ehepaar ins Gespräch kam, das hinter ihnen wartete. Durch einen Torbogen mit zwei Rundtürmen betraten sie die Burg. Wieder verspürte Leah die seltsame Verbundenheit, die sie zuvor im Stirling Castle gefühlt hatte. Vielleicht hatte einst ein Vorfahr von ihr in einem ebensolchen Castle gelebt? Sie wusste nichts über ihre schottischen Ahnen, nur, dass die Familie ihres Vaters seit Generationen in Schottland ansässig war. Ehrfürchtig berührte sie das alte Gemäuer.

Sie schlossen sich einer fachkundigen Führung an. Die Ruinen waren unterschiedlichen Alters, wodurch einige Gebäudeteile besser erhalten waren als andere.

»Stell dir mal die riesigen Bankette vor, die in dieser Großen Halle einst abgehalten wurden«, sagte Daniel.

Leah nickte ehrfürchtig. »Da hätte wohl niemand gedacht, dass Jahrhunderte später Menschen wie wir durch die Ruinen ihres einst stolzen Besitzes wandeln.«

Hand in Hand folgten sie der Führung.

»Das massive Fundament stammt aus dem vierzehnten Jahrhundert, die oberen Etagen wurden später errichtet«, erklärte der Guide gerade. Der Weg führte sie weiter zu den ehemaligen Wohn- und Schlafräumen und dem privaten Refugium des Burgherrn.

Leah fand es wahnsinnig beeindruckend, dass an dieser Stelle einst ein mächtiger Laird genächtigt hatte. Hinter sich vernahm sie zwei Frauen, die sich darüber ausließen, dass ihr Führer die Latrinen als Komfort bezeichnete. Die männlichen Besucher schienen mehr Interesse an den Wachstuben der Soldaten und den Verteidigungsanlagen zu hegen.

»Schon faszinierend«, meinte Daniel am Ende der Besichtigungstour. »Kaum vorstellbar, wie die Highlandbewohner damals lebten. Es müssen raue Sitten gewesen sein. Dabei hatten die Bewohner einer Burg es sicherlich noch am besten getroffen, im Vergleich mit der Landbevölkerung.«

»Die Kellergewölbe waren unheimlich, vor allem die Gefängniszelle. Unglaublich, dass dort Menschen gefangen gehalten wurden.«

Leah schüttelte sich.

Während sie über ihre Eindrücke plauderten, betraten sie das große Besucherzentrum, in dem Toiletten, Souvenirläden, diverse Informationsstände und kleine Geschäfte für das leibliche Wohl untergebracht waren. Gelöst flanierten sie durch die Läden und amüsierten sich über den Kitsch, der dort angeboten wurde.

»Sowas kommt mir aber nicht ins Haus.« Daniel hielt ihr die Figur eines Highlanders entgegen, der auf Knopfdruck mit den Hüften kreiste.

Leah kicherte. »Oh Gott, wie grausam. Ich kann mir nicht vorstellen, dass überhaupt jemand einen solchen Unsinn kauft.«

Lachend verließen sie den Laden. Arm in Arm schlenderten sie weiter. Daniel erwarb an einem Infostand zwei Postkarten, die er in dem Ledermäppchen verstaute, das seine Autopapiere enthielt.

»Dort hinten kann man sich in einem Highlander-Outfit fotografieren lassen.« Sie wies auf das Hinweisschild an der Wand. »Das finde ich eine schöne Idee. Lass uns mal schauen.«

Daniel zog verwundert die Augenbrauen hoch und folgte ihr eher widerwillig zu dem Eckladen. Einige Aufnahmen hingen in einem Schaukasten neben dem Eingang aus.

»Sieh mal, so in der Art zum Beispiel.« Leah wies auf ein Bild, das augenscheinlich einen Laird oder zumindest einen einflussreichen Highlander mit seiner Gemahlin darstellen sollte. Bevor Daniel reagieren konnte, betrat Leah das Geschäft.

Neben zahlreichen Bilderrahmen, Bechern und Tellern sowie Stofftaschen oder Mousepads enthielt der Ausstellungsraum diverse Mitbringsel und alles Mögliche, was sich mit einem Foto bedrucken ließ.

Bei der jungen Frau hinter einem gläsernen Verkaufstresen fragte Leah nach der Möglichkeit, Fotoaufnahmen zu machen.

»Sehr gern«, erwiderte die Angesprochene freundlich lächelnd. »Unser Studio befindet sich im hinteren Teil. Wir verfügen über eine gutsortierte Auswahl an Kleidungsstücken, dem Stil der Jahrhunderte angepasst. Am begehrtesten ist natürlich die Bekleidung der Highlander, was den Großteil unseres Angebotes darstellt. Wenn Sie mir dann bitte folgen wollen?«

»Nun komm schon«, forderte Leah Daniel auf, der unschlüssig hinter ihr stehengeblieben war.

Ein kurzer schmaler Flur führte in den besagten Bereich.

»Hier haben wir die Garderobe für die Damen, die Bekleidung der Herren befindet sich um die Ecke«, erklärte die Besitzerin, nachdem sie sich vergewissert hatte, dass ein Bild zuzeiten der Highlander gewünscht war. »Sie können sich in aller Ruhe Ihr Outfit aussuchen. Umkleiden haben wir gleich hier vorn. Ich bin Ihnen gern beim Ankleiden behilflich, es gestaltet sich gelegentlich schwierig, allein damit zurechtzukommen.«

Leah war begeistert und machte sich bereits am ersten Kleiderständer zu schaffen, während die Verkäuferin Daniel ein sehr begehrtes Model präsentierte, das auf einer kopflosen Schaufensterpuppe drapiert war.

»Ich dachte, du machst Scherze?« Daniel rollte die Augen. »Du willst dich tatsächlich in dieser Verkleidung fotografieren lassen, warum?«

Verständnislos sah sie ihn an. »Warum nicht? Es ist mal etwas anderes, ich mag das.«

Er kam näher, damit die Besitzerin ihn nicht hören konnte. »Lass uns, sobald wir zu Hause sind, einen Fotografen aufsuchen und dort schöne Bilder von uns anfertigen. Ich denke, da haben wir mehr von.«

Nun verdrehte Leah die Augen. »Spielverderber!«

»Ich kann Ihnen als Entscheidungshilfe gern eine Auswahl herausragender Bilder zeigen, die wir in diesem Studio gemacht haben«, sagte die Dame im Hintergrund.

Daniel trat zurück und drehte sich zu ihr um. »Nicht nötig, vielen Dank. So beeindruckend ich die Besichtigung der Burg fand, aber ich muss mich wirklich nicht in einem Rock ablichten lassen.«

»Das ist kein Rock, sondern ein Kilt«, meinte Leah enttäuscht.

»Plaid wäre die korrekte Bezeichnung, der Kilt

kam erst viel später«, verbesserte die Inhaberin.

»Wie dem auch sei«, schmunzelte Daniel. »Es tut mir leid, verstehen Sie es bitte nicht falsch, aber ich kann mich nicht dafür begeistern.«

Leah stöhnte. Sie konnte seine Ablehnung nicht nachvollziehen, außerdem ging es ihr gegen den Strich, wie er versuchte, die junge Frau mit seinem Charme einzulullen.

Bockig sagte sie: »Trotzdem, ich würde gern ein solches Foto machen wollen, auch wenn das Bild ohne den männlichen Part viel weniger von seiner Faszination haben dürfte.«

»Oh, wir haben etliche Requisiten, die den Betrachter dennoch in die glorreiche Zeit der Highlander versetzen wird.« Die Frau ließ Daniel einfach stehen und wandte sich Leah zu.

»Prima! Ich vertraue ganz Ihrem Urteil.« Grinsend schaute Leah zu Daniel hinüber.

»Na schön«, er schnaufte mit Opfermiene, »wenn dir so viel daran liegt. Ich gehe derweil einen Kaffee trinken.«

»Ich denke, meine Großmutter würde sich bestimmt über ein solches Geschenk freuen. Und selbstverständlich möchte ich eins selbst als Erinnerung behalten.«

»Du willst das hier wegen deiner Großmutter?«, fragte er verständnislos. »Ich darf dich daran erinnern, dass du keine Ahnung hast, was der Alten gefällt. Außerdem, findest du es nicht etwas einfallslos, einer Person, die ihr ganzes Leben hier verbracht hat, ausgerechnet ein solches Bild zu schenken?«

Seine Reaktion schmerzte Leah, aber sie wollte sich vor der Frau nichts anmerken lassen, also lächelte sie tapfer. »Wolltest du nicht einen Kaffee trinken gehen, Schatz?«

Daniel blickte missmutig auf seine Armbanduhr. »Ich werde um viertel vor wiederkommen, ich denke, dann dürftest du fertig sein.« Ohne ein weiteres Wort machte er auf dem Absatz kehrt und verließ das Geschäft. Die Glocke über der Eingangstür bestätigte seinen Abgang.

Leah fand diese Idee keineswegs einfallslos, immerhin wäre das Foto etwas Persönliches als Aufmerksamkeit für Großmutter und demonstrierte gleichzeitig eine Verbundenheit mit ihrer Heimat. Sie war davon überzeugt, dass so ein Mitbringsel eine schöne Geste darstellte, um das Eis zwischen ihnen schneller zu brechen.

Die Glocke gab erneut ein Bimmeln von sich.

»Es tut mir leid, schauen Sie sich alles in Ruhe an. Ich muss kurz in den Laden, Kundschaft«, entschuldigte sich die junge Frau etwas verlegen.

»Kein Problem, machen Sie ruhig.«

Interessiert ging Leah die Reihen der Kleidungsstücke durch. Von grob gewebten kratzigen Röcken und Jacken fürs einfache Fußvolk bis zu eleganten Kleidern für die feineren Herrschaften war alles vorhanden. Das eine oder andere zog sie heraus, hielt es sich vor den Körper und betrachtete sich in dem großen Wandspiegel.

Augenblicke, nachdem sie die Türglocke vernahm, kehrte die Frau zurück. »Oh, ich sehe, Sie haben schon zwei Varianten in die engere Wahl genommen?«

»Ja, aber ich kann mich nicht entscheiden.«

Die Inhaberin lächelte nachsichtig. »Da Ihr Mann ja nicht mit aufs Foto möchte, müssen wir nichts aufeinander abstimmen. Sie haben die freie Wahl, aber wenn ich Ihnen einen Tipp geben dürfte, würde ich Ihnen zu der vornehmen Variante raten, das käme bei Ihrem Aussehen realistischer rüber.« Sie zog ein bräunliches Kleid mit goldenen Applikationen vom Ständer. »Das hier beispielsweise, so in der Art war damals eine Lairdess oder weibliche Familienmitglieder der Lairds gekleidet.«

Leah nahm es entgegen und betrachtete sich im Spiegel. »Es ist hübsch«, bestätigte sie, während in ihrem Kopf die Worte *Ihr Mann* nachhallten.

Die Frau griff nach einem breiten Ordner. »Ich kann Ihnen zeigen, wie das fertige Bild ungefähr aussehen könnte.«

Da ertönte wieder das Bimmeln der Türglocke.

»Ich komme zurecht«, lächelte Leah aufmunternd, da sie den verzweifelten Ausdruck ihres Gegenübers bemerkte.

»Es ist mir wirklich unangenehm. Ich bin zurzeit allein hier. Mein Vater, der gewöhnlich für das Studio verantwortlich ist, kommt heute erst am Nachmittag, unsere Ladenkraft ist im Urlaub und die Aushilfe hat sich kurzfristig krankgemeldet.«

»Dann ist Ihr Vater eigentlich der Fotograf?«

»Ich bin ebenfalls gelernte Fotografin, seien Sie unbesorgt.« Sie lachte.

Es bimmelte zwei weitere Male kurz nacheinander. Schmunzelnd blickte Leah der jungen Frau nach, die in den Shop nach vorn hastete.

Leah hatte die präsentierten Kleider fast alle durchstöbert und war gewillt, dem Vorschlag der Fotografin zu folgen, als sie in der hinteren Ecke, verdeckt durch einen wollenen Umhang, den Zipfel eines hellen cremefarbenen Stoffes hervorlugen sah. Sie wusste nicht, was sie antrieb, ausgerechnet dieses Kleid hervorzuziehen. Ihre Entscheidung fiel in dem Moment, als sie den Stoff berührte. Zufrieden hielt sie das Gewand vor sich und betrachtete sich eingehend im Spiegel. Ein beinah euphorisches Gefühl erfasste sie. Daniel würde Augen machen, wenn er später das fertige Bild sah, und hoffentlich bereuen, dass seine Eitelkeit ihm im Wege gestanden hatte, sich mit ihr zusammen fotografieren zu lassen. Das Kleid war auf der Vorderseite mit silbernen, vorwiegend quadratischen Elementen verziert und wirkte wie ein Überwurf auf einem weißen Unterkleid. Die Ärmel, bis zum Ellenbogen eng, fielen danach wie Kaskaden den Unterarm hinab.

Telefonierend kehrte die Frau zurück, zufrieden lächelnd drückte sie die Auflegetaste. »Meine Schwägerin kommt in ein paar Minuten herüber. Sie arbeitet in der Kantine, sie kann eine Weile auf den Laden aufpassen, damit ich mich uneingeschränkt um Sie kümmern kann. Im Augenblick ist dort nicht viel los, sodass ihre Kollegin alleine zurechtkommt.«

»Oh, das ist ja nett.« Leah lächelte und präsentierte freudig die Wahl ihres Kleides. Sie wusste nicht, warum sie in dem Moment so aufgeregt war.

Verwundert kam die Schwarzhaarige näher. »Seltsam, ich habe es noch nie gesehen. Darf ich mal …?« Sie ergriff den Bügel und betrachtete das Kleidungsstück. »Ein sehr schönes Modell, wo haben Sie es denn entdeckt?«

Ein wenig irritiert zeigte Leah ihr, wo es zuvor gehangen hatte.

»Hm …« Nachdenklich schaute die Frau die anderen Kleider auf dem Ständer an. »Es scheint das Einzige dieser Art zu sein. Ich frage mich, warum mein Vater mir nichts von der Bestellung erzählt hat.«

»Sicher hat er es einfach nur vergessen«, half

Leah aus.

»So wird es sein!« Sie lachte. »Ich werde ihn später danach fragen. Möchten Sie schon mal in die Umkleide gehen, ich bereite in der Zwischenzeit die Kamera vor.« Höflich hielt sie den dicken grauen Vorhang zurück und ließ Leah eintreten.

»Wenn Sie Hilfe benötigen sollten, ich bin in wenigen Augenblicken zurück, dann gehöre ich ganz Ihnen«, sagte die Verkäuferin und entfernte sich. Das Bimmeln der Eingangstür hatte weitere Kundschaft angekündigt.

Nachdenklich schälte Leah sich aus der hautengen Jeans. Warum war sie nicht längst aus eigener Initiative in die Highlands gekommen? Sei es, um die Großmutter kennenzulernen, die immerhin ein Teil ihrer Familie war, oder zumindest, um sich an der faszinierenden Landschaft zu erfreuen? Zufrieden lächelnd zog sie ihr Oberteil über den Kopf. Egal, wie der Besuch bei der Großmutter ausfallen sollte, ihren nächsten Urlaub würde sie in Schottland planen. Nach Daniels Andeutung war sie sicher, dass sie ihn von der Idee überzeugen konnte, auch wenn sie sich dafür wieder ausgedehnten Wandertouren aussetzen musste. Der letzte gemeinsame Trip war ihr unangenehm in Erinnerung geblieben. Sie hatte sich extra teure Wanderschuhe gekauft und sich dennoch Blasen an den Füßen geholt, sodass sie die zweite Tour absagen mussten. Daniel hatte zwar Mitgefühl gezeigt, aber die Enttäuschung stand ihm ins Gesicht geschrieben. Zudem hatte er ihr, in schöne Worte verpackt, unter die Nase gerieben, dass man zum Wandern niemals nagelneue, nicht eingelaufene Schuhe trägt.

Das Kleid der Highlanderin passte wie angegossen. Weich fließend schmiegte es sich ihrer Figur an. Mit den Handflächen fuhr Leah behutsam über den fein gewebten Stoff. Aus einem Impuls heraus griff sie sich an den Hinterkopf und löste den lockeren Knoten, den sie sich am Morgen gemacht hatte, um ihr langes Haar wegen des Windes zu bändigen. Für das Foto erschien es ihr passender, das Haar offen zu tragen. Mit den Fingern fuhr sie hindurch, um es zu entwirren, anschließend schüttelte sie einmal kräftig den Kopf, damit es schön fiel.

Mit einem Schlag verschwamm alles um Leah herum, drehte sich, als würde sie immer noch heftig ihren Kopf schütteln. Dieses Gefühl wollte nicht aufhören. Die Schwingungen schienen ihren gesamten Körper in Mitleidenschaft zu ziehen. Erschrocken wollte sie nach etwas fassen, sich festhalten, doch sie griff ins Leere. Ein Schrei sammelte sich in ihrer Kehle, aber kein Laut kam über die Lippen. Währenddessen nahm das unsichtbare Karussell um sie herum an Geschwindigkeit zu. Formen und Farben lösten sich in diesem Strudel in ein Nichts auf. Leah fühlte die drohende Ohnmacht kommen und hatte dennoch keine Kraft, etwas dagegen auszurichten. Die Welt um sie herum versank in einer tiefen schwarzen Leere.

*

Cedric, Laird des MacArthur Clans, saß in seinem Zimmer und addierte Zahlenreihen, die sich auf die Kosten der Erneuerung des Haupttores und die Reparatur der beschädigten Zugbrücke bezogen, als jemand gegen seine Tür pochte. Stöhnend schob er die Überschlagsrechnung beiseite und bat einzutreten. Seine Konzentration ließ an diesem Morgen ohnehin zu wünschen übrig. Die letzte Nacht war kurz gewesen und der viele Whisky des gestrigen Abends machte ihm immer noch zu schaffen.

»Was ist?«, knurrte er, nachdem zwei seiner Männer eingetreten waren.

»Es gibt keinen Hinweis, zu wem die unbekannte Frau gehört. Niemand scheint sie zu kennen«, berichtete Tavish, einer seiner Vertrauten.

»Verflucht!« Verstimmt schlug Cedric mit der flachen Hand auf die Tischplatte. »Sie muss zu MacIntyres Leuten gehören, eine andere Erklärung gibt es nicht.«

Energisch schüttelte Tavish den Kopf. »Wir haben jeden Einzelnen von ihnen befragt, bevor sie sich auf den Heimweg machten.«

Nachdenklich rieb sich Cedric über den Mund. »Angus und die Männer des MacDowell Clans habe ich persönlich befragt und sie versicherten mir, dass die Unbekannte nicht zu ihnen gehört, und ich vertraue auf deren Wort. Sie würden mich nicht belügen. Bleiben nur die MacIntyres übrig.«

»Die MacIntyres haben die Burg vor einer halben Stunde verlassen«, bestätigte Duncan, sein bester Freund.

»Niemand würde eine junge Frau einsam und allein zurücklassen.« Scharf sah Cedric MacArthur seine Männer an. »Tavish, lass die gesamte Burg durchsuchen, jeden verdammten Winkel. Sie kann unmöglich allein sein, findet die Männer, in deren Begleitung sie war, und schafft sie mir hierher. Ich werde sie selbst verhören.«

Tavish nickte mit strengem Gesichtsausdruck. »Und was soll zwischenzeitlich mit der Frau geschehen? Ich schlage vor, sie in den Kerker werfen zu lassen. Wenn die Ratten anfangen an ihr zu nagen, wird sie schon gesprächig werden.«

»Nein! Das ist unzumutbar! Egal wer sie ist, sie ist immer noch eine Frau.«

»Ihr seid zu weich, Sir!«

Verärgert sprang Cedric auf; wenn Tavish ihn plötzlich nicht duzte, geschah das stets, um ihn zu tadeln.

»Hüte deine vorlaute Zunge!«, pfiff er ihn an.

Verbissen starrten die beiden Männer sich sekundenlang schweigend an.

»Aye, ich werde Befehl geben, die Burg zu durchsuchen«, erklärte Tavish, ohne den Blick zu senken.

»Allmählich habe ich seinen respektlosen Ton satt«, schimpfte Cedric, nachdem Tavish sich entfernt hatte.

Duncan lachte auf.

»Sei nachsichtig mit ihm, er ist ein guter Mann. Ein ausgezeichneter Kämpfer und Stratege, deine Männer vertrauen ihm.«

»Das weiß ich! Nichts gegen seine Qualitäten, dennoch, sein Ton missfällt mir. Es ist an der Zeit, dass er kapiert, wen er vor sich hat.«

»Hab Geduld mit ihm, mein Freund. Er prüft dich.«

»Was soll das denn heißen?«, fuhr Cedric gereizt auf.

»Er und sein verstorbener Vater waren dem Deinen stets loyal ergeben. Du bist gerade mal seit fünf Monaten unser Laird. Außerdem bist du im gleichen Alter wie sein kleiner Bruder, den er immer zu beschützen versucht hat. Vermutlich fällt es ihm auch aus dem Grund noch schwer, sich mit dir als Laird zu arrangieren.«

Cedric stieß ein Grunzen aus. »Seien wir doch ehrlich, er hat mir nie verziehen. Er gibt mir nach wie vor die Schuld am Tod seines Bruders.«

Duncan widersprach ihm nicht. »Wahrscheinlich hat der Tod seiner Frau alles wieder hervorgeholt.«

Tavishs Ehefrau verstarb drei Wochen zuvor an den Folgen eines schweren Sturzes. Cedric zuckte lediglich mit den Schultern. Er hatte nicht den Eindruck, dass ihr Tod Tavish sonderlich mitnahm. Emotionen ließ er zumindest nicht erkennen. Ohnehin schienen die Eheleute lediglich nebeneinanderher gelebt zu haben, viel geredet hatten sie nicht miteinander.

»Nun ja«, Cedric räusperte sich und schob die Erinnerung beiseite. »Du bist mir dafür verantwortlich, dass unsere Unbekannte in ihrem Zimmer eingeschlossen bleibt, bis wir wissen, wer sie ist. Dennoch wird sie anständig versorgt werden, als sei sie unser Gast. Nur ausgewählte Personen werden zu dem Zimmer Zutritt haben. Wer hat den Schlüssel?«

»Im Moment dürfte Morag ihn haben, sie hat ihr heute Morgen etwas zum Frühstück gebracht.«

»Gut! Einer der Männer soll sie stets begleiten, wenn sie zur Fremden geht, für den Fall, dass sie zu fliehen versucht.«

Duncan nickte.

»Und sie hat bislang wirklich keinen Ton gesagt?«, fragte Cedric ungläubig nach, obwohl ihm dies bereits andere Personen aus seinem Clan bestätigt hatten. »Ist sie stumm?«

»Woher soll ich das wissen? Ich habe nicht versucht, mit ihr zu sprechen. Sie soll übrigens eine Augenweide sein, habe ich gehört. Vielleicht möchtest du ja mal dein Glück versuchen?«

»Ich habe Besseres zu tun, als mich um ein verirrtes Frauenzimmer zu kümmern«, Cedric machte eine wegwerfende Handbewegung. »Wahrscheinlich waren die MacIntyres zu besoffen und konnten sich nicht mehr entsinnen, welche Weiber sie dabeihatten.«

Duncan lachte amüsiert. »An eine schöne Frau erinnert ein Mann sich immer gern, das dürftest du am besten wissen.«

Verkniffen blickte Cedric seinen Freund an. »Die Angelegenheit wird sich hoffentlich bald aufklären. Ihre Leute können sich nicht ewig vor uns versteckt halten. Ich muss mich jetzt darum kümmern, dass das Haupttor schnellstmöglich instandgesetzt wird. Nicht, dass sich herumspricht, jedermann kann hier frei weg hereinspazieren.«

»Übertreib nicht! Den Wachposten sind keine verdächtigen Aktivitäten aufgefallen, und niemand hat sich in der fraglichen Zeit auch nur in der Nähe des Tores aufgehalten.«

»Und trotzdem befinden sich Fremde in unserer Burg, die schließlich irgendwie hereingekommen sein müssen.«

Darauf wusste Duncan keine Erwiderung, er zog eine Miene, die seine Ratlosigkeit widerspiegelte. »Ich werde zu Morag gehen, vielleicht ist ihr irgendwas an dem Verhalten der Frau aufgefallen, das uns weiterbringen könnte.«

Mit einem Kopfnicken verabschiedeten sich die beiden Männer voneinander.

Stöhnend fuhr sich Cedric mit der Hand durchs Gesicht und starrte antriebslos die Papiere auf seinem Tisch an. Die Berechnungen konnten bis morgen warten. Er lehnte sich zurück, verschränkte die Arme hinter dem Kopf und starrte zur Decke.

Der gestrige Abend war laut und wild gewesen. Ausgiebig hatten sie den ersten schwarzgebrannten Whisky getestet. Die gerade erbaute Destille lag versteckt im Grenzland zum MacDowell Clan in einer engen verborgenen Schlucht, wo sie bestens vor den verhassten Rotröcken geschützt war. Bisher hatte der MacArthur Clan ein Abkommen mit den MacDowells, die ihnen die Nutzung ihrer Brennerei zu bestimmten Zeiten gewährte, um den Bedarf des Clans zu decken. Jetzt besaßen die

MacArthurs ihre eigene Whiskybrennerei, die sie von ihren Ländereien aus erreichen konnten, ohne erst über die Hügelkette auf MacDowell Gebiet zu müssen.

Die Destillerie war schon der Plan seines Vaters gewesen, leider konnte er das Vorhaben nicht mehr in die Tat umsetzen. Umso stolzer war Cedric, als der erste Whisky schließlich floss. Natürlich musste dieses Ereignis gebührend gefeiert und begossen werden. Etliche Männer der MacDowells waren bei der ausschweifenden Feier dabei gewesen. Die MacIntyres waren mehr zufällig anwesend, da sie auf dem Weg zu ihrem Clan, der noch fast eine Tagesreise entfernt lag, eine Übernachtungsmöglichkeit brauchten.

Obwohl die MacArthurs mit den MacIntyres kaum etwas zu schaffen hatten, konnten sie sichergehen, nicht an die Rotröcke verraten zu werden. Es war unter den Clans kein Geheimnis, dass die MacIntyres mit ihrem Schwarzgebrannten lukrativen Handel trieben.

Überall im schottischen Hochland wurde illegal Whisky hergestellt. Kein Schotte war gewillt, sich der englischen Verordnung zu beugen und die Malzsteuer zu zahlen, die das englische Parlament nach der Vereinigung Schottlands und Englands eingeführt hatte. Die geheimen Brennereien der Highlands mussten nicht, im Gegensatz zu den legalen, den Anteil an gemälzter Gerste verringern, um Kosten auszugleichen. Nur der Schwarzgebrannte war daher ein echter schottischer Whisky.

Das unwegsame und weitläufige Gelände der Highlands bot einen natürlichen Schutz vor englischen Patrouillen und den Steuereintreibern. Zudem konnte eine Brennanlage schnell abgebaut und fortgeschafft werden, falls eine Entdeckung drohte.

Cedric erhob sich, ging zum Fenster hinüber und blickte hinaus. Eine Weile beobachtete er das Treiben im Burghof, dann schweiften seine Gedanken ab zu früheren Zeiten, als sein Vater noch Laird dieses Clans war.

Er wusste nicht, wie lange er sinnierend am Fenster gestanden hatte, als ihn ein knappes Klopfen und das Eintreten von Tavish in die Gegenwart zurückholten.

»Wir haben jeden Winkel durchkämmt und keine Eindringlinge ausfindig machen können«, kam Tavish direkt zur Sache.

Überrascht zog Cedric die Stirn in Falten. Er war sich sicher gewesen, dass sich irgendwo Fremdlinge verschanzt haben mussten. Duncan und Fergus erschienen in der offenen Tür.

»Habt ihr wirklich überall nachgesehen?«, hakte Cedric ungläubig nach.

»Aye«, bestätigte Tavish. »Wenn ich es doch sage!«

»Selbst in der Küche und den Vorratsräumen«, bekräftigte Fergus.

Wahrscheinlich hat Fergus sich mehr an herumstehenden Essensvorräten bedient, anstatt sich auf die Suche zu konzentrieren, dachte Cedric bissig, verkniff es sich aber, diesen Verdacht laut zu äußern.

»Ein paar Männer hören sich weiterhin um und fragen sich durch, ob jemandem in der Nacht etwas Ungewöhnliches aufgefallen ist. Bisher wurde aber nichts gemeldet«, ergänzte Duncan.

»Gut!« Cedric stöhnte genervt. »Haltet weiter Augen und Ohren offen.«

»Aye«, nickte Tavish und wandte sich zum Gehen. Fergus blieb unschlüssig stehen, sein Blick huschte zwischen den Männern hin und her, bevor er sich entschied, Tavish zu folgen.

»Und wenn an dem Gerücht was dran ist?«, fragte Duncan vorsichtig.

Cedric ahnte, worauf er anspielte. »MacKinley meinst du?«

Sein Freund nickte.

»Der Gedanke ist mir auch schon gekommen, aber würde er so hartherzig reagieren? Wenn es nach Tavish ginge, säße die fremde Frau längst im Kerker, Duncan, warum sollte MacKinley ein solches Risiko eingehen und seine eigene Tochter dieser Gefahr aussetzen?«

»Wer weiß? Wenn der Laird tatsächlich so

skrupellos ist, wie ihm nachgesagt wird?«

»Mir gefällt das Ganze nicht!« Cedric stieß einen obszönen Fluch aus und begann auf und ab zu marschieren. »Sollte er dahinter stecken, wird er es bereuen. Ich lasse mich nicht vorführen!«

»Du wirst dich kaum gegen den Beschluss wehren können. Du weißt, was im Großen Rat entschieden wurde«, erinnerte Duncan ihn und hob bedauernd die Schultern.

Cedric stoppte, und warf ihm einen vernichtenden Blick zu. Er wusste nur zu gut, was die großen Clanführer von ihm erwarteten, dem Laird des MacArthur Clans. In Zeiten wie diesen galt es, den Zusammenhalt der Clans zu stärken und Fehden beizulegen, um gemeinsam gegen die englische Herrschaft bestehen zu können. Er sah nur nicht ein, warum ausgerechnet er den Preis für einen gesicherten Frieden mit dem MacKinley Clan zahlen sollte, immerhin zählten die MacKinleys seit Generationen zu ihren Feinden. Verbissen verdrängte er die düsteren Zukunftsaussichten; ihm würde schon etwas einfallen, um diesem Joch zu entgegen.

Er räusperte sich, als ihm gewahr wurde, dass sein Freund eine Reaktion erwartete. »Der Spähtrupp wird frühestens in einer Woche zurück sein«, erklärte er mit fester Stimme. »Wie mir scheint, sind uns im Moment die Hände gebunden. Nicht zu vergessen, dass MacKinley ein paar mächtige Clans im Rücken hat.« Auf keinen Fall wollte Cedric ein unnötiges Risiko eingehen. Es konnte von maßgeblicher Bedeutung für spätere Verhandlungen sein, MacKinleys Zorn nicht durch unbedachte Entscheidungen auf sich zu ziehen.

Mit Wohlwollen nahm er zur Kenntnis, dass Duncan seine wahre Absicht verkannte und jede Menge Gehörtes über Verbindungen MacKinleys zu den dort ansässigen Clans wiedergab.

»Nichtsdestotrotz werde ich die Wachposten bei Einbruch der Dunkelheit verdoppeln«, unterbrach Cedric Duncans Redeschwall. »Es ist nicht auszuschließen, dass seine Männer sich in den Wäldern verschanzt halten und nur auf eine günstige Gelegenheit lauern.«

»Sie wären lebensmüde, wenn sie versuchen sollten, sich Zutritt zur Burg zu verschaffen.«

»Natürlich wären sie das!« Der Laird grinste selbstsicher und klopfte dem Freund auf die Schulter. »Und wir werden ihnen einen gebührenden Empfang bereiten. Sie sollen niemals das Gefühl bekommen, sie hätten uns überrascht.«

Gemeinsam verließen sie den Raum und machten sich auf den Weg zur Großen Halle, in der Hoffnung, dort noch trinkfähigen Kaffee vorzufinden, um die letzten Nachwirkungen des Saufgelages zu vertreiben.

*

Zusammengekauert saß Leah in der Ecke des Bettes und schielte auf das Tablett, das die Frau, die sich als Morag vorstellte, ihr vor wenigen Augenblicken ins Zimmer gebracht hatte. Grob geschnittenes Brot und mehrere Scheiben undefinierbaren Fleisches lagen auf einem länglichen Holzbrett, umgeben von drei kleinen Tongefäßen, daneben ein Krug mit Wasser und ein Trinkbecher.

Wenigstens scheinen diese Barbaren nicht vorzuhaben, mich verhungern zu lassen, dachte sie, seufzte und kämpfte abermals gegen die Tränen. Sie verspürte keinen Hunger, denn Angst und Ungewissheit schnürten ihr die Kehle zu.

Wo befand sie sich und was hatten diese Leute mit ihr vor? Morag verhielt sich ihr gegenüber zwar argwöhnisch, machte jedoch keinen feindseligen Eindruck. Was sie von dem Kerl, der an der Tür gewartet hatte, nicht behaupten konnte. Auch den Männern, die sie zuvor befragt hatten, traute sie nicht. Sie waren einschüchternd und hatten Leah bedrängt, indem laut und durcheinander auf sie eingeredet wurde. Was genau sie von ihr wollten, hatte sie nicht verstanden.

Noch immer hoffte sie, sich in einem Albtraum zu befinden, der verschwand, sobald sie erwachte. Aber sie fühlte sich hellwach und ihre Umgebung schien real, obwohl das doch unmöglich sein konnte. Sicher hatte Daniel bereits alle Hebel in Bewegung gesetzt, um sie zu finden. Hoffte sie wenigstens. Deprimiert zog Leah die Knie an, umschlang ihre Beine mit den Armen und wiegte sich vor und zurück.

Zum wiederholten Male liefen die Bilder, einem Film gleich, vor ihrem inneren Auge ab, ohne dass sie etwas dagegen ausrichten konnte. Das schneller werdende Karussell, das schwarze Nichts und dann ... dann war sie zu sich gekommen. In einem schmalen, von Fackeln erleuchteten Gang. Dort lag sie auf dem kalten steinigen Boden, wie lange, wusste sie nicht. Sie fühlte sich schlapp und kraftlos und sich aufzurichten hatte sie große Anstrengungen gekostet. Danach dauerte es eine gefühlte Ewigkeit, bis Leah sich darauf verlassen konnte, dass ihre Beine sie trugen. Auf der Suche nach Hilfe war sie dem Lärm feiernder Menschen entgegengegangen. Das Gemäuer, an dem sie sich entlang tastete, glich dem der Burgen, die sie mit Daniel besichtigt hatte, nur dass es hier den Anschein erweckte, als wäre die Zeit zurückgedreht worden. Alles um sie herum war fremd; ein seltsamer, unbekannter Ort. Wie, um alles in der Welt, war sie hierher gelangt? Ihr fehlte jegliche Erinnerung. Unmöglich konnte sie freiwillig diese kuriose Stätte besucht haben. All dies ging ihr durch den Kopf, seit sie in dem kalten Gang auf dem Steinboden erwacht war.

Die Tür zu einer großen Halle war weit geöffnet gewesen, vorsichtig hatte sie hineingelugt. Der Raum war voller Menschen in alter schottischer Bekleidung, die allesamt stark dem Alkohol zusprachen. Angetrunken lachten und grölten sie. Ein Haufen unzivilisierter Männer und Frauen, die sich schlimmer aufführten als eine Horde Jugendlicher auf einem Bolzplatz. Grobschlächtige Kerle saßen um lange karge Holztische herum und kippten becherweise den Alkohol in sich hinein. Leah vermutete, dass es sich um Whisky handelte. Einer nach dem anderen oder im Wettkampf gegeneinander, angefeuert von der grölenden Masse, tranken sie eindeutig auf Ex. Währenddessen rann ihnen die Flüssigkeit aus den Mundwinkeln, verteilte sich in den dichten Bärten und sickerte hinunter bis zu ihren Hemden. Mit Faustgetrommel auf den Tischen und heftigem Gejohle wurde der leere Becher gefeiert, während der Trinker stolz mit dem Arm über seinen Mund fuhr und die feuchten Spuren im Ärmel verteilte.

In anderen Bereichen der Halle hatte es den Anschein, als würde jeden Moment eine Prügelei ausbrechen. Männer gingen sich gegenseitig an die Gurgel oder rangen miteinander. Tische wurden verschoben, Gegenstände polterten zu

Boden, aber niemanden schien es zu interessieren.

Angewidert hatte Leah sich abgewandt, darauf bedacht, nicht entdeckt zu werden. Zweifelsohne musste sie sich in einer alten schottischen Burg befinden, die erstaunlich gut erhalten war. Wo befand sich diese Burg und wo war Daniel? Irrte er hier auch irgendwo umher? Zuletzt hatte sie ihren Freund in dem Fotoladen gesehen, er wollte einen Kaffee trinken gehen. Was war geschehen? Das Erlebte gab ihr nach wie vor Rätsel auf. Hatten Daniel und sie beschlossen, zu dieser Burg zu fahren? Sie in dem Kleid, um Fotos zu machen? War die Fotografin mitgekommen? Sie zermarterte sich das Hirn, ohne einen Schritt voranzukommen.

Hatte man sie gekidnappt? Sie war weder reich noch berühmt, es gab bei ihr nicht viel zu holen. Sollte sie womöglich das Opfer einer Verwechslung sein? Steckte ihre Großmutter hinter dieser Entführung, sofern es eine war? Mum ließ bis heute kein gutes Haar an der einstigen Schwiegermutter. Zu einem Kontakt zwischen dieser Frau und ihrer Tochter hätte sie es nie kommen lassen. Bis zum derzeitigen Zeitpunkt hatte Leah es auch nicht vorgehabt. Dann erreichte sie der Brief der Großmutter.

Inzwischen bereute sie, dass sie ihrer Mutter nichts von dem Schreiben und der geplanten

Schottlandreise erzählt hatte. Vermutlich wäre Mum nicht einverstanden gewesen. Doch Leah traf als erwachsene Frau ihre eigenen Entscheidungen. Niemand hätte sie von ihrem Entschluss abbringen können. Jahrelang waren Leah die Bilder des hässlichen Streits der beiden Frauen im Gedächtnis geblieben und hatten sie geängstigt, aber das war lange vorüber. Sie bedauerte, dass sie nie nach dem Grund gefragt hatte. Was war an jenem Tag geschehen, als sie das Haus der Großmutter verließen? War sie, Leah, womöglich der Anlass für deren Auseinandersetzung gewesen? Sie beschloss, die Großmutter danach zu fragen und, sobald Leah wieder zu Hause wäre, Mum.

Führten diese alten Streitigkeiten zu ihrer Entführung? Andererseits, wie sollte die Frau in ihrem hohen Alter so ein Unterfangen bewerkstelligen? Nicht allein, doch mit Hilfe könnte es möglich, dass sie hinter allem steckte.

In diesem spartanisch eingerichtetem Zimmer eingesperrt zu sein, brachte anscheinend die seltsamsten Schlussfolgerungen zutage. Leah hatte kein Zeitgefühl, Minuten erschienen wie Stunden. Der Raum war etwa drei Mal vier Meter groß und enthielt außer einem Bett und einem quadratischen Holztisch mit Stuhl kein weiteres Mobiliar. Auch fehlten jegliche Dekorationsartikel oder Bilder an den Wänden, nicht mal an eine

Tischdecke oder ein Sitzkissen für den unbequemen Stuhl hatte der Besitzer des Anwesens gedacht. Das einzige Fenster im Raum war sehr hoch und überaus schmal, sodass es unmöglich wäre, sich dort hindurchzuzwängen, um einen Fluchtversuch zu wagen. Zudem schien es unterhalb des Fensters steil bergab zu gehen, zumindest konnte Leah keinen Boden erkennen, nachdem sie den Stuhl dorthin geschoben und einen Ausblick gewagt hatte. Auch sonst bot der Blick hinaus keinen Hinweis auf ihren Aufenthaltsort. Außer Grünfläche und einer Baumreihe im Hintergrund war nichts zu sehen.

Leah seufzte, sie musste einen Weg finden, um zu verschwinden. Zu dumm, dass sie vor Entsetzen offenbar erneut ohnmächtig geworden war und nicht mitbekommen hatte, wie man sie in dieses Zimmer brachte. Noch immer lief es ihr kalt über den Rücken, wenn sie an die beiden Gestalten dachte, die plötzlich vor ihr standen, und sie anscheinend als Frischfleisch betrachteten. Angewidert schüttelte sie sich. Die Männer hatten gälisch gesprochen, aber ihre Absichten, sie zu vergewaltigen waren eindeutig gewesen. Leah hatte geschrien und um sich geschlagen, was sie nur noch mehr anzuspornen schien.

Energisch wischte sie mit dem Handrücken eine Träne weg, die sich bei der schaurigen Erinnerung gelöst hatte. Wo war sie hier nur gelandet?

Verstohlen schielte sie zu dem Krug auf dem Tablett. Sie schluckte und versuchte mit der Zunge ihre Lippen zu benetzen, aber ihr Mund fühlte sich ausgetrocknet an. Schwerfällig erhob sie sich, ihre Knochen und Muskeln rebellierten. Stöhnend streckte sie sich. Sie musste dringend etwas trinken. Vorsichtig befüllte sie den Becher und schnupperte daran, es war geruchsneutral. Wie vermutet, handelte es sich um reines Wasser. Nachdem sie den zweiten Becher geleert hatte, kehrten ihre Lebensgeister zurück. Wenn sie jemals aus ihrer Gefangenschaft entkommen wollte, musste sie bei Kräften bleiben. Das konnte sie nur, wenn sie auch etwas aß.

Entschlossen griff sie nach dem Brot. Die Scheiben waren unregelmäßig geschnitten, als habe die Person sich den Laib vor den Bauch gehalten und mit einem stumpfen Messer abgesäbelt. Ein kurzes Grinsen entkam ihr. Das Brot fühlte sich weich und frisch an, zufrieden biss sie hinein und stellte fest, dass es erstaunlich gut schmeckte. Neugierig geworden, nahm sie auf dem Stuhl Platz und inspizierte den Inhalt der Schüsseln. In der einen befand sich Schmalz, in der anderen Butter, nur die Masse der dritten Schale konnte sie nicht identifizieren, also schob sie die zur Seite. Mit dem kurzen Messer, das eher einem Schaber glich, bestrich sie die Brote mit Schmalz.

Schmalzbrote erinnerte sie an die Eltern des Stiefvaters. Auf Grandma Marthas Abendbrottisch stand stets eine Schale Schmalz, das sie mit ausgelassenen Zwiebelwürfeln oder kleinen Apfelstückchen verfeinert hatte.

Ein kurzer Moment der Wehmut überkam sie bei dem Gedanken. Ihre Familie hatte keine Ahnung, in welcher Lage sie sich augenblicklich befand.

Skeptisch nahm sie ein Stück Fleisch zur Hand und biss eine Ecke ab. Der rauchig salzige Geschmack erinnerte an Schinken, aber Farbe und Aussehen passten nicht recht. Doch es schmeckte herzhaft. Aus Angst, davon unnötig Durst zu bekommen, beschränkte sie sich auf ein kleines Stück und griff wieder zum Brot. Während sie aß, sprach sie sich Mut zu. Sie durfte sich nicht aufgeben, sie musste kämpfen, um so schnell wie möglich diesen merkwürdigen Ort zu verlassen. Wenn es ihr gelang, aus diesem alten Gemäuer ins Freie zu kommen, würde sie gewiss irgendwo einen Hinweis finden, wo sie sich befand. Eine Ortsbezeichnung, Straßen- oder Hinweisschilder, irgendetwas, das ihr hilfreich sein konnte. Sie verdrängte die düstere Tatsache, dass sie weder Geld noch Ausweispapiere bei sich hatte. All ihre persönlichen Sachen befanden sich in der Handtasche, die ihrer Erinnerung nach in der Umkleide des Fotostudios liegen müsste. Oder von den Entführern mitgenommen worden war.

Der Stuhl gab ein knackendes Geräusch von sich, als sie sich gesättigt zurücklehnte. Erschrocken setzte sie sich wieder auf, als sie plötzlich herannahende Schritte im Flur vernahm. Gebannt starrte sie auf die Tür, und tatsächlich hörte sie Augenblicke später, wie ein Schlüssel ins Schloss gesteckt wurde. Leah fuhr hoch und flüchtete zur hinteren Wand, blieb dort stehen und versuchte, einen gefassten Eindruck zu machen.

Morag erschien in der Tür, ihre Blicke trafen sich kurz, bevor sie auf das Tablett zusteuerte. »*Nighean mhath*«‚ sagte sie und nickte zufrieden.

Leah verstand sie nicht, vermutete aber, dass ihre Worte sich darauf bezogen, dass sie gegessen hatte. Morag war eine kleine, aber gut genährte Frau, die Leah auf Anfang vierzig schätzte. Sie strahlte etwas Mütterliches aus, sicher hatte sie Kinder.

Leah schielte an ihr vorbei auf den stämmigen Kerl, der breitbeinig und mit verschränkten Armen im Türrahmen stand und finster dreinblickte.

Sie tat einen tiefen Atemzug und nahm ihren Mut zusammen. »Wo bin ich? Warum hält man mich hier gefangen?«, fragte sie, und ärgerte sich, dass ihre Stimme dünn klang.

Morag starrte sie eine Weile mit offenem Mund

an, als wäre sie erstaunt, dass sie überhaupt sprechen konnte.

»Sie redet wie eine Sassenach«, knurrte der Mann hinter ihr und machte eine Bewegung, als würde er auf den Boden spucken.

Leah zuckte zusammen. Kaum etwas aus der gälischen Sprache war bei ihr hängengeblieben, aber *Sassenach* hatte sie verstanden. Es bedeutete *Engländer*.

»Ich bin Schottin! Ich habe nur eine Weile in England gelebt.« Sie wusste selbst nicht, warum sie sich verteidigte. »Mein Name ist Leah Branagh.«

»Pah!«, stieß der Mann aus und zog ein noch finstereres Gesicht, sofern das überhaupt möglich war.

Morag schien sich wieder gefasst zu haben. »Ihr habt also Eure Sprache wiedergefunden? Dann erklärt, was Ihr hier mutterseelenallein zu suchen habt?«

Irritiert huschte Leahs Blick zwischen ihr und dem Muskelpaket hin und her. Wie sollte sie etwas erklären, was sie selbst nicht verstand?

»Wer hat Euch geschickt?«

»Nie ... Niemand hat mich geschickt. Ich habe keine Ahnung, wie ich hier hergekommen bin«, stammelte sie. Als beide sie verständnislos anblickten, berichtete sie stockend, wie sie in dem schmalen Fackelgang zu sich gekommen war und beteuerte eindringlich, dass sie keinerlei Erinnerungen habe, was zuvor geschehen war. Sie konnte ihnen nicht übelnehmen, dass sie ihr kein Wort zu glauben schienen, es klang selbst in ihren eigenen Ohren absurd, aber es war nun mal die Wahrheit!

Der Mann löste sich aus dem Türrahmen und kam auf sie zu. Leah unterdrückte den Wunsch, die restlichen Schritte bis zur Wand zurückzuweichen.

»Wo verstecken sich die anderen?«, fragte er barsch.

»Welche anderen denn?«, schoss es postwendend aus ihr heraus.

»Wollt Ihr mich für dumm verkaufen?«

Automatisch schüttelte sie heftig den Kopf und schrie auf, als er sie plötzlich bei den Schultern packte. »Eure Leute! Wo sind Eure Leute? Ich warne Euch, Ihr solltest besser reden, wenn Euch Euer Leben lieb ist.«

»Ich sagte doch, ich bin allein.« Leahs Selbstvertrauen löste sich in Wohlgefallen auf. »Ich weiß nichts von anderen Personen. Bitte, das ist die Wahrheit.«

»Tavish! Siehst du nicht, dass das Mädchen völlig verängstigt ist?«, mischte sich Morag ein.

Der Mann ließ sofort von ihr ab und trat zurück.

Zitternd ließ Leah sich auf das Bett sinken, bemüht, nicht in Tränen auszubrechen.

»Was ist denn hier los?«

Erst jetzt bemerkten sie, dass ein weiterer Mann den Raum betreten hatte. Leah blickte auf; der Neuankömmling musterte sie. Er sah ernst drein, strahlte aber nicht diese Finsternis aus. Sie versuchte, seinem Blick standzuhalten. Sekundenlang sahen sie einander stumm an, dann war er es, der sich abwandte.

»Cedric hat ausdrücklich angeordnet, sie gut zu behandeln«, sprach er den Mann an, der sich Tavish nannte. Seine Stimme klang ruhig und gelassen. Leah schöpfte neue Hoffnung.

»Ich habe der Sassenach nichts getan!«, brummte er.

»Eine Sassenach? Sieh an ...« Er zog überrascht die Augenbrauen hoch.

»Ich bin keine Sassenach! Mein Name ist Leah Branagh und ich bin Schottin. Das sagte ich bereits, aber der da ...«, sie wies mit ausgestrecktem Arm auf Tavish, »... hört mir ja nicht zu.«

Sein linker Mundwinkel zuckte nach oben und ein vergnügliches Funkeln spielte für einen winzigen Moment in seinen Augen. »Nun denn, Miss Branagh. Ich bin erfreut, dass Ihr augenscheinlich beschlossen habt, etwas kooperativer zu werden. Dann verratet mir, warum Ihr hier seid.«

»Verraten Sie mir ...«, sie brach ab und räusperte sich. »Verratet Ihr mir erst, warum ich hier festgehalten werde? Ich habe nichts verbrochen!« Angesichts ihrer Lage beschloss sie, sich seiner Redensart anzupassen.

»Zu Eurer eigenen Sicherheit. Wenn Ihr Euch erinnert, musstet Ihr Euch zweier zudringlicher Gesellen erwehren und ward anschließend nicht bereit, uns zu sagen, wer Ihr seid und zu wem Ihr gehört.«

»Ich gehöre zu niemandem, ich bin allein!«, sagte sie trotzig und begann ihm dasselbe zu erzählen wie zuvor den anderen beiden.

»Nicht nötig! Ich hörte, was Ihr sagtet«, unterbrach er sie.

Leah stoppte ihren Bericht und schaute ihn hoffnungsvoll an. Schweigend musterten sie einander.

Wie alle Männer, die sie bislang gesehen hatte, trug auch er ein Plaid und sah aus wie ein Highlander aus alter Zeit. Dennoch machte er in dem Aufzug eine gute Figur und war sauber und akkurat gekleidet.

»Ihr behauptet, dass Ihr Euer Gedächtnis verloren habt?«, durchbrach er das Schweigen. Leah dachte kurz darüber nach, im Grunde entsprach es der Wahrheit, also nickte sie heftig. »Aber, dass Euer Name Leah Branagh ist, habt Ihr nicht vergessen?«

Machte er sich etwa lustig über sie?

»Natürlich kenne ich meinen Namen«, entgegnete sie empört. »Ich trage ihn schließlich seit meiner Geburt!«

»Auf den Mund gefallen seid Ihr nicht.«

Von Tavish war ein abfälliges Grunzen zu vernehmen, kurz war alle Aufmerksamkeit auf ihn gerichtet.

»Was passiert jetzt mit mir?«, fragte Leah in die Runde. Ihr Blick blieb an dem jungen Mann hängen. »Bitte, lasst mich gehen.«

»Und wohin wollt Ihr gehen, Miss Branagh?« Wieder gingen seine Augenbrauen nach oben.

Leah schluckte, was sollte sie erwidern? Sie musste vorsichtig sein, um unnötiges Misstrauen zu vermeiden. Als Person mit Amnesie durfte sie keine konkrete Angabe machen, das würde sie verdächtig machen. Ohne Geld, Papiere und der geringsten Ahnung, wo sie sich überhaupt befand, war eine solche Frage schwierig zu beantworten. Tief im Inneren hoffte sie, dass sich das ganze Theater schnell klären würde. Wenn sich irgendjemand einen üblen Scherz mit ihr erlaubte, dann war es allmählich an der Zeit, ihn zu beenden. Sie hatte genug!

»Seht Ihr!«, parierte er ihr Schweigen. Das Gespräch schien damit für ihn beendet zu sein. Mit einem Kopfnicken gab er dem anderen Mann zu verstehen, dass sie sich entfernen sollten. »Soll Cedric entscheiden, was mit ihr zu geschehen hat«, hörte Leah ihn noch sagen, während sie gingen.

Morag, die abseits stehend das Ganze verfolgt hatte, setzte sich in Bewegung, um das Tablett zu nehmen.

»Wer ist dieser Cedric?«, fragte Leah vorsichtig, nachdem die Tür hinter den beiden Männern ins Schloss gefallen war.

Schockiert hielt Morag in ihrer Bewegung inne und starrte sie mit großen Augen an. »Ihr wisst nicht, wer das ist?«

Verunsichert schüttelte Leah den Kopf.

Morag musterte sie kopfschüttelnd. »Er ist unser Laird, Cedric MacArthur.«

Laird? Leah schluckte und wich der Frau aus, indem sie zu Boden sah. In gälischer Sprache vor sich hin murmelnd eilte sie mit dem Tablett zur Tür hinaus. Krug und Trinkbecher hatte sie auf dem Tisch zurückgelassen.

Kraftvoll stieß Leah die Luft aus, nachdem sie wieder allein war. Laird, waren denn alle verrückt geworden, oder war sie es, die den Verstand verlor? Alles deutete darauf hin, dass sie sich in der Vergangenheit befand, aber war so etwas möglich? Sie ließ sich auf dem Bett zurückfallen und verschränkte die Arme im Nacken. Grübelnd starrte sie zur Decke. Ein weiteres Klacken des Schlosses ließ sie hochschnellen.

Morag betrat das Zimmer. »Falls Ihr in der

Nacht ein Bedürfnis verspüren solltet.«

Leah starrte ungläubig auf den Nachttopf, den diese wie selbstverständlich unter das Bett schob. Sie schüttelte sich, niemals würde sie dieses Teil benutzen. Dennoch bedankte sie sich höflich. Die Frau nickte kurz und wandte sich zum Gehen.

»Bitte wartet«, rief Leah ihr nach. »Mein Kopf schmerzt von dem Versuch, mich zu erinnern, aber es ist alles wie fortgewischt«, klagte sie, in der Hoffnung, Morag für sich einzunehmen. »Aus diesem Grund kann ich mich wahrscheinlich auch nicht an Laird MacArthur erinnern, verzeiht. Könnt Ihr mir sagen, was der Laird für ein Mensch ist, muss ich mich vor ihm fürchten?« Es war ihr gelungen, ihrer Stimme einen theatralischen Tonfall zu verleihen.

Einige Sekunden sah die Frau sie erstaunt an, dann huschte ein Lächeln über ihr rundliches Gesicht. »Seid unbesorgt, wenn dem so wäre, säßet Ihr längst im Verlies.«

»Aber warum werde ich überhaupt festgehalten?«

»Das hat Duncan Euch doch schon erklärt.«

Der nette Mann hieß also Duncan, registrierte Leah beiläufig, während sie rasch die nächste Frage formulierte, aber ihr Plan ging nicht auf.

Morag ließ sich keinerlei Informationen entlocken. »Ruht Euch aus und zerbrecht Euch nicht das Köpfchen mit überflüssigem Unsinn.«

Leah seufzte und gab sich geschlagen. Wie es aussah, lag ihr Schicksal in den Händen von diesem Cedric MacArthur.

*

Mit ausladenden Schritten hielt Cedric auf seine Männer zu, die johlend die Funktion der Zugbrücke testeten. »Es scheint nicht mehr zu haken«, sagte er und beschirmte mit der Hand seine Augen vor der Sonne.

»Aye«, bestätigte ihm ein Clansmann. »Teile des geborstenen Balkens haben das Zahnrad blockiert, deshalb holperte es immer an derselben Stelle und lief ab da nicht mehr rund.«

Cedric nickte.

»Die Männer haben den Balken ausgetauscht und zusätzlich verstärkt«, erklärte der Mann weiter. Er zeigte mit ausgestrecktem Arm auf die betreffende Stelle.

»Und Goraidh hat Lager und Räder gereinigt und anschließend gut geschmiert«, mischte sich ein anderer ein. »Jetzt funktioniert das Schätzchen wieder.«

Die Männer lachten, die Stimmung war heiter. Goraidh, der Schmied, gesellte sich zu ihnen. Gemeinsam wurde geflachst und gefachsimpelt.

»Gute Arbeit, Männer!«, lobte Cedric.

Im unteren Burghof wurde hingegen noch rege

gearbeitet. Es wurde gemessen, gesägt, geschliffen und gehämmert. Cedric informierte sich über den Stand der Dinge und war mit den Aussagen zufrieden. Auch die Erneuerung des Haupttores nahm Formen an.

Gerade als er sich entfernen wollte, ritt ein Trupp seiner Männer ein, die er zur Erkundung der nahen Gegend ausgesandt hatte. Sie entdeckten ihn und hielten auf ihn zu.

»Nichts Ungewöhnliches!« Iain rutschte aus dem Sattel und hielt seinen schnaubenden Hengst am Zügel. »Außer einer kleinen Patrouille Rotröcke, die in östlicher Richtung ritten, ist uns niemand begegnet. Auch sonst nichts Verdächtiges.«

Diese Antwort war für Cedric nicht zufriedenstellend, aber er musste sich damit begnügen. Seine Männer waren zuverlässig und gewissenhaft.

Anscheinend hatte die fremde Frau, die sich Leah Branagh nannte, doch die Wahrheit gesagt, obwohl er sich schwertat zu glauben, dass sie wirklich allein agierte.

Seine Überlegung wurde von Fergus abgelenkt, an dessen Satteltaschen mehrere Feldhasen baumelten. »Sie sind mir direkt vor die Flinte gelaufen«, erklärte der breit grinsend. »Da konnte ich nicht widerstehen!«

Cedric zog die Mundwinkel abwärts.

»Wir waren da bereits auf dem Rückweg«, brachte Iain zu Fergus' Verteidigung vor. Die Schüsse konnten somit keinem Unbefugten gewarnt haben.

Cedric beließ es bei einem missbilligenden Ausdruck. »Wo bleiben Niall und Connor?«

»Als wir an der Hütte der Heilerin Rinalda vorbeikamen, war sie gerade zu den Malcolms gerufen worden«, berichtete Iain. »Die Geburt ihres ersten Kindes scheint unmittelbar bevorzustehen. Niall und Connor begleiten sie rasch dorthin. Anschließend wollen sie versuchen, den klapprigen Wagen zu reparieren, den Rinalda zur Fortbewegung hinter ihren Esel spannt.«

»Ich glaube eher, Niall ist so hilfsbereit, weil er hofft, bei Rinaldas hübscher Enkelin Eindruck zu machen«, rief Harper so laut, dass es jeder hören konnte. Die Männer stießen sich an und lachten.

Gedanklich noch in dieser Situation, betrat Cedric durch einen Seiteneingang die kleine Halle. Ihm stockte der Atem, als er Duncan entdeckte, der die fremde Frau herumführte und ihr offenbar die Burg zeigte. Er konnte sie größtenteils nur von hinten sehen. Lediglich, wenn sie sich Duncan zuwandte, erkannte er ein wenig von ihrem Gesicht. Verärgert stürmte er ihnen hinterher, als sie um die nächste Ecke verschwanden.

»Duncan!« Aufgebracht rief er ihn, bevor die

beiden abermals die Richtung wechselten. Cedric sah, wie Duncan der Frau etwas zuflüsterte, während sie sich zu ihm umdrehten. Vermutlich hatte er ihr gerade gesagt, wer er war. Leah hielt sich erschrocken die Hand vor den Mund und verschanzte sich halb hinter ihrem Führer.

Der Blick des Lairds war stur auf Duncan gerichtet. »Was soll das?«, fuhr er ihn an. »Ich kann mich nicht erinnern, dir erlaubt zu haben, sie aus ihrer Kammer herauszulassen.«

Duncan lächelte ihn an, sichtlich entspannt und unbeeindruckt von Cedrics Schroffheit. »Du warst beschäftigt.«

»Du hättest mich dennoch fragen können.«

»Wo ist eigentlich dein Problem? Ich bin lediglich mit ihr zu dem Gang gegangen, in dem sie nach eigenen Angaben zu sich gekommen ist. Manchmal kann so was hilfreich sein, der Erinnerung auf die Sprünge zu helfen.«

»Und? Hat es das?«, fragte er grimmig. Er wusste grad selbst nicht, warum er sich aufregte. Verwundert sah sein Freund ihn an, während sich auf dessen Stirn eine steile Falte bildete.

»Bislang anscheinend nicht, aber das muss nichts heißen.« Duncan machte einen Schritt zur Seite und sah seine Begleitung an. »Einen Versuch war es zumindest wert.«

Zum ersten Mal sah Cedric die junge Frau in ihrer ganzen Erscheinung. Für einen Moment vergaß er das Atmen. Ihr Haar war ein wenig zerzaust und ihr Kleid verknittert, aber diese kleinen Details konnten ihren Liebreiz nicht zerstören. Cedric war bemüht, sich seine Überraschung nicht anmerken zu lassen.

Seit nunmehr drei Tagen befand sich die Fremde auf seiner Burg, ohne dass ihre Herkunft geklärt werden konnte. Ihm war schon am ersten Tag zu Ohren gekommen, wie schön sie sein solle, aber das war bei Weitem untertrieben, wie er nun persönlich feststellen durfte.

»Willst du, dass ich sie wieder wegsperre?«, fragte Duncan mit eigenartigem Unterton.

»Bitte nicht!«, flehte Leah. Sie presste zur Bekräftigung ihrer Worte beide Handflächen aufeinander und sah ihn mit einem Blick an, der ihm durch und durch ging. Die Frau hatte Angst, das war unverkennbar, dennoch ließ er keine Sentimentalität zu. Sie hatten weder auf der Burg noch im Umkreis mehrerer Meilen verdächtige Aktivitäten oder Fremde ausmachen können, die möglicherweise mit ihr in Verbindung standen. Im Grunde gab es keine Veranlassung, sie weiterhin wegzusperren. Eine Überwachung hielt er aber dennoch für angebracht, solange er nicht wusste, woher sie kam.

»Ich habe noch etwas zu erledigen. Bring sie in einer halben Stunde in meinen Arbeitsraum, ich kümmere mich um die Angelegenheit«, erklärte

Cedric im geschäftsmäßigen Ton, als wäre sie nicht anwesend.

»Aye«, entgegnete Duncan.

Mit einem Nicken stolzierte Cedric an den beiden vorbei, ohne der Schönheit noch einen Blick zu gönnen. Er brauchte einen Moment, um sich zu sammeln. Innerlich fluchte er, denn nun war er durch dieses Aufeinandertreffen selbst zur Handlung gezwungen. Warum hatte er Duncan nicht gewähren lassen und ihn später zu sich zitiert? Eigentlich hatte er Wichtigeres zu tun, als sich um diese Frau zu kümmern. In knapp zwei Stunden musste er Recht sprechen, was den Streit zweier Pachtnachbarn betraf. Es ging um einen defekten Grenzzaun, Tiere, die sich vermengt hatten, und wie ihm jetzt zugetragen worden war, um Jungtiere, die zum Entsetzen des Besitzers nun trächtig waren. Schon beim letzten Versuch, die Angelegenheit zur Zufriedenheit beider Beteiligten zu klären, war es in derben Beschimpfungen und Handgreiflichkeiten ausgeartet.

Eine wimmernde Frau passte ihm gerade nicht in den Kram. Ärgerlich über sich selbst, schlug er die Tür hinter sich zu und fuhr sich gereizt mit beiden Händen durch sein Haar. Einer plötzlichen Eingebung folgend griff er nach einer Karte und breitete sie flugs auf seinem Tisch aus. Mit dem Finger folgte er der Route, die sein Spähtrupp genommen haben musste. Laut seiner Einschätzung würden seine Männer kaum unter einer Woche zurück sein. Er stieß einen obszönen Fluch aus. Und falls sie besondere Beobachtungen gemacht hatten, konnte sich deren Heimkehr noch bis zu drei Wochen hinziehen. Er brauchte Beweise, die seine Theorie stützten oder eindeutig widerlegten. Ihm ging es nicht aus dem Kopf, dass die Frau eine MacKinley sein könnte. Warum sonst gab es keinerlei Hinweise? Hatte ihr Vater und Laird sie kaltschnäuzig bei ihm eingeschleust? Blieb die Frage, ob sie das Spektakel freiwillig mitmachte oder von ihrem Vater dazu gezwungen wurde. Nicht genug, dass der Große Rat ihm nahelegte, MacKinleys Tochter zur Frau zu nehmen, was ihm gehörig gegen den Strich ging. Was seine zukünftige Ehefrau betraf, wollte er selbst die Wahl treffen. Es musste eine andere Lösung geben, sich mit dem Clan der MacKinleys friedlich zu einigen, auch wenn er noch keine konkrete Meinung hatte, wie das aussehen sollte. Wut packte ihn. Er würde sich nicht zum Gespött machen. Er wusste, dass seine Männer hinter seinem Rücken bereits die wildesten Spekulationen anstellten. Mit einem Weib verheiratet zu sein, das ihm aufgedrängt wurde und dann jede Nacht das Bett mit ihr zu teilen, verursachte ihm Übelkeit. Dabei waren ihm seine Pflichten als Laird durchaus bewusst. Es wurde erwartet, dass er sich alsbald eine Gemahlin nahm und Nachkommen zeugte. Daran hatte er nichts auszusetzen und sich längst mit dem Gedanken angefreundet, aber nicht unter den Bedingungen. Die Highlandclans zu vereinigen, um geschlossen Macht und Stärke gegenüber dem englischen Feind zu demonstrieren, war Ziel und die große Hoffnung vieler Jakobiten – den Anhängern von Jakob II und seinen Nachkommen. Auch der Clan der MacArthurs gehörte zu den Anhängern der jakobitischen Bewegung. Ein Plan, dieses Ziel zu erreichen sah vor, durch taktische Eheschließungen zu erreichen, dass verfeindete Clans Frieden wahren, wenn sie durch familiäre Bande miteinander vereint waren.

Seit der misslungenen Schlacht von 1715 unter der Führung von John Erskine, dem Earl of Mar, war es das Bestreben, für den nächsten Aufstand besser gerüstet und vorbereitet zu sein, um den Sieg zu erringen. Ihr Ziel war es, wieder einen König aus dem Hause Stuart auf dem Thron zu sehen und den Hannoveraner Georg I zu entmachten, der nach dem Tode von Königin Anna 1714 den Thron bestiegen hatte.

Zwar hatten die Jakobiten den Kampf 1715 nicht verloren, aber auch nicht gewonnen. Er endete mit dem taktischen Rückzug des 2. Duke of Argylls, dem Anführer der britischen Regierungstruppen, aber infolge dessen mussten sowohl der Earl of Mar wie auch James Francis Edward Stuart, Sohn Jakob II, das Land verlassen und lebten seither im Exil. Nach dem Tode Ludwig XIV in Frankreich fuhr sein Nachfolger einen versöhnlicheren Kurs mit den Engländern, sodass James schließlich von Frankreich nach Rom übersiedelte, wo er im September 1719 ein zweites Mal heiratete, die Enkelin von Johannis III, die am 31. Dezember 1720 einen Sohn gebar, Charles Edward Stuart.

Damit war die Erblinie der Stuarts und die Thronfolge gesichert. Das brachte den Jakobiten neue Hoffnung und spornte sie an, weiterhin für ihre Sache zu kämpfen.

Cedric stützte sich mit beiden Händen auf die Karte, gab ein abfälliges Schnauben von sich und starrte abwesend die Wand an. So sehr auch er für einen König aus dem Hause Stuart plädierte, so sehr missfiel ihm, dafür die Ehe mit einer MacKinley einzugehen.

Cedric wusste, dass er im Ernstfall keine Wahl hatte, denn sich gegen den Wunsch des Rates aufzulehnen, kam nicht infrage. Doch solange eine Chance bestand, diesem Joch zu entgehen, würde er sie wahrnehmen, obwohl es im eigenen Clan auch Stimmen gab, die für einen solchen Entschluss wenig Verständnis hätten. Für die stellte eine Ehe nichts weiter als eine Zweckgemeinschaft dar. Es könnte Cedric als Schwäche ausgelegt werden, wenn er sich der Verbindung entzog.

Auch Farquar MacFarlane hatte sich einem derartigen Ratsentscheid beugen müssen. Cedric und viele seiner Clansmänner waren auf der tristen Hochzeitsfeier anwesend gewesen. Ein frisch vermähltes Brautpaar sah anders aus. Die zwei hatten einander wenig zu sagen, zudem war die Braut ein wenig aus der Form geraten und wirkte auch ansonsten recht unscheinbar. Als hübsch konnte Cedric sie beim besten Willen nicht bezeichnen und es graute ihm, womöglich eine ebensolche Verbindung fristen zu müssen. Zugute kam Farquar, dass es sich um seine zweite Ehe handelte und er bereits zwei Nachkommen aus erster Ehe vorweisen konnte, außerdem war er rund zwanzig Jahre älter als Cedric.

Cedric war ein Verführer, er liebte die Frauen und die Frauen liebten ihn. Er wusste es zu schätzen, wenn das weibliche Geschlecht ihn anschmachtete. Er genoss es, einen schönen, wohlgeformten Frauenkörper in den Armen zu halten, zu berühren und sich mit ihm zu vereinigen, um gemeinsam den Gipfel der Lust zu erstürmen. Eine Frau, die ihn optisch nicht reizte, könnte er nicht an seiner Seite ertragen. Obwohl er gestehen musste, dass nicht jedes weibliche Wesen, mit dem er in der Vergangenheit das Bett geteilt hatte, seinen Vorstellungen entsprach. Manchmal, wenn sich die Gelegenheit anbot, oder nach längerer Abstinenz, war er weniger wählerisch. Schließlich hatte ein Mann seine Bedürfnisse. Nach dem Akt fand sich in der Regel schnell eine Ausrede, um sich zügig aus dem Staub zu machen.

Sollte es sich bei dem weiblichen Eindringling tatsächlich um Dougal MacKinleys Tochter handeln, könnte er eigentlich beruhigt sein, denn diese Frau entsprach durchaus seinem erlesenen Geschmack. Aber er war keineswegs erleichtert, im Gegenteil, er war wütend! Die Art und Weise passte ihm absolut nicht. Er war schließlich nicht MacKinleys Hampelmann und er würde dem Großmaul zeigen, dass man sich mit ihm keine Scherze erlaubte.

Die Frage, die ihm die ganze Zeit im Kopf spukte, seit er von den Plänen des Rates wusste, war, wie wohl MacKinley selbst auf den Beschluss reagiert hatte. Würde er seine Tochter kampflos seinem Erzfeind überlassen? Sie beide waren einander nie persönlich begegnet, dennoch gab es diese langandauernde Feindschaft zwischen ihren Clans. In der Vergangenheit war es immer wieder zu Raubzügen, Viehdiebstahl, Plünderungen oder purem Vandalismus gekommen, was eindeutig den Männern des MacKinley Clans zugeordnet werden konnte. Sie hinterließen jedes Mal eine Spur der Verwüstung, sobald sie MacArthur Gebiet passierten. Einige gute Männer hatten im Laufe der Jahre ihr Leben lassen müssen, wenn es zum Kampf gekommen war.

Alles hatte weit vor Cedrics Zeit begonnen. Auslöser der Fehde war eine Frau, Eileen Millar, die Rob MacKinley zu seiner Lairdess auserkoren hatte. Doch ihre Liebe gehörte einem MacArthur, dem zweitgeboren Sohn des Lairds. In der Nacht vor der offiziellen Verlobung floh sie mithilfe ihres Geliebten Connor MacArthur in die Lowlands, wo ein halbes Jahr später ihr erstes gemeinsames Kind zur Welt kam.

Als Connors älterer Bruder noch vor dem Ableben des Vaters bei einem Kampf getötet wurde, kehrte die junge Familie unverzüglich in ihre Heimat zurück. Connor wurde zwei Jahre darauf neuer Laird des MacArthur Clans. Das Paar bekam insgesamt vier Kinder, Cedric entstammte der Linie des Erstgeborenen.

Obwohl das alles viele Jahre zurücklag, hatte der MacKinley Clan diese Schmach nie vergessen. In der ersten Zeit gab es erbitterte Kämpfe zwischen den beiden Clans. Rob MacKinley sann auf Rache, selbst für ein Mordkomplott gegen seinen Widersacher Connor MacArthur und dessen Frau wäre er sich nicht zu schade gewesen.

Der Vergeltungsschlag der MacArthurs, unter

Connors Führung, brachte dann den entscheidenden Sieg und verwies die MacKinleys in ihre Grenzen. Nach diesem Sieg spaltete sich der gesamte nördliche Teil des Dalnox Clans ab und leistete Laird MacArthur den Treueeid.

Eileen entstammte dem kleinen und unscheinbaren Clan der Dalnox. Dessen Laird war schwach und kränklich und blieb ohne Nachkommen. Andere adäquate Anwärter auf den Titel gab es nicht oder sie waren jung im Kampf gestorben. Damit hatte er keine Möglichkeit, gegen die Abtrünnigen vorzugehen, sein Clan zerfiel mehr und mehr. Schon der Vater des jungen Lairds, Adair Dalnox, war unfähig gewesen, seinen Clan verantwortungsvoll zu führen. Während die Bewohner der Burg ein angemessenes Leben führen konnten, ging es den Familien im Clangebiet schlecht. Sie litten unter großer Armut und Hunger und waren kaum in der Lage, ihre Familien durchzubringen. Vielen war es daher unmöglich, die geforderten hohen Steuern ihres Lairds zu zahlen. Unzufriedenheit und Zorn waren in der Landbevölkerung weit verbreitet. Viele suchten aus der Not heraus Arbeit in benachbarten Clans.

Nachdem Connor MacArthur Laird des Clans geworden war, fielen auch die restlichen Gebiete an den MacArthur Clan. Die Menschen aus dem einstigen Dalnox Clan waren stolz auf die schöne

Lairdess aus ihren Reihen. Nur wenige von ihnen schlossen sich den MacKinleys an. Der Burgherr verstarb wenige Wochen später, vermutlich an der Schwindsucht. Dalnox Castle war seitdem dem Verfall ausgesetzt.

Die Gebiete des ehemaligen Clans hätten die MacKinleys natürlich gern für sich beansprucht, was ihnen auch zugestanden hätte, wäre Eileen Millar eine MacKinley geworden. So gesehen fühlte sich ihr Laird doppelt betrogen. Er verlor Eileen, seine auserkorene Braut, und die erhofften Ländereien ihres Clans.

*

Unruhig wartete Leah in ihrer Kammer auf Duncan, der sie zu dem Laird bringen sollte.

Sie wusste nicht, wie sie sein seltsames Verhalten einschätzen sollte. Warum wirkte der Laird so feindselig? Sie hatte niemandem etwas getan, sie war ein Opfer.

Der Rundgang mit Duncan hatte ihre schlimmsten Befürchtungen bestätigt, das waren keine Verkleideten, die sich dem Ritterspiel hingaben; es hatte sie in die Vergangenheit verschlagen. An dieser Theorie, so unglaubwürdig sie auch klang, gab es keine Zweifel mehr. Der Mann würde wissen wollen, wie sie in seine Burg gelangt war. Umgekehrt würde sie gern wissen, wie sie aus diesem Albtraum rauskommen könnte. Weder wusste sie eine Erklärung für den Laird – und die Wahrheit war zu absurd –, noch hatte sie eine Lösung parat, den Wahnsinn zu beenden. Die Burgbewohner könnten sie für eine Hexe halten, würde sie erzählen, dass sie eine Zeitreisende sei. In welchem Jahr sie sich befand, war ihr unbekannt, aber ihr war klar, dass die Menschen Jahrhunderte hindurch an Hexenkult glaubten. Die Vorstellung, als lebende Fackel auf einem Scheiterhaufen zu enden, war so furchtbar, dass sie es kaum wagte, näher über derlei Szenarien nachzudenken.

Kein Wunder, dass sie nervös und angespannt war. Ihre Finger fühlten sich eiskalt an, reibend schob sie ihre Hände zwischen ihre übereinandergeschlagenen Beine, während sie innerlich versuchte, sich für die Begegnung zu wappnen.

Leahs Herz schlug ihr bis zum Hals, denn sie hörte Schritte, die vor ihrer Tür endeten. Gebannt starrte sie die Tür an, als der große schwere Schlüssel gedreht wurde.

Duncan lächelte beruhigend, als er eintrat. »Seid Ihr bereit?«

Leah schluckte und erhob sich steif. Statt einer Antwort begnügte sie sich mit einem Nicken. Er schien ein ruhiger Vertreter seiner Art zu sein und wirkte fast ein wenig vertrauenswürdig. Sie bedauerte, dass nicht er der Laird war, sondern jener griesgrämige Mann, der ihr zuvor begegnet war.

Der Weg führte sie in einen anderen Bereich der Burg, den sie noch nicht gesehen hatte.

Ehrfürchtig und neugierig sog sie auch dieses Mal alle Eindrücke in sich auf, wodurch sie Schwierigkeiten hatte, Duncans forschen Schritten zu folgen. Immer wieder musste sie zusehen, den entstandenen Abstand aufzuholen. Als er schließlich vor einer Tür stoppte, wäre sie fast in ihn hineingerannt.

Er quittierte es mit einem breiten Grinsen. »Ihr ward wohl nicht allzu oft in einer Burg?«

Verlegen schüttelte sie den Kopf und vermied es, zu ihm aufzusehen. Während sie eine steife Haltung einnahm, hörte sie ihn auflachen. Eigentlich war Duncan ein attraktiver Mann, schoss es ihr durch den Kopf. Sogleich verdrängte sie derartige Gedanken und konzentrierte sich auf das, was ihr bevorstand. Duncan hielt ihr die Tür auf, während er seinen Laird über ihre Ankunft informierte. Leah hatte gehofft, er würde bei der Befragung dabei sein, doch offensichtlich hatte er das nicht vor. Sie warf ihm einen langen hilflosen Blick zu. Er hielt ihm stand, sagte jedoch nichts.

»Tretet ein!«, ertönte die Stimme des Lairds irgendwo aus dem Inneren des Raumes.

»Geht!«, raunte Duncan ihr zu. »Er wird Euch schon nicht den Kopf abreißen.«

Dessen war Leah sich nicht so sicher! Sie tat einen tiefen Atemzug und fügte sich. Mit bedachten Schritten ging sie auf den Laird zu, der lässig an einem Schreibtisch lehnte. Hinter sich vernahm sie das leise Klacken der Tür. Sie war mit dem Mann allein, in dessen Händen ihr Schicksal lag.

»Ihr wolltet mich sprechen?«, fragte sie vorsichtig, ohne ihn anzusehen. Wie sprach man einen Laird an, sie hatte keine Ahnung, ob es dabei irgendetwas zu beachten gab. Ein leichtes Zittern in der Stimme hatte sie nicht unterdrücken können.

Sekundenlang geschah nichts, sie spürte aber, dass er sie genau musterte. Mit gesenktem Kopf starrte sie auf den Boden und harrte der Dinge, die da kommen mochten. Schließlich spürte sie, dass er sich ihr näherte und sie umrundete.

Leah wagte nicht, sich zu rühren. Hinter ihr blieb er stehen und im nächsten Augenblick spürte sie seine Finger am Stoff ihres Kleides nesteln. Ihr Atem setzte für Sekunden vor Schreck aus. Was hatte er mit ihr vor? Niemand würde ihr zu Hilfe kommen, sollte er versuchen, über sie herzufallen! Ohne den Kopf zu bewegen, suchte sie mit den Augen hektisch den Raum nach etwas ab, das ihr im Notfall als Waffe dienen könnte.

»Der Stoff ist sehr exquisit und die Nähte weisen eine besondere Technik auf, die ich noch nie gesehen habe«, erklärte er im ruhigen Ton.

Leah war von seinen Worten derart überrascht, dass sie den Kopf drehte und ihn ansah. Nun ließ er die Hand sinken und ihre Blicke trafen sich. Zu ihrer Überraschung war keinerlei Kälte in seinen Augen wahrzunehmen. Irritiert wich sie einen Schritt zurück.

»Wer seid Ihr?« Die Frage kam leise, fast wie ein zärtliches Flüstern über seine Lippen.

Ein eigenartiger Schauder fuhr ihren Rücken hinab. »Le ... Leah Branagh.«

»Ich weiß, dass Ihr diesen Namen nanntet, aber wer seid Ihr?« Sein Tonfall klang energischer und ungeduldiger.

Leah schnappte nach Luft wie ein Fisch auf dem Trockenen und suchte verzweifelt nach einer Antwort, mit der sie ihn zufriedenstellen konnte, aber es wollte ihr nichts einfallen. Blitzschnell war er direkt vor ihr. Seine Hand umfasste ihr Kinn, sodass sie gezwungen war, ihm ins Gesicht zu sehen. Er war nah, viel zu nah. Der Laird war groß, muskulös gebaut und strahlte eine beeindruckende Aura aus.

»Seien wir objektiv, meine Liebe. Niemand innerhalb dieser Burgmauern kennt Euch und keiner von meinen Gästen will Euch jemals zuvor gesehen haben. Mag sein, dass es in den Dörfern und Bauernfamilien in meinem Clangebiet die eine oder andere hübsche Tochter gibt, aber ich kann mir schwer vorstellen, dass die sich so ein edles und aufwendig verziertes Kleid leisten könnten. Also haltet mich nicht zum Narren!« Prompt ließ er ihr Kinn los und trat einen Schritt zurück.

Erleichtert atmete Leah aus. »Ich würde niemals wagen, Euch zum Narren zu halten«, versicherte sie. »Bitte glaubt mir!«

Er nahm wieder seine ursprüngliche Haltung ein, lässig am Schreibtisch lehnend und musterte sie mit vor der Brust verschränkten Armen. »Ich nehme Euch beim Wort. Ich werde Euch eine Frage stellen und ich werde sie nur ein einziges Mal stellen. Also überlegt gut, welche Antwort Ihr mir gebt.« Er ließ eine dramaturgische Pause folgen. »Seid Ihr Dougal MacKinleys Tochter?«

»Was? Wer?« Verständnislos sah sie ihn an.

Er zeigte keinerlei Regung, seine Haltung wirkte wie eingefroren, nicht mal seine Augenlider zuckten. Sein starrer Blick schien sie durchbohren zu wollen.

»Ich kenne niemanden mit dem Namen MacKinley!« Das entsprach sogar der Tatsache. Reinen Gewissens schaute sie ihm ins Gesicht, wohlwissend, dass er den Wahrheitsgehalt ihrer Worte genau zu ergründen suchte.

Nach einer gefühlten Ewigkeit rührte er sich und wandte sich ab. »Nun denn, Ihr hattet Eure Chance.«

Seine überhebliche Art machte Leah allmählich wütend, was ihre Vorsicht schwinden ließ. Mutig schleuderte sie ihm ihre Fragen entgegen: »Was soll das alles hier? Ich habe bereits ausgesagt, was ich weiß und woran ich mich erinnere. Ich habe dem nichts mehr hinzuzufügen. Und jetzt möchte ich wissen, warum ich hier festgehalten werde? Ich habe nichts verbrochen, weshalb also bin ich Eure Gefangene?«

»Ihr seid nicht meine Gefangene«, sagte er seelenruhig, als wäre alles nur ein Spaß.

Leah schnaubte, das war der Gipfel der Impertinenz. »Ach, und wie nennen Sie es …« Sie unterbrach sich rasch, als sie ihren Fauxpas sowie seine steile Falte auf der Stirn bemerkte, und täuschte einen Hustenreiz vor. »Ich bin in dem kleinen Zimmer eingesperrt, bin gezwungen, seit Tagen dieselbe Kleidung zu tragen, fühle mich schmutzig und habe keine Gelegenheit, mich zu waschen oder mein Haar zu richten. Und Ihr behauptet, ich sei keine Gefangene?«

Sekundenlang betrachtete er sie mit stoischer Miene, dann ließ er die Arme sinken und nahm eine aufrechte Haltung an. »Ihr sollt die Möglichkeit bekommen, Euch zu waschen, und ich werde veranlassen, dass man Euch Kleider zum

Wechseln bringt und was Ihr sonst benötigt. Ich hoffe, Ihr seid nicht anspruchsvoll und gebt Euch auch mit weniger erlesenem Stoff zufrieden.«

»Haltet Ihr mich etwa für eingebildet?«, zischte sie.

»Nein! Aber Ihr habt eine vorlaute Zunge«, parierte er.

Ärgerlich blickte sie zur Seite und sparte sich eine Erwiderung. Es war besser, den Mann nicht unnötig zu reizen.

Das Schweigen zog sich einige Sekunden lang hin. Schließlich wandte sie sich ihm wieder zu und betrachtete ihn verstohlen. Er schien auf den ersten Eindruck kein bösartiger Mensch zu sein, dennoch strahlte er eine Autorität aus, die sie nicht unterschätzen durfte. Nichtsdestotrotz musste sie zugeben, dass ihr nie zuvor ein Mann begegnet war, der mehr Männlichkeit verkörperte als dieser Highlander. Eine seltsame Faszination ging von ihm aus.

»Ihr werdet ab sofort in einem Gästezimmer untergebracht werden und dürft Euch frei bewegen. Entspricht das Euren Wünschen?«

»Das ist sehr freundlich, vielen Dank.« Mit diesem Ausgang hatte sie nicht gerechnet. Um nicht unhöflich zu erscheinen, setzte sie ein dankbares Lächeln auf. Leah fühlte sich wie ein eingeschüchtertes kleines Mädchen, das gerade mit einer milden Strafe für groben Unfug davongekommen war. Dabei war sie im Grunde eine selbstbewusste junge Frau, die es gelernt hatte, sich im Leben durchzubeißen. Mit Fleiß und Ehrgeiz hatte sie es als Anwaltsgehilfin in die renommierte Kanzlei Clarksen & Partner geschafft, in deren Kartei finanzkräftige und hochrangige Mandanten wie Firmenbosse, Politiker oder Prominente verzeichnet waren. Doch all das nützte Leah in ihrer momentanen Situation rein gar nichts.

»Ihr bleibt also dabei, dass Ihr Euer Gedächtnis verloren habt?«, hakte er plötzlich nach.

Leah nickte und nagte nervös an der Unterlippe.

»Wird Euch denn niemand vermissen?«

Die Art, wie er die Frage stellte, trieb ihr beinahe die Tränen in die Augen. Natürlich würde man sie vermissen! Ihre Familie und Daniel dürften sich bereits verzweifelt fragen, wohin sie spurlos verschwunden war und was ihr zugestoßen sein könnte. Als würde sich das Schicksal ihrer Familie wiederholen. Sie mochte nicht darüber nachdenken, was ihre Mutter gefühlt haben musste, nachdem Daniel ihr gebeichtet hatte, was passiert war. Und wie würde es Mum erst ergehen, wenn die Polizei ihr mitteilte, dass sie in den schottischen Highlands als vermisst galt – genau wie einst ihr Vater. War ihm womöglich Ähnliches zugestoßen? Hatte es auch ihn seinerzeit in die Vergangenheit verschlagen?

»Meine Familie wird selbstverständlich in größter Sorge sein«, brachte sie mit zittriger Stimme heraus und mied seinen Blick.

»Ihr habt einen Gemahl?«

»Nein, das wüsste ich«, antwortete sie gereizt. »Ich sprach von meinen Eltern und Geschwistern.«

»Mir ist zu Ohren gekommen, dass Ihr eine Weile in England gelebt habt. Warum in Gottes Namen führt ein Mann seine Familie nach England? Das ist eine Schande! War er auf der Flucht?«

»Wie kommt Ihr darauf, nein!«, fuhr sie hoch. »Nach dem Tode meines Vaters verließ meine Mutter Schottland und kehrte in ihre Heimat nach England zurück. Dort ist sie heute in zweiter Ehe verheiratet.«

»Mit einem Engländer?«

»Ja! Womit denn sonst?«

Der Laird gab einen abfälligen Laut von sich. »Ihr habt eine sonderbare Familie.«

Leah schnaufte. »Meine Familie ist die Beste, die man sich vorstellen kann.«

Er überging ihren Einwand. »Warum hat Ihr Vater eine Sassenach zur Frau genommen?«

Sie holte tief Luft und sah ihn erhobenen Hauptes an. »Ich denke, man nennt es *Liebe*!«

Leah konnte seinem Gesichtsausdruck ansehen,

dass er eine solche Antwort nicht erwartet hatte. Schweigend schaute er sie mit eigenartigem Ausdruck an. Als er schließlich wegsah, verbuchte sie es als Sieg für sich.

Er ging ein paar Schritte, als würde er das Schreibpult umrunden, blieb dann stehen und wandte sich ihr zu. »Habt Ihr besondere Fähigkeiten, um Euch während Eures Aufenthaltes nützlich zu machen?« Abwartend musterte er sie.

Leah unterdrückte ein Seufzen. Sie hätte damit rechnen müssen, dass von ihr erwartet wurde, für ihren Lebensunterhalt zu arbeiten. Sie war nicht arbeitsscheu, doch mit der primitiven Technik dieses Jahrhunderts konnten die einfachsten Tätigkeiten zu einer Herausforderung werden.

»Meine Familie in England war gut situiert, somit war es bisher nicht erforderlich, dass ich mit anpacken musste«, redete sie sich heraus. »Aber ich bin bereit, mich zu bemühen«, setzte sie rasch hinterher, um keinen falschen Eindruck zu erwecken.

Wieder bildete sich die steile Falte auf seiner Stirn. »Ich denke, Morag wird eine leichte Aufgabe für Euch finden.«

Leah nickte und war froh, dass er nicht nachfragte, womit die Familie ihr Geld verdiente. Mit den Berufsbezeichnungen Kaufmann für Büromanagement und zahnmedizinische Fachangestellte würde er schließlich nichts anfangen können. Für einen kurzen Moment erheiterte sie die Vorstellung. Der Laird bekam davon nichts mit. Er ging mit ausladenden Schritten auf die Tür zu, öffnete sie und sprach mit jemandem. Sie vermutete, dass es sich um Duncan handelte, weil der Augenblicke später den Raum betrat.

»Wir wären dann fürs Erste fertig«, wandte sich der Laird an sie. »Aber sollte Eure Erinnerung wider Erwarten zurückkehren, möchte ich informiert werden. Habt Ihr mich verstanden?«

Leah nickte. Der seltsame Unterton in seinen Worten war ihr nicht entgangen. Es war offensichtlich, dass er nicht recht an die Geschichte mit der Amnesie glaubte. Sie musste sich eine überzeugendere Ausrede einfallen lassen oder besser noch, versuchen, schleunigst in ihre eigene Zeit zurückzukehren.

Tatsächlich wurde der Wechsel in eine andere Unterkunft unverzüglich vollzogen. Das neue Zimmer war fast doppelt so groß und heller, da es ein Fenster auf normaler Höhe besaß, aus dem Leah hinaussehen konnte. Für ihren Geschmack war der Raum immer noch spartanisch, aber es gab zumindest einen Kleiderschrank und die Sitzfläche des Stuhls war gepolstert. Blickfeld war das breite, komfortabel aussehende Bett.

Bewundernd berührte sie die hohen gedrechselten Bettpfosten, die einen Baldachin trugen. Schleifen hielten den weißen bodenlangen Stoff einladend an den Pfosten des Kopf- und Fußendes auseinander. Die sich daraus ergebende Form mit dem gekrausten Volant erinnerte Leah an die Gardine, die das breite Wohnzimmerfenster ihrer Großeltern in England zierte.

Erleichtert seufzte sie auf, als sie allein war. Sie sollte zufrieden und dankbar sein, sie hatte ein Dach über dem Kopf und Hunger musste sie bislang auch nicht leiden. Das war mehr, als sie erwarten konnte, nachdem es sie gegen ihren Willen in die Vergangenheit verschlagen hatte. Rasch lief sie ans Fenster und blickte hinaus. Es musste sich um den Burghof handeln, der sich unter ihr erstreckte. Zur Linken sah sie einen Brunnen, an dem zwei Frauen Wasser schöpften, zur Rechten ragten mehrere Gebäudemauern in die Höhe, die die Sicht zu der Seite einschränkten.

Sie zuckte zusammen, als plötzlich Morag im Zimmer stand. Mürrisch kam die Frau näher und warf einige Kleidungsstücke auf das Bett.

»Habt vielen Dank«, sagte Leah freundlich.

Morag gab keine Antwort und erteilte den beiden Mädchen, die unschlüssig in der Tür stehengeblieben waren, ein paar Anweisungen in gälischer Sprache. Eine Schüssel zum Waschen, ein großer Wasserkrug und ein Stapel Handtücher wurden von ihnen angeschleppt.

Leah lächelte sie liebenswürdig an, doch die zwei jungen Frauen erwiderten diese Höflichkeit nicht. Distanziert und sichtlich argwöhnisch musterten sie die Fremde und steckten immer wieder tuschelnd die Köpfe zusammen. Leah versuchte, sich ihre steigende Unsicherheit nicht anmerken zu lassen.

»Wascht Euch und zieht Euch um. Ich komme später wieder«, erklärte Morag knapp und scheuchte die beiden Schnattermäuler vor sich her.

»Morag?«, rief Leah, bevor die den Raum verlassen konnte. »Ich danke Euch.«

»Dankt nicht mir! Ich befolge nur, was mir aufgetragen wurde«, erwiderte diese kühl. Die Ältere betrachtete sie missmutig. »Weiß der Teufel, wie Ihr es geschafft habt, beim Laird eine Sonderbehandlung herauszuschlagen. Ich soll Euch eine Beschäftigung zuteilen, ich werde Euch in der Küche einsetzen, aber erwartet nicht, anders behandelt zu werden als die übrigen Kräfte, nur weil Ihr dem Laird offenbar schöne Augen gemacht habt.«

Schockiert riss Leah den Mund für eine Erwiderung auf, doch dazu kam sie nicht mehr. Morag drehte auf dem Absatz um und ging.

Verärgert lief Leah im Zimmer auf und ab und

führte Selbstgespräche. Als ob sie es nötig hätte, diesem selbstgefälligen Proleten schöne Augen zu machen. Nachdem sie sich einigermaßen beruhigt hatte, trat sie an die Waschschüssel und wusch sich, so gut es unter solchen Umständen möglich war. Nach Tagen in denselben Sachen fühlte sie sich verschwitzt und schmutzig. Anschließend zog sie die Kleidung an, die Morag ihr gebracht hatte. Sie war nicht sonderlich kleidsam, aber zumindest sauber und frisch gewaschen. Außerdem unterschied Leah sich damit nicht mehr von den anderen Frauen.

Mit nachdenklicher Miene betrachtete sie das schöne Kleid, in dem sie in die Vergangenheit befördert worden war, und das nun als kleines Häufchen auf dem Fußboden lag. Ein Kleid, das ihr Leben verändert hatte. Aber hing ihr Schicksal wirklich von einem Kleidungstück ab? Sie bückte sich, um es aufzuheben. Auf Armeslänge hielt sie es vor sich und begutachtete es kritisch. Wenn sich der Zauber auf das Kleid beschränkte, dann hätte es sie zurück in ihre Zeit katapultieren müssen, nachdem sie es ausgezogen hatte. Aber sie war noch immer in diesem Zimmer.

Seufzend griff sie nach einem Bügel, aus zwei runden Holzstangen zum Kreuz gebunden, und hängte es zum Auslüften an das offene Fenster. Sie trat ein paar Schritte zurück, ohne den Blick davon abzuwenden. Vielleicht musste sie lediglich aus dieser Festung heraus, grübelte sie weiter. Womöglich war es nur ein Bann, in dem sie gefangen war und außerhalb dieser Mauern existierte die Welt, so wie Leah sie kannte. Sie musste es herausfinden und durfte nichts unversucht lassen, aus diesem Jahrhundert zu entkommen, von dem sie noch nicht wusste, welches Jahr man überhaupt schrieb. Definitiv aber handelte es sich um das frühe 18. Jahrhundert, da die Highlander noch mit Stolz ihre Plaids trugen, was ihnen nach der großen Schlacht bei Culloden im Jahr 1746 untersagt worden war.

Morags Erscheinen riss sie aus ihren Überlegungen. »Seid Ihr fertig?«, fragte diese ohne Umschweife.

»Ja, bin ich«, antwortete Leah. Sie würde schon eine Antwort auf ihre Fragen finden. Nun galt es erst einmal, nicht aufzufallen und kein Misstrauen zu erregen. Wenn sie wieder eingesperrt würde, könnte sie ihren Plan, der langsam in ihrem Hirn Gestalt annahm, nicht in die Tat umsetzen.

»Wie seht Ihr denn aus?« Kopfschüttelnd kam Morag näher. »Man sollte meinen, Ihr habt Euch noch nie alleine angekleidet.«

Verwundert sah Leah an sich herunter.

»Dreht Euch!«, befahl Morag. Leah gehorchte wortlos, während die Frau an ihrer Kleidung herumzerrte. Nachdem ihr äußeres Erscheinungsbild endlich Morags Vorstellung entsprach, folgte Leah ihr zum Küchentrakt.

Dort entdeckte sie die beiden Mädchen, die sie zuvor wie ein exotisches Tier angesehen hatten. Ein paar weitere taten es ihnen gleich, während die restlichen Personen sie nur mit einem knappen Blick über die Schulter würdigten.

Mit großen Augen schaute Leah sich um. Ein langgestreckter karger Raum mit gewölbter Decke lag vor ihr. Gegen die nackten Steinwände gelehnt standen einfache, recht instabil wirkende Holzregale mit vielerlei Utensilien. Zwischen den Erkern waren Ablagebretter für schwerere Gerätschaften verankert. An einer schmiedeeisernen Stange hingen riesige Schaumkellen und Rührlöffel. In einem gemauerten Verschlag stapelte sich Brennholz. An einer Seite gab es Vorsprünge an der Wand, die mit einem langen Brett abgedeckt waren, auf denen Brotlaibe lagen. Es wurde geschäftig mit Töpfen und Pfannen geklappert und ein würziger Essensduft lag über dem Raum.

»Habt Ihr schon mal Kartoffeln geschält?«, fragte Morag kurz angebunden.

Leah nickte und im nächsten Moment drückte Morag ihr bereits einen großen Korb mit Kartoffeln in den Arm. Er war schwer und sie hatte Mühe, ihn richtig zu greifen.

»Setzt Euch dort in die Ecke.« Sie wies auf einen langen Tisch mit einer dicken Holzplatte, der vor der Wand stand, umgeben von einfachen Sitzbänken. »Und schält ja nicht zu dick!«

Kommentarlos setzte Leah sich. Sie rutschte herum, sodass sie die Wand im Rücken hatte und sich gegebenenfalls anlehnen konnte. Eine der Frauen brachte ihr einen Eimer für die Schalen und eine Schüssel für die geschälten Kartoffeln. Während sie ihre Arbeit aufnahm, nutzte sie die Gelegenheit, sich weiter umzuschauen und die anderen bei ihren Arbeiten zu beobachten. Durch die vielen Töpfe auf dem Herd war es warm und stickig in der Küche. Schweißperlen bildeten sich an ihrer Schläfe und rannen langsam am Haaransatz hinunter. Die Frau, die ihr den Eimer gebracht hatte, setzte sich mit einer Schüssel Möhren zu ihr. Leah schätzte, dass sie im gleichen Alter wie sie war. Sie schien unvoreingenommen, lächelte und stellte sich als Corrine vor, als sei es nichts Ungewöhnliches, neben einer Wildfremden die Arbeit zu verrichten. Leah war dankbar für ihre Gesellschaft.

Erschöpft kehrte sie an diesem Abend in ihr Zimmer zurück. Die neuen Eindrücke, die ungewohnten Arbeiten und die Anspannung, bloß nicht aufzufallen, forderten ihren Tribut, aber sie hatte sich nach besten Kräften geschlagen. Morag hatte nichts zu beanstanden gehabt.

Leah ging an die Waschschüssel und schöpfte sich mit beiden Händen das kühle Wasser ins Gesicht. Würden so alle ihre Tage aussehen? Sie griff nach dem Handtuch und verbarg in tiefer Abwesenheit ihr Gesicht. Erst als sie das Handtuch beiseitelegte, bemerkte sie, dass zwischenzeitlich jemand im Zimmer gewesen sein musste. Das Fenster war geschlossen worden und das Kleid hing nicht mehr auf seinem Bügel. Das Kleid! Unruhe erfasste sie. Vielleicht hatte es jemand in den Schrank gehängt. Mit zwei Schritten war sie dort und riss die Türen auf – er war leer. Hektisch schaute sie sich im ganzen Zimmer um, obwohl ihr längst klar war – das Kleid war nicht mehr da! Was, wenn es der einzige Weg war, in ihre Zeit zurückzukehren? Leahs Herz raste vor Aufregung und in ihrem Hirn spielten sich zahlreiche Szenarien ab. Was, wenn einer der Mägde das Kleid an sich genommen und es aus Neugier anprobiert hatte, und nun an ihrer Stelle im einundzwanzigsten Jahrhundert gelandet war? Eine solche Katastrophe mochte sie sich nicht mal annähernd vorstellen. Sie musste es unbedingt zurückhaben!

Vielleicht wusste Morag, wo sich ihr Kleid befand. Immerhin war sie die Einzige, mit der sie Kontakt hatte, als sie noch unter Verschluss gehalten wurde.

Sie lief zurück zur Burgküche. Einige der Mägde saßen am Tisch und aßen, sie sahen auf, als Leah atemlos hineinstürzte.

»Wo ist Morag?«, fragte sie in die Runde.

Die Frauen zuckten mit den Schultern. Außerdem ging Leah davon aus, dass nicht jede sie verstanden hatte, denn einige sprachen ausschließlich gälisch.

»Willst du dich nicht setzen und mit uns essen?«, fragte Corrine. »Du warst vorhin so schnell verschwunden, dass …«

»Ich muss sofort Morag finden«, unterbrach sie hektisch. Natürlich hatte sie Hunger, sie schluckte und starrte einige Sekunden sehnsüchtig auf den gedeckten Tisch, aber die Angst um das Kleid war größer.

»Vielleicht ist sie in der Großen Halle«, überlegte Corrine laut.

Ohne eine Antwort zu geben oder den Versuch, ihr sonderbares Verhalten zu erklären, machte Leah auf dem Absatz kehrt und rannte los. Ihr war bewusst, dass das Küchenpersonal über sie tratschen würde und ihre sichtbare Nervosität lieferte ihnen noch zusätzlichen Gesprächsstoff. Im Augenblick scherte es sie wenig. Bei dem forschen Manöver trat sie auf den Saum ihres Kleides und wäre um ein Haar gestürzt. Fluchend über die bodenlangen Röcke jener Zeit raffte Leah sie und setzte ihren Weg fort. Den Gesprächslärm aus der Großen Halle konnte sie bereits deutlich vernehmen, hoffentlich war Morag wirklich dort. Nachdem der Gang scharf rechts abzweigte und sie nicht um die Ecke sehen konnte, prallte sie ungebremst gegen eine entgegenkommende Person.

»Hoppla! Wohin so schnell des Weges?«

Erschrocken blickte Leah auf und sah direkt in das breit grinsende Gesicht des Lairds. Er hatte tadellos weiße Zähne, wie sie irritierenderweise in dieser Situation bemerkte. Aufgebracht berichtete sie stockend, während sie nervös mit den Händen fuchtelte, von ihrem Dilemma.

»Ich bitte Euch, kein Grund zur Aufregung! Einer der Frauen wird es für die Wäsche eingesammelt haben. In ein paar Tagen werdet Ihr es sauber und gestärkt zurückhaben.«

Enttäuscht verschränkte Leah die Arme vor der Brust, während ihr ein missmutiger Laut entfuhr. Was hatte sie erwartet? »Es ist das Einzige, was mir geblieben ist«, verteidigte sie sich trotzig.

»Das ist mir bewusst, dennoch besteht kein Anlass zur Sorge. Wenn Ihr es wünscht, kann ich dem nachgehen, aber ich denke, das wird nicht nötig sein.«

Sie stampfte auf und schwieg verbissen.

»Übt Euch ein wenig in Geduld. Ihr seid schließlich nicht nackend ...« Er trat zwei Schritte zurück und musterte sie provokant von Kopf bis Fuß, »... obwohl das sicherlich ein berauschender Anblick wäre.«

Leah schnaubte und funkelte ihn verärgert an, was ihn zum Lachen veranlasste.

»*Mo bhòidhchead*«, sagte er und zog grienend einen Mundwinkel nach oben.

Sie verstand nicht, was die Worte bedeuteten, aber sie vermutete, nichts Anständiges. Ungeduldig tippelte sie mit dem Fuß auf den Boden und hoffte, er möge endlich den Weg freigeben und sie ziehen lassen.

»Habt Ihr schon zu Abend gegessen?«, fragte er stattdessen.

Verwundert blickte sie ihn an und just, als sie etwas erwidern wollte, gab ihr Magen ein knurrendes Geräusch von sich.

»Also nicht!«, kommentierte er trocken.

Leah richtete mit einem lauten Stöhnen die Augen zur Decke. Ihr eigener Körper hatte sie verraten.

Seine Hand landete auf ihrer Schulter. »Ich bin eben erst mit meinen Männern eingetroffen und habe auch noch nicht gegessen. Leistet mir doch ein wenig Gesellschaft, bei der Gelegenheit könnten wir ganz ungezwungen miteinander plaudern.«

Das hatte Leah gerade noch gefehlt! Sie konnte sich schon denken, was er von ihr zu erfahren hoffte. Ihr blieb nichts anderes übrig, als ihm zu folgen. Zu ihrer Überraschung führte sein Weg sie nicht in sein Refugium, sondern in den großen Saal, wo reger Betrieb herrschte. Die meisten saßen in Gruppen zusammen, unterhielten sich und tranken vermutlich Alkohol.

Für einen Augenblick wurde es ganz still und alle starrten sie an. Einige Männer, vermutlich jene, die den Laird begleitet hatten, kamen ebenfalls herein und setzten sich an den vorderen Tisch, in dessen Mitte bereits etliche Speisen standen.

»Auf was habt Ihr Appetit?«, fragte Cedric, während er sich ein übergroßes Brett schnappte und es mit kaltem Lammbraten, Brot und verschiedenen Beilagen belud.

Beklommen stand Leah zwei Meter hinter ihm. Auf seine Frage konnte sie nur hilflos mit den Schultern zucken. Die Erinnerung an die verwirrenden Bilder, die sie kurz nach ihrem Erwachen in der Vergangenheit erfasst hatten, waren wieder da und jagten ihr Schauder über den Rücken. Am liebsten wäre sie geflohen, aber sie riss sich zusammen. Bang blickte sie sich um.

»Kommt!«, hörte sie den Laird neben sich sagen.

Es klang wie aus weiter Ferne. Sie schluckte und der Nebelschleier um sie herum löste sich auf. Die Männer an den Tischen hatten längst ihre Unterhaltung wieder aufgenommen und jene am vorderen machten sich über ihre Mahlzeit her. Niemand schien sie mehr zu beachten, dennoch fühlte sie sich unwohl.

Als Leah die Hand des Lairds auf der Schulter spürte, zuckte sie zusammen. Er schien es nicht bemerkt zu haben. Mit einer Geste wies er zu einem Platz, der auf einem kleinen Podest lag. Mit weichen Knien folgte sie ihm.

»Ihr seid blass«, bemerkte er. »Ist Euch nicht wohl?«

Sie schenkte ihm ein scheues Lächeln. »Es wird schon gehen«, brachte sie mit kraftloser Stimme hervor und wich seinem besorgten Blick aus.

Herrgott, reiß dich zusammen, rief sie sich zur Ordnung, nachdem er ihr den Rücken gekehrt hatte, um einen Krug und zwei Becher zu besorgen.

»Seid Ihr sicher, dass es Euch gutgeht?«, fragte der Laird nach, »soll ich die Heilerin zu Euch schicken?« Er stieg über die Bank, setzte sich und befüllte die Becher.

Auf keinen Fall wollte Leah, dass eine Heilerin sich ihrer annahm und sie als Versuchskaninchen missbrauchte. »Ich denke, ich habe den Tag über zu wenig getrunken. Mir war für einen kurzen Moment etwas schwindelig«, redete sie sich heraus. Zur Bekräftigung ihrer Worte griff sie nach dem Becher und leerte ihn in einem Zug. Zu ihrer Überraschung musste sie feststellen, dass es sich um gewässerten Wein handelte.

»Ihr seid in der Tat eine sonderbare Person«, sagte der Laird und schüttelte langsam den Kopf, ehe auch er trank.

»Es wäre doch schlimm, wenn alle Menschen gleich wären, nicht wahr?« Mit erzwungenem Selbstvertrauen sah Leah ihn an. Anfangs entdeckte sie Erstaunen in seiner Miene, dann wandelte es sich zu einem Lächeln. Einem anziehenden Lächeln, wie sie fand.

Er brach ein Stück Brot vom Laib und reichte es ihr. »In der Tat, das wäre es.«

Dankend nahm sie es an und biss hinein. Die Blicke der beiden spielten unentwegt miteinander.

Allmählich entspannte Leah sich und gestand sich schließlich sogar ein, dass sie anfing, die Gegenwart des Burgherrn zu genießen. Er besaß jenen Charme, den sie sich immer bei einem Mann erträumt hatte. Mit dem Unterschied, dass der Mann ihrer Träume nicht aus dem achtzehnten Jahrhundert stammte. Kurz tauchte Daniels Bild vor ihrem inneren Auge auf und sie stellte sich ihn in dem Plaid vor, das ihr Gegenüber trug. Daniel hatte so gar nichts mit diesem kampferprobten und stolzen Highlander gemein. In der Tat hätte er sicher lächerlich in der Verkleidung ausgesehen. Verträumt begutachtete sie den gestählten Oberkörper und die kräftigen, muskulösen Oberarme von Cedric MacArthur, während er mit dem Essen beschäftigt war. Er war ein Mann, der ihr überaus gut gefiel, nur dass sie nicht in diese, seine Welt gehörte.

*

»Hey, Goraigh«, rief Cedric, als er mit einer Gruppe Männer aus dem Stall kam und den Schmied über den Burghof trotten sah. Sogleich hob der Mann den Kopf, und hielt auf seinen Herrn zu.

»Fergus' Pferd lahmt vorne rechts«, sagte Cedric. »Schau es dir an, vielleicht ist ihm mit einem neuen Hufeisen geholfen.«

»Aye«, Goraigh nickte und eilte in den Stall.

»Vielleicht sollte Fergus einfach weniger essen.« Niall stand hinter dem Laird und grinste.

»Ansonsten braucht er bald ein kräftigeres Ross«, setzte Connor hinzu. Die zwei lachten amüsiert.

»*Tha thu nan idiotan*«, knurrte Fergus, der zu ihnen aufgeschlossen hatte. »Ich behandle mein Pferd besser als manch ein anderer!« Wütend stieß er Connor zur Seite und stapfte davon.

»Ihr wisst schon, dass das eine nichts mit dem anderen zu hat?«, wies Duncan die beiden jungen Männer mit einem schiefen Grinsen zurecht.

»Aye!«, bestätigten sie einträchtig.

Schweigend hatte Cedric die Szene beobachtet

und wandte sich nun kopfschüttelnd ab. Sogleich verschwand die Belustigung aus seinem Gesicht, als er die angespannte Miene von Tavish bemerkte, der neben ihn getreten war.

»Da ist sie wieder«, sagte Tavish im selben Moment.

Cedric folgte seiner Blickrichtung. Es überraschte ihn nicht, dass wieder einmal von Leah die Rede war.

»Die Frau streicht ständig umher. Sie sucht irgendwas.«

Cedric stöhnte. »Das Thema hatten wir schon.« Er mäßigte seine Lautstärke, damit die anderen sie nicht hören konnten. »Wonach sollte sie suchen? Wir sind jeder Möglichkeit nachgegangen, da ist nichts.«

Tavish fluchte vor sich hin, während er wartete, bis Niall, Connor und Duncan Richtung Burgeingang vorausgegangen waren. »Mit dem Weib stimmt was nicht, das weiß ich!«

»Ach, hast du auch Beweise für deine Behauptungen?«, zischte Cedric.

»Sie verhält sich eigenartig, aber das willst du anscheinend nicht sehen, weil du mit deinem Schwanz denkst.«

Schnaubend packte Cedric ihn und drückte ihn gegen die Scheunenwand. »Pass auf, was du sagst!«

Tavish blickte ihm furchtlos in die Augen, ließ

es aber nicht auf einen Zweikampf ankommen. Nach einer weiteren scharfen Warnung ließ Cedric ihn angewidert los.

»Mehrmals täglich treibt sie sich in dem Gang zum Weinkeller herum«, begann Tavish erneut, als wäre nichts gewesen. »Ich habe sie beobachtet, sie berührt mit den Händen die Wände, als befände sie sich in Trance, oder sie kniet sich auf den Boden und murmelt unverständliches Zeug vor sich hin. Findest du das etwa normal? Ich sage dir, das Weib ist eine Hexe.«

»Red keinen Unsinn, sie ist keine Hexe!«

»Was macht dich da so sicher?«

»Ich weiß es einfach!«, beharrte Cedric. Er wollte diese Möglichkeit nicht in Betracht ziehen. Für ihn dominierten Unsicherheit und Angst Leahs Persönlichkeit, die von Wärme abgelöst wurden, sobald sie etwas Vertrauen gefasst hatte. Diese Frau konnte unmöglich von dunklen Mächten besessen sein, ihr fehlte dafür die Kälte und Durchtriebenheit in ihrem gesamten Auftreten.

»Glaubst du etwa den Unsinn mit dem angeblichen Gedächtnisverlust? Eine günstige Gelegenheit, und sie würde sich sofort auf und davon machen. Oft genug habe ich sie in der Nähe des Tors herumschleichen gesehen. Unser Eindringling ist vorsichtig. Diese Frau weiß, dass sie beobachtet wird, daher geht sie kein unnötiges Risiko ein. Irgendjemand erwartet sie außerhalb unserer Burgmauern, da bin ich mir sicher.«

»Du selbst warst dabei, als wir die Gegend durchkämmt haben ...«

»Was nicht heißen muss, dass nicht doch jemand dort ist«, fiel Tavish ihm zornig ins Wort. »Ich bin dafür, sie auf die Probe zu stellen.« Herausfordernd verschränkte er die Arme vor der Brust und sah Cedric kühl an.

Der stöhnte und sah grüblerisch an ihm vorbei. Natürlich waren ihm einige Besonderheiten an der unbekannten Frau aufgefallen, auch wenn er nicht recht an heimtückische Absichten glauben wollte.

»Gut! Alle sollen sich zurückhalten und sich ihr keinesfalls in den Weg stellen. Leah muss überzeugt sein, dass niemand auf sie achtet, die Männer sollen ihr unauffällig folgen, falls sie Anstalten macht, die Burg zu verlassen.«

»Das ist doch mal ein Wort!«, entgegnete Tavish. Mit überheblicher Miene wandte er sich ab und ließ ihn stehen. Nur mühsam konnte Cedric seinen Zorn im Zaum halten. Eines Tages würde er dem dreisten Kerl eine Abreibung verpassen, die er so schnell nicht vergessen würde. Aufgebracht rammte er die Faust gegen die Scheunenwand, dass das getroffene Brett mit einem lauten Krachen nachgab und zersplitterte. Der stechende Schmerz, der seinen Arm hochfuhr, half ihm, sich zu beruhigen.

Warum sollte die Frau, die sich Leah Branagh nannte, so töricht sein und aus der Burg verschwinden wollen? Er hatte alle Nachsicht walten lassen, ihr ein Dach über den Kopf gegeben, sie wie einen Gast beherbergt und bewirtet. Letztlich ihr eine angemessene Arbeit gegeben. Das war weit mehr, als sich so manche Frau aus dem Clangebiet erträumte.

Nur drei Tage später wurde Cedric eines Besseren belehrt. Einer seiner Männer teilte ihm mit, dass die Frau über die heruntergelassene Zugbrücke hinausmarschiert sei. Sie wäre wie selbstverständlich neben den Maultierkarren zweier Händler, die das Castle verließen, hergegangen, als gehöre sie zu ihnen.

Wut packte Cedric. Strammen Schrittes machte er sich auf den Weg, einige Männer zusammen zu pfeifen, die ihn begleiten sollten. Dabei traf ihn Tavishs hämischer Blick, den er mit einem warnendem, wuterfüllten parierte. Am liebsten hätte er sich das Frauenzimmer sogleich zur Brust genommen, ihr gehörig die Leviten gelesen und sie anschließend für ihren Hochmut und ihrer Dummheit bestraft.

Es war taghell und daher nicht einfach, ihr unbemerkt zu folgen. Sie schien ziellos umherzuirren, bis sie das Gehöft von Angus MacPayne erreichte.

Die Männer postierten sich im Schutz der Bäume, um nicht gesehen zu werden.

»Warum schleicht das Weib wie eine Diebin um die Stallung herum?«, sagte Iain mehr zu sich selbst.

»Von dort dürfte sie gute Sicht auf das Wohnhaus haben«, meinte Connor.

»Sie wird wohl eher auskundschaften, ob die Luft rein ist, um MacPaynes Gaul zu stehlen«, knurrte Tavish.

»Wo ist sie hin? Ich kann sie nirgendwo mehr entdecken«, beschwerte Cedric sich einige Minuten später.

»Ich auch nicht, aber sie muss noch in der Nähe der Stallgebäude sein«, antwortete Owen.

Fast eine Stunde später schickte Cedric Iain und Owen zum Gehöft, um sich unauffällig umzusehen. Es kam ihm wie eine Ewigkeit vor, bis die beiden zurückkehrten. Er war äußerst angespannt.

»Warum hat das so lange gedauert?«, fuhr er die zwei an.

»Ich weiß, wo sie sich aufhält«, berichtete Iain erfreut. »Sie kauert an der Scheunenseite hinter der Regenwassertonne. Ich konnte einen Zipfel ihres Kleides erkennen.«

»Angus scheint keine Ahnung zu haben, dass sich jemand auf seinem Hof versteckt«, sagte

Owen. »Ich habe mich mit ihm über seine trächtige Kuh unterhalten. Er rechnet damit, dass sie innerhalb der kommenden zwei Tage kalben wird. Alle paar Stunden sieht er nach ihr.«

»Und jetzt?«, fragte Connor in die entstandene Ratlosigkeit hinein.

»Wir warten!«, knurrte Cedric.

Nach einer weiteren halben Stunde des Wartens tat sich etwas auf MacPaynes Hof.

Leah schien vom Hof flüchten zu wollen und lief nach Westen. Nach etwa zweihundert Metern blieb sie keuchend stehen, sah sich in alle Himmelsrichtungen um, als sei sie unschlüssig, welchen Weg sie wählen sollte, bevor sie offenbar orientierungslos weiter rannte. Aufgrund des offenen Geländes mussten Cedric und seine Männer einen großen Abstand halten, um nicht bemerkt zu werden.

»Wenn sie die Richtung beibehält, wird sie auf Rinaldas Hütte treffen«, sagte Duncan, obwohl sein Freund es selbst erkennen konnte. »Vielleicht war das von vornherein ihr Ziel.«

»Warum?«, murrte Cedric und war bemüht, Leah nicht aus den Augen zu verlieren. Auf Grund der Entfernung war sie nur noch als kleiner, sich bewegender Punkt auszumachen. »Ich habe ihr angeboten, dass unsere Heilerin nach ihr sieht. Sie wollte es nicht!«

Als die Gestalt der jungen Frau schließlich hinter dem grünen Hügel verschwand, sandte er seine Männer von zwei Seiten zum Heim der alten Rinalda. Er selbst ritt vor bis unterhalb des Hügels, wo er sein Pferd zurückließ und sich zu Fuß zu den kleinen Felsenhöhlen neben der Kuppe hinaufschlich. Von dort hatte er, verdeckt von niederen Dornenbüschen eine gute Sicht auf Rinaldas Hütte, die in der Senke lag.

Aus dieser Position konnte er beobachten, wie sie um das bescheidene Anwesen herumschlich und versuchte, ins Innere zu blicken. Die Fensterläden waren geschlossen, und kein Rauch stieg aus dem Abzug auf, sodass Cedric vermutete, dass Rinalda nicht zu Hause war.

Inzwischen hatte ein leichtes Nieseln eingesetzt und Leah hatte weder einen Mantel noch einen Umhang dabei, der sie vor der Nässe schützte. Ein Blick zum Himmel sagte ihm, dass sich der Regen verstärken würde und sogar ein Gewitter zu befürchten war. Zudem würde in knapp einer Stunde die Dämmerung einsetzen.

Wie es den Anschein hatte, wollte Leah in der Hütte Schutz vor der Nässe suchen. Doch als sie sich an der Eingangstür zu schaffen machte, wurde die aufgerissen und die Heilerin zeigte sich.

Verstehen konnte Cedric aufgrund der Entfernung nichts. Aber es war ersichtlich, dass Leah zutiefst erschrocken schien, denn sie war mehrere Meter zurückgewichen, während Rinalda in der Tür stand und bedrohlich den Strauchbesen schwang. Im Grunde war sie eine liebenswerte alte Frau, aber sie konnte sehr beharrlich werden. In einer Situation wie dieser vermochte sich Cedric durchaus vorzustellen, dass die stets dunkel gekleidete, zahnlose Frau furchterregend auf Fremde wirkte.

Offenbar versuchte Leah dennoch, Rinalda zu beschwichtigen, wenn er ihre Körpersprache richtig deutete. Doch dann wandte sie sich um und lief davon, blieb aber nach wenigen Metern wie vom Blitz getroffen stehen und starrte voller Entsetzen auf den Reiter vor ihr.

Cedric stieß eine Reihe obszöner Flüche aus. Was zum Teufel dachte sich Tavish dabei, sich seinem Befehl zu widersetzen? Zuvor hatte der schon seinen Unmut darüber geäußert, was er davon hielt, einem törichten Weibsbild nachzujagen. Tavish stieg aus dem Sattel und marschierte auf die Tür zu, während Leah Richtung Wald flüchtete, der hinter Rinaldas Hütte begann.

»Es wird bald dunkel, im Dickicht könnten wir leicht ihre Spur verlieren.« Duncan, der Cedric gefolgt war, klang ernstlich besorgt.

»Sag das Tavish! Der Idiot kann was erleben!« Cedric hastete zurück zu seinem Pferd, das sich friedlich grasend über das saftige Grün hermachte, schwang sich in den Sattel und gab dem

Hengst so heftig die Sporen, dass sich das erschrockene Tier zuerst auf die Hinterbeine stellte, bevor es lospreschte. Vor der Hütte stoppte Cedric abrupt, sprang vom Pferd, stürmte auf den völlig überraschten Tavish zu und packte ihn.

So viel Tumult vor ihrer Hütte war die alte Frau nicht gewohnt. Sie schrie bestürzt auf, als Tavish nach einem harten Kinnhaken zu Boden ging und in ihrem Kräutergarten landete. Dann schienen ihre milchigen Augen Cedric als Laird zu erkennen, sie lobte seine Schlagkraft, während sie anschließend Tavish wie eine Furie beschimpfte, wegen der abgeknickten zarten Pflanztriebe.

Ächzend und sich das Kinn reibend, erhob Tavish sich. Mit zusammengekniffenen Lippen, hängenden Armen, aber geballten Fäusten starrte er sein Gegenüber an.

»Hast du vollkommen den Verstand verloren? Was fällt dir ein, eigenmächtige Entscheidungen zu treffen? Habe ich mich etwa nicht klar genug ausgedrückt?« Lautstark machte Cedric seinem Ärger Luft, Tavishs Respektlosigkeit war ihm schon lange ein Dorn im Auge.

Der Clansmann ließ erhobenen Hauptes den Schwall über sich ergehen, ohne ein Wort zu seiner Verteidigung vorzubringen.

»Geh mir aus den Augen!«, befahl Cedric wütend. »Reite zurück zu den anderen, und Gnade dir Gott, wenn du dich noch einmal meinen Anordnungen widersetzt.«

Blanker Zorn stand in den Augen des stolzen Highlanders, doch er marschierte ohne Widerworte zu seinem Hengst, schwang sich in den Sattel und ritt davon.

»Die junge Frau an Eurer Tür, was hat sie gewollt?«, fragte Cedric.

»Sie hat versucht, sich ungebeten Zutritt in mein Zuhause zu verschaffen«, antwortete Rinalda aufgeregt, »und als ich sie erwischte, hat sie lauter unsinniges Zeug von sich gegeben.«

»Was für unsinniges Zeug?«

»Nun, sie wollte wissen, wo sie sich befindet, welchen Namen dieser Ort trüge und wie sie wieder zur Burg gelangen könne.«

Für einen kurzen Moment war der Laird erleichtert, sie wollte also zurückkehren. Offensichtlich wollte Leah nicht fliehen, sondern hatte sich nur verlaufen. Für jemanden, der in England aufgewachsen war, konnten die weiten, unwegsamen Highlands sehr irreführend sein.

»Habt Dank, gute Frau!« Er ging zurück zu seinem Pferd und stieg in den Sattel. Der Regen hatte sich verstärkt. Mit einer schwungvollen Armbewegung signalisierte er den wartenden Männern, die sich laut seines Befehls der Hütte von zwei Seiten genähert hatten, ihm zu folgen.

Sie mussten die verwirrte Frau finden, bevor die Dunkelheit eine Suche unmöglich machte.

Was zum Teufel wollte Leah im Wald? War sie sich der Gefahren nicht bewusst? Düstere Wolken zogen am Himmel auf und in der Ferne war Donnergrollen zu vernehmen.

»Verflucht! So weit kann sie in der kurzen Zeit nicht gekommen sein. Sie muss uns gehört und sich irgendwo versteckt haben«, rief Cedric. »Lasst uns am Waldrand suchen.«

»Wenn sie vor uns geflüchtet ist, könnte sie dorthin gelaufen sein.« Duncan wies schräg zu seiner Rechten. »Vielleicht hat sie es bis zur Lichtung geschafft.«

»Aye, mag sein, dass sie den Pfad gefunden hat und ihm gefolgt ist«, antwortete Cedric und beorderte einen Teil der Truppe zum Waldrand, der andere sollte ihm folgen.

Der Mond war ein abnehmender Dreiviertelmond. Sofern nicht gerade eine grauschwarze Gewitterwolke an ihm vorüberzog, war die Sicht einigermaßen ausreichend.

»Ich habe im Schlamm frische Fußabdrücke entdeckt. Sie muss irgendwo am Rand der Lichtung sein«, berichtete Owen, der gerade von seiner Spurensuche zurückkehrte. »Wahrscheinlich sucht sie Schutz unter den Bäumen.«

»Es wird besser sein, wenn ich allein zu ihr reite«, sagte Cedric, während er mit den Augen systematisch den Bereich absuchte.

»Warte! Es könnte eine Falle sein!« Tavish verstellte ihm mit seinem Pferd den Weg.

»Was soll das?«, knurrte Cedric.

»Ich bin weiter oben auf dem Hügel gewesen, und ich habe …«, begann er, doch Cedric ließ ihn nicht ausreden.

»Schweig still«, knurrte er verärgert. Offensichtlich hatte Tavish sich wieder nicht an seine Anweisungen gehalten. In seiner Aufregung, Leah schnell zu finden, hatte er gar nicht mehr auf Tavish geachtet.

»Verdammt, Cedric«, riss dieser das Wort wieder an sich, »Eine Gruppe Rotröcke kommt aus nordwestlicher Richtung genau auf uns zu.«

Überrascht starrte der Laird ihn an und vergaß, was ihm gerade auf der Zunge lag.

»Sie müssen über die Lichtung, wenn sie auf dem Weg zu ihrem Lager sind«, erklärte Owen alarmiert.

»Verflucht! Was zum Teufel haben die um diese Zeit hier verloren?«, fluchte Cedric. Normalerweise blieben die verweichlichten Sassenach bei schlechtem Wetter oder nach Einbruch der Dunkelheit in ihren Garnisonen. »Los! Alle Mann dort hinauf auf den Hügel und versteckt die Pferde hinter den Felsen!«

Wenige Minuten später lagen die Männer auf ihren Bäuchen rund um den Felsenkamm verteilt und erwarteten die ankommende englische Patrouille. Die Reiter rechneten offenbar nicht damit, jemanden anzutreffen, und waren daher von Weitem zu hören.

»Nein, nein, nein! Was macht Leah denn?«, stöhnte Duncan neben Cedric. »Sie läuft denen genau in die Arme.«

Cedric schwieg und starrte die Frau an, die sich aus dem Schatten der Bäume gelöst hatte. Sie musste die Sassenach Reiter ebenfalls gehört haben und sich in ihrer Verzweiflung Hilfe von ihnen erhoffen. Konnte sie so naiv sein?

Inzwischen hatte der Acht-Mann-Trupp die Lichtung erreicht, just in dem Augenblick, als die letzten Ausläufer der dunklen Wolken den Mond freigaben. Der Regen selbst hatte nachgelassen.

»Wen haben wir denn hier?«, fragte einer der Männer wenig freundlich.

»Ich würde sagen, ein verirrtes Hühnchen.«

Mit Argwohn verfolgte Cedric das Gespräch.

»Ein ziemlich feuchtes Hühnchen«, ergänzte ein anderer Reiter mit lüsternem Unterton.

»Was treibst du hier mitten in der Nacht? Werden deine Dienste nicht unter dem Rock der Barbaren benötigt?« Die Männer lachten schmierig.

»Lass gut sein. Die versteht dich vermutlich gar nicht, so wie sie starrt«, sagte der Erste der Truppe. »Lasst uns lieber weiterreiten.«

Leah stand stocksteif da, die Hand schockiert

auf den Mund gepresst und starrte die Männer an.

Cedric wagte kaum zu atmen. Da die Männer natürlich Englisch sprachen, gab es kein Verständigungsproblem. Er konnte nur beten, dass Leah weiterhin den Mund hielt und begriff, dass die Reiter ihr nicht wohlgesinnt waren.

Einer stieg vom Pferd. »Wenn das so ist … Ich hätte nichts gegen ein kleines Schäferstündchen einzuwenden.« Er griff nach Leah, ein kurzer Schrei war zu hören, dann das Fluchen des Kerls.

Eine neue Wolke schob sich vor den Mond und erschwerte die Sicht. Leah war aus Cedrics Blickfeld gelangt. Ein weiterer Mann war aus dem Sattel gestiegen.

»Was soll der Unsinn?«, knurrte der Anführer. »Lasst sie laufen! Oder wollt ihr euch bei dem Highlanderweib die Syphilis holen? Ich für meine Person will nur noch raus aus der nassen Uniform und ans wärmende Feuer.«

Die beiden Männer saßen wieder auf und die Rotröcke setzten ihren Weg fort.

Duncan war als einer der Ersten bei den Pferden und ritt schnurstracks zur Lichtung hinunter, nachdem die Patrouille weit genug entfernt war.

Einige von Cedrics Männern verfolgten die Sassenach unbemerkt und mit sicherem Abstand von der oberen Hügelkette.

Leah hatte sich hinter einem alten umgestürzten Baum verschanzt und kam hervor, als sie Duncans leises Rufen vernahm. Als Cedric ebenfalls die Lichtung erreicht hatte, fand er sie schluchzend und am ganzen Körper zitternd in Duncans Armen vor.

In steifer Haltung starrte er auf dieses Bild. Er konnte nicht sagen, warum ihm der Anblick mächtig gegen den Strich ging. Zum einen war er erleichtert, dass der jungen Frau nichts geschehen war, zum anderen überkam ihn plötzlich die Wut.

»Seid Ihr zufrieden?«, fuhr er sie barsch an. »Wie konntet Ihr nur so gedankenlos und töricht sein? Was habt Ihr Euch dabei gedacht? Habt Ihr überhaupt gedacht? Seid Ihr in der Burg jemals schlecht behandelt worden?«

»Cedric«, mahnte Duncan. »Hat das nicht Zeit? Du siehst doch, dass sie vollkommen verstört ist.«

»Pah!«, schnaubte der Laird. »Das hat sie sich selbst zuzuschreiben. Niemand hat sie gezwungen, sich heimlich davonzustehlen.«

»Es tut mir leid!« Ihr gepeinigter Blick begegnete ihm und traf ihn bis ins Mark. Abrupt wandte er sich ab.

Bevor die Männer sich auf den Rückweg begaben, bemerkte er aus dem Augenwinkel, wie sein Freund Leah zu sich auf sein Pferd hob. Sie saß vor ihm im Sattel und lehnte sich erschöpft gegen seine Brust.

Eine Dreiviertelstunde später ritten sie über die Brücke zur Burg. Während sich die anderen Männer später am Abend in der Großen Halle trafen und diskutierten, woher die Rotröcke zu der Stunde hergekommen sein mochten, zog Cedric sich in seine Gemächer zurück und trank Whisky. Eine innere Unruhe trieb ihn immer wieder aus dem Sessel hoch und ließ ihn durchs Zimmer tigern. Selbst zwei Stunden später hatte sich an diesem Zustand nichts geändert. Vielleicht sollte er zu den Männern in die Halle gehen, um auf andere Gedanken zu kommen. Fluchtartig verließ er den Raum.

Als Cedric an Leahs Zimmer vorbeikam, hielt er kurz inne und lauschte. Ihm war, als hörte er Schritte im Inneren. Noch bevor ihm bewusst war, was er tat, klopfte er an.

Ein leises »Ja, bitte«, ertönte und forsch trat er ein, schloss die Tür hinter sich.

Mitten im Raum stehend bürstete Leah ihr Haar, das mittlerweile getrocknet sein dürfte. Überrascht sah sie ihn an, während sie langsam die Bürste sinken ließ.

Bei ihrem Anblick musste Cedric kurz schlucken. Er hatte die Frau zuvor nie mit offenem Haar gesehen. Ihr Anblick war wunderschön, auch wenn sie eine unscheinbare wollene Decke um ihren Körper drapiert hatte, die in der Taille mit einem Seil zusammengehalten wurde.

»Geht es Euch wieder gut?«, erkundigte er sich betont neutral.

»Ja, vielen Dank! Es tut mir leid, dass ich Euch Umstände bereitet habe. Das war nicht meine Absicht, bitte verzeiht mir!« Sie sprach mit klarer überzeugender Stimme, senkte aber reumütig den Kopf.

»Und was war dann Eure Absicht?« Er konnte den bissigen Unterton nicht vermeiden.

Sie sah kurz zu ihm auf und dann wieder zu Boden. »Ich hoffte, mit dem Erkunden der Umgebung meiner Erinnerung auf die Sprünge zu helfen und dachte, dass mir womöglich etwas bekannt vorkommen könnte, aber da war nichts. Ich war verzweifelt und ohne dass es mir auffiel, hatte ich mich viel zu weit von der Burg entfernt. Anfangs ging ich davon aus, dass niemand meinen kleinen Ausflug bemerken würde. Es wird nicht wieder vorkommen!«

Nachdenklich betrachtete Cedric sein Gegenüber. Zumindest konnte er Tavishs Verdacht entkräften, dass irgendjemand außerhalb der Burg auf sie wartete. Auch, dass sie eine Spionin der Rotröcke wäre, konnte er ausschließen. Dennoch blieb unbekannt, wie sie in seine Burg gekommen war, aber er war sich sicher, dass Leah für niemanden eine Gefahr darstellte. Allerdings ging er davon aus, dass sie sich bewusst eingeschlichen hatte, jedoch aus anderen Gründen, denn an die Geschichte mit dem Gedächtnisverlust mochte er nicht recht glauben. Es kam immer mal wieder vor, dass Bewohner aus dem Clangebiet darauf hofften, in der Burg Unterschlupf zu finden. Sei es, um eine profitable Anstellung zu ergattern oder weil sie sich dazu berufen fühlten, zum elitären Kreis des Lairds zu gehören. Offenbar irritiert über sein Schweigen, sah Leah auf, ihre Blicke trafen sich.

Er tat einen Schritt auf sie zu. »Euch ist inzwischen bewusst, wie töricht und gefährlich Euer Unterfangen war?«

»Ja! Ich hatte solche Angst, als plötzlich die englischen Soldaten vor mir standen. Ich dachte, dass sie mich ... nun ja ... dass sie über mich herfallen würden.«

Er machte einen weiteren Schritt auf sie zu. »Warum seid Ihr überhaupt in den Wald gelaufen?«

»Warum?«, wiederholte sie mit verärgerter Stimme. »Was blieb mir denn anderes übrig? Als ich merkte, dass die Hütte, in der ich Obdach suchen wollte, wider Erwarten bewohnt war, und die keifende Alte auf mich losging, weil sie mich anscheinend für eine Diebin hielt, wusste ich nicht mehr, was ich tun sollte. Und als ich mich umdrehte, stand plötzlich dieser mürrische Griesgram auf seinem Pferd vor mir.«

»Tavish!« Cedric musste zwangsläufig lachen. »Aye, ich gebe zu, dass der Mann in der Regel recht finster und furchteinflößend wirkt.«

Leah hingegen fand daran nichts Amüsantes und sah ihn mit starrer Miene an.

Er wurde wieder ernst. »Dennoch würde er Euch niemals etwas antun!«

»Wie hätte ich das Eurer Meinung nach ahnen sollen?«

Mit diesem leicht rebellischen Unterton in der Stimme wirkte die Fremde noch verführerischer, als sie es ohnehin war.

»Vielleicht, indem Ihr mir vertraut?«, entgegnete er und schmunzelte. Mit einem Ruck zog er Leah an sich. Sie unternahm keinen Versuch, sich gegen seinen Griff zur Wehr zu setzen und sie wandte auch ihr Gesicht nicht ab. Sein Herzschlag beschleunigte sich, als er sich jäh ihrer intimen Nähe bewusst wurde. Schlagartig übermannte ihn ein unbändiges Verlangen, dem er unverzüglich nachgab. Gierig berührte er ihre Lippen. Er konnte kaum noch an sich halten, als sie seinen stürmischen Kuss erwiderte. Die Wolldecke rutschte von ihrer Schulter und gab den Ausschnitt eines schlichten fadenscheinigen Nachtgewands frei, durch das ihre Brüste erregend schimmerten. Ungeduldig zerrte er den hinderlichen Stoff gänzlich von ihren Schultern, wodurch sich der Bindegürtel an der Taille löste und der notdürftige Umhang zu Boden glitt.

Zum ersten Mal zeigte sie eine Spur von Scheu und versuchte, sich zu bedecken. Unter dem unkleidsamen Hemd war sie vollkommen nackt.

»Ihr seid wunderschön.« Cedric keuchte, während seine Hand ihre Brust fand und sie sanft streichelte. Aus dem Augenwinkel bemerkte er, dass sie die Lider geschlossen hatte und mit den Zähnen ihre Unterlippe malträtierte. Seine Erregung stieg ins Unermessliche.

Cedric wollte sie, und er wollte sie sofort. Zwischen hungrigen Küssen und leidenschaftlichen Berührungen ihres Körpers entblößte er seinen eigenen. Aufstöhnend legte er den Kopf in den Nacken, als sie das erste Mal seine nackte Haut berührte. Rasch befreite er sie von ihrem Nachthemd und drängte sie ungestüm zum Bett. Leah gab ein vergnügliches Quietschen von sich, als sie schwungvoll in der Waagerechten landeten.

Cedric hatte schon mit vielen Frauen das Bett geteilt, aber keine war wie sie. Obwohl er nicht benennen konnte, woran es lag, wirkte sie anders. Er schob es darauf, dass sein letztes Mal eine Weile zurücklag, im Übrigen wollte er derzeit nicht darüber nachdenken, warum gerade sie ihn so verrückt machte. Leah war eine hingebungsvolle und leidenschaftliche Frau. Mit aller Kraft bemühte er sich um mehr Zurückhaltung, er wollte sie nicht schockieren. So verwöhnte er ihren Körper mit Küssen und Zärtlichkeiten, doch seine Selbstbeherrschung war nicht von langer Dauer. Mit einem verlangenden Stöhnen nahm er sie in Besitz.

Als er schließlich ermattet über ihr zusammenbrach, war es ihm selbst unbegreiflich, wie er so die Kontrolle hatte verlieren können. Fast war es ihm ein bisschen unangenehm, doch ihre strahlenden Augen und die geröteten Wangen verdrängten dieses aufkeimende Gefühl sogleich wieder. Zufrieden seufzend ließ er sich zurückfallen und zog sie in die Arme. Ihr Kopf ruhte auf seiner Brust, während sie verträumt mit den Fingerspitzen seinen Oberkörper erkundete. Irgendwann forderte die Erschöpfung ihren Tribut und Cedric glitt in einen erholsamen Schlaf.

Als er am Morgen erwachte, umfingen ihn Leahs süßer Duft und ihre wohlige Wärme. Ihre gleichmäßigen Atemzüge wiesen darauf hin, dass sie schlief.

Er schmunzelte glücklich, während er gedankenvoll anfing, über ihren Arm zu streichen. Nach wenigen Augenblicken räkelte sie sich, und als er ihr einen Kuss auf die Stirn gab, hob sie verschlafen den Kopf und lächelte ihn an.

»Guten Morgen!«

»Guten Morgen«, wiederholte Cedric und ließ sich wieder in die Kissen fallen. »Hast du gut geschlafen?«

Sie stützte sich auf die Ellenbogen, sah ihm ins Gesicht und nickte verschmitzt. Ihre langen Haare kitzelten auf seiner Haut. Er fuhr mit der Hand in ihren Nacken und zog sie zu einem Kuss zu sich herunter. Kaum berührten sich ihre Lippen, spürte er erneut ein starkes Verlangen. Ihr Busen drückte aufreizend gegen seinen Oberkörper und regte seine Fantasie an. Er ließ die Hände an ihrem Körper abwärts wandern, bis hinunter zu ihrem wohlgeformten Hinterteil. Mit einem gezielten Griff warf er sie auf den Rücken. Er genoss es, wie sie ihn berührte oder die Hände in seiner Mähne vergrub. Dieses Mal ließ er sich mehr Zeit.

Bislang hatte Cedric es stets vermieden, sich mit einer Frau zu vergnügen, die auf der Burg lebte. Obwohl er schon diverse Abenteuer innerhalb dieser Mauern erlebt hatte, so gehörten die Frauen in der Regel zum Clan seiner Besucher oder zu Durchreisenden, die lediglich für ein oder zwei Nächte ein Quartier suchten. Es war unkompliziert, und mit dem jeweiligen Objekt seiner kurzzeitigen Begierde musste er sich anschließend nicht auseinandersetzen, da die Gäste am folgenden Tag ohnehin meist abreisten. Warum er mit Leah seine Prinzipien außer Acht ließ, konnte er sich selbst nicht erklären.

Aneinandergeschmiegt lagen sie sich in den Armen, bis sich ihr beider Pulsschlag normalisiert hatte.

»Ich muss jetzt gehen, *Mo leannan*«, sagte er, gab ihr einen Kuss auf die Stirn und schlug die Decke zurück.

Ungeniert schaute Leah zu, wie er aus dem Bett stieg und in seiner Nacktheit vor ihr stand.

»O je.« Plötzlich schlug sie sich die Hand vor den Mund. »Morag wird mich einen Kopf kürzer machen, weil ich noch nicht in der Küche aufgetaucht bin.«

Cedric lachte und schnippte mit dem Finger zart gegen ihre Nase. »Innerhalb dieser Mauern wurde noch nie ein Mensch geköpft, wenn er zu spät seiner Arbeit nachging. Und du wirst garantiert nicht die Erste sein.« Als er ihre Miene sah, fügte er an: »Sag ihr, ich hätte dich noch um eine Unterredung gebeten. Dagegen wird sie nichts einzuwenden haben.«

Sie kicherte. »Eine seltsame Art der Unterredung.«

Er hob die Augenbrauen und zwinkerte ihr provokant zu. »Ich wünschte, all die Besprechungen, die ich führen muss, wären so reizvoll und befriedigend.«

Lachend warf Leah mit einem Kissen nach ihm,

doch seine Reflexe waren schneller. Problemlos fing er es mit einer Hand auf und schmiss es zum Bett zurück. Grinsend wickelte er sich in seinen *Breacan feile*. Er ließ sich Zeit und genoss es, wie Leah ihm aufmerksam und fasziniert dabei zusah. Als er fertig angekleidet war, beugte er sich zu ihr hinunter und gab ihr einen letzten Kuss, danach verließ er das Zimmer.

Er war guter Dinge und fühlte sich wie beflügelt. In der Großen Halle waren noch ein paar Männer versammelt, die ihr Frühstück zu sich nahmen. Cedric setzte sich zu ihnen.

»Tavish und die anderen sind schon vor über einer Stunde losgeritten«, berichtete Fergus verwundert. »Niemand hat dich finden können.«

»Ich hatte Wichtiges zu regeln«, entgegnete Cedric knapp und so ernst, wie es ihm möglich war. Der Laird hatte keine Lust, sich zu erklären, er hatte einen Bärenhunger. Die Männer diskutierten über das Lager der Sassenach und die dort vermuteten Waffen, und wie sie die Rotröcke überlisten könnten, um sie zu stehlen.

Eine Weile hörte Cedric sich die mehr oder weniger realistischen Vorschläge wortlos an, dann mischte er sich ein. »Das haben wir bereits ausgekundschaftet. Die haben Wachposten an allen Eckpunkten. Wir kommen unmöglich nah genug an sie heran, um die Rotröcke auszuschalten, bevor sie Alarm schlagen können. Ihr Kommandant ist ein schlauer Fuchs, er hat deren jetzigen Standort nicht umsonst ausgewählt.«

»Zum Teufel mit den Sassenach«, fluchte Collin.

»So isses«, knurrte der alte Patrick. »Man müsste einen Plan entwickeln, sie abzulenken und eine Weile zu beschäftigen. Dann könnten wir uns unbemerkt anschleichen, ihre Waffen in Besitz nehmen und verschwinden, bevor die überhaupt mitkriegen, wie ihnen geschieht.«

»Bliebe immer noch etwa eine Meile freies Gelände zu überwinden. Mit einem Planwagen wären wir vermutlich nicht schnell genug. Sie könnten uns erspähen, bevor wir die sicheren Pfade erreicht hätten. Und ohne Gefährt würde sich der Aufwand kaum lohnen, weil wir nicht genug transportieren können.«

Cedric diskutierte über eine Stunde mit den Männern. Patricks Vorschlag gefiel ihm am besten. Mit einem ausgeklügelten Ablenkungsmanöver könnte der Plan durchaus gelingen.

Nach einem spontanen Besuch in der Schmiede und einem interessanten Gespräch mit Goraigh überquerte Cedric den Burghof, als seine Männer zurückkehrten.

Duncan ritt sogleich auf ihn zu, als er ihn entdeckte. »Wolltest du gerade zu den Ställen? Das ist gut! Iain hat was Unglaubliches entdeckt, das solltest du dir unbedingt ansehen.«

Eigentlich war er nicht auf dem Weg zum Pferdestall. »Was ist los?«, fragte er alarmiert.

Inzwischen waren auch die anderen Männer bei ihm, Owens Hengst schnaubte unruhig.

»Iains schwacher Blase sei Dank, sonst hätten wir den Unterschlupf nie entdeckt«, erklärte Kendrick mit besorgter Miene.

»Wir konnten ja nicht zulassen, dass der Arme sich nass macht«, Connor grinste.

»Halt's Maul«, knurrte Iain beleidigt. »Musst du etwa nie pinkeln?«

Cedric achtete nicht auf das Gestänker, er erkannte sofort, dass die Lage ernst sein musste. »Ich hole mein Pferd«, erklärte er. »Ihr könnt mir unterwegs berichten, auf was ihr gestoßen seid.« Sogleich rannte er los. Er machte sich nicht die Mühe, einen Stallburschen zu rufen, und sattelte seinen Hengst selbst.

*

Leah schwebte im siebten Himmel. Sie hatte mit einem echten Highlander geschlafen, noch dazu einem Laird, und die Nacht war unglaublich gewesen. Sie musste sich bemühen, nicht den ganzen Tag mit einem Dauergrinsen im Gesicht herumzulaufen. Niemand sollte schließlich Verdacht schöpfen. Es war ein Geheimnis, ihres und

Cedrics. Nie zuvor hatte sie so etwas Gewaltiges erlebt. Es war wie eine Explosion der Gefühle gewesen und sie war sich sicher, dass er ebenso empfunden hatte. Etwas Magisches lag zwischen ihnen, das sie beide überrollt hatte. Bei dem Gedanken, wie er sie angesehen hatte, seufzte sie verträumt auf ... Zuerst war Cedric beherrscht und dann, nachdem er sie in die Arme gezogen und geküsst hatte, war wildes Feuer in seinen Augen zu sehen gewesen. Er war eben ein ganzer Kerl, ein Highlander!

Kein einziges Mal hatte sie dabei an Daniel gedacht, überhaupt hatte sie seit ihrer Zeit im achtzehnten Jahrhundert kaum an ihn gedacht. Dabei war Daniel ihre große Liebe. Sie war der Ansicht gewesen, nicht ohne ihn leben zu können, und hatte darauf gehofft, eines Tages seine Ehefrau zu sein und eine Familie mit ihm zu gründen. Und jetzt? Jetzt spielte er in ihren Gedanken eine unbedeutende Nebenrolle.

Sie fühlte ein schlechtes Gewissen aufsteigen. Was stimmte mit ihr nicht? Sie hatte Daniel betrogen, ohne mit der Wimper zu zucken! Aber zählte es überhaupt als Betrug? Konnte man einen Menschen betrügen, der erst zwei Jahrhunderte später geboren werden würde? Überlegungen dieser Art beschäftigten sie mehr und mehr. Alles, was sie kannte und liebte, lag in ferner Zukunft. Ihre Familie, die Verwandten, die

Freunde und die Kollegen, ganz zu schweigen von den Annehmlichkeiten des einundzwanzigsten Jahrhunderts.

War eine Rückkehr in ihre Zeit überhaupt möglich? Sie hatte bislang alles unternommen, um dieses Rätsel zu ergründen – leider erfolglos. Mehrmals hatte sie sich in den Gang geschlichen, in dem sie nach der Zeitreise zu sich gekommen war, immer in der vagen Hoffnung, das Tor in ihre Zeit zu finden. Stein für Stein, Fuge um Fuge hatte sie die Wände abgetastet, um vielleicht auf irgendeine Auffälligkeit zu stoßen. Sogar auf den Boden hatte sie sich gelegt, exakt an der Stelle ihres Erwachens und in derselben Position, doch nichts war geschehen. Dafür hatte sie extra das Kleid angezogen, das, wie Cedric richtig vermutet hatte, drei Tage, nachdem es ihr weggenommen wurde, wieder gereinigt in ihrem Schrank hing. Sie zog es an, weil sie überzeugt war, dass es den Zauber begünstigen würde.

Aber keine ihrer Bemühungen funktionierte. Zu allem Überfluss stand eines Tages dieser Highlander hinter ihr, den alle Tavish nannten, und hatte sie bei ihrem merkwürdigen Tun überrascht. Sein Gesichtsausdruck jagte ihr immer noch kalte Schauer über den Rücken. Dieser Mann war ihr von Anfang an unheimlich gewesen, sie fürchtete sich vor ihm.

Auch die Eingebung, dass außerhalb der

Burgmauern eine andere Zeitzone herrschen könnte, war selbstverständlich Unsinn. Im Nachhinein musste sie ihren Rettern recht geben, ihr Verhalten war nicht nur gefährlich, sondern auch im höchsten Maße dumm gewesen. Aber was tat man nicht alles auf der Suche nach einer logischen Erklärung für das, was einem widerfahren war? Sie hatte sich diese fremde Welt wie eine riesige Blase vorgestellt, eine Seifenblase der Vergangenheit, die sie umschloss. Wie das im realen Leben aussehen sollte, davon hatte sie keine Vorstellung. Sie war überzeugt gewesen, nur weit genug laufen zu müssen, um diese unsichtbare Wand zu durchdringen. Aber nachdem sie die Burg verlassen hatte, war ihr relativ schnell klar geworden, wie verrückt die Idee war. Natürlich sah es vor dem Castle nicht anders aus als hinter den Burgmauern, wie hätte es auch sein sollen? Immerhin hatte sie oft beobachtet, wie Personen durch das Burgtor wegritten oder zurückkehrten, das Leben spielte sich nicht nur im Schutze der Burg ab. Dennoch war die Erkenntnis ein Schock und der Hoffnungsschimmer zerplatzte wie ein Traumgebilde.

Sie seufzte schwer bei den Erinnerungen. Diese keifende Alte in der verwaist aussehenden Hütte, Tavishs Auftauchen und seine finstere Miene, das alles war unheimlich und befremdlich. Aber ihre Angst, als sie auf die arroganten englischen

Soldaten getroffen war, die die Highlander *Rotröcke* beziehungsweise *Sassenach* nannten, war grenzenlos gewesen. Die hätten sie ohne Skrupel vergewaltigt, wäre der Regen nicht gewesen. Heilfroh war sie dann, als die Männer Cedrics sie aus der misslichen Lage befreit hatten. Die Engländer nannten die Highlander Barbaren, aber die eigentlichen Barbaren waren sie selbst. Sie hatten nicht mal versucht, ihr Hilfe anzubieten. Dabei mussten sie bemerkt haben, dass sie sich in einer Notlage befand, aber es hatte die Rotröcke nicht im Mindesten interessiert.

Bei den Highlandern wurde sie freundlich und zuvorkommend behandelt – sofern sie von den zwei sturzbetrunkenen Gesellen absah, die sie kurz nach ihrem Erwachen in der Vergangenheit bedrängt hatten. Vermutlich hielten sie sie für ein leichtes Mädchen, woran sie womöglich nicht ganz unschuldig war, weil sie sich allein in dem schummrigen Gang aufgehalten hatte. Doch ansonsten waren die Menschen stets freundlich zu ihr und niemand versuchte, ihr ein Haar zu krümmen.

Zwar waren sie misstrauisch und wachsam, aber unter den gegebenen Umständen vollkommen nachvollziehbar, da sie aus dem Nichts aufgetaucht war. Leah wusste nun, wo sie hingehörte. Ihr Platz war im Clan von Laird MacArthur.

An diesem Tag war Leah mit der scheuen Malie in der Waschküche beschäftigt, da ihre Hilfe in der Küche nicht benötigt wurde. Alle Vorbereitungen für den kräftigen Eintopf, der auf dem Speiseplan stand, waren bereits getätigt worden.

Es galt, einen Stapel gewaschene Betttücher zusammenzulegen. Leah war froh, nicht direkt am Waschtrog arbeiten zu müssen, wo es derart dunstig war, dass man sein Gegenüber kaum ausmachen konnte. Im Vorbeigehen hatte sie den riesigen Kessel gesehen, der an einer Kette über dem Feuer hing. Der Raum, in dem die gewaschenen Wäschestücke sortiert in großen Flechtkörben gestapelt waren und darauf warteten, dass sie zusammengelegt wurden, zweigte vom vorderen Teil der Waschküche ab. Dort war die Temperatur erträglicher.

Tücher aus weißem Leinen waren nur für Angehörige des Lairds oder den Besuchern vorgesehen, die in den Gästezimmern untergebracht waren. Die meisten Highlander schliefen auf mit Stroh gefüllten Matratzen und hatten lediglich ein Schafsfell zur Verfügung oder benutzen ihr Plaid als Decke. Gegebenenfalls nächtigten sie auf dem Fußboden der Großen Halle, das hatte Leah schon einige Male beobachten können.

Malie sprach nur, um kurz den Arbeitsablauf zu erläutern, und antwortete einsilbig, wenn sie etwas gefragt wurde, ansonsten blieb sie stumm wie ein Fisch. Leah wusste nicht, ob sie sich immer so verhielt oder nur, weil sie einander fremd waren. Für den Moment jedoch kam ihr Malies Schweigsamkeit gelegen, so konnte Leah in aller Ruhe ihren Gedanken nachhängen.

Inzwischen kannte sie sich mit den alltäglichen Gepflogenheiten aus. Die Arbeiten waren aus ihrer Sicht gewöhnungsbedürftig und zum Teil nicht ganz einfach zu bewältigen; die Technik war primitiv, die Gerätschaften schwer und unhandlich. Aber Leah war froh, eine Beschäftigung zu haben, und irgendwie schaffte sie es immer, die Aufträge zu Ende zu bringen. Es gab ihr die Bestätigung, nicht völlig nutzlos zu sein, auch wenn sie vieles lernen musste.

Ihre Hoffnung, Cedric am Abend wiederzusehen, erfüllte sich nicht. Er und ein Teil seiner Männer waren den ganzen Tag unterwegs. Leah hatte keine genaue Vorstellung davon, welche Aufgaben und Verantwortung auf den Schultern eines Lairds lagen, aber sie war überzeugt, dass er ein guter und gerechter Mann war, dem das Wohlergehen seines Clans am Herzen lag.

Als sie ihn auch am dritten Tag nach der Liebesnacht weder zu Gesicht bekam, noch etwas von ihm hörte, wurde sie unruhig. Hatte er denn gar keine Sehnsucht nach ihr? Sie vermisste ihn sehr und träumte davon, dass er sich des Nachts zu ihr schleichen würde, um sie wieder mit dieser verzehrenden Leidenschaft zu lieben.

»Geht es dir nicht gut?«, fragte Corrine, als Leah wieder Küchendienst hatte, und sie zusammen auf dem Weg ins tieferliegende Kellergewölbe waren, in dem sich ein dunkler und kühler Lagerraum für Lebensmittel befand.

»Doch, doch, alles in Ordnung«, antwortete Leah schnell. »Warum fragst du?«

»Nun, du bist so abwesend …« Corrine klang besorgt.

Leah starrte eine Weile nachdenklich vor sich hin. Es gab so vieles, über das sie sich Gedanken und Sorgen machte, aber das alles musste sie für sich behalten. Tränen traten ihr in die Augen, als sie sich darüber klar wurde, dass sie mit niemandem reden und sich keinem anvertrauen durfte. Nicht der liebenswerten Corrine, die mehr und mehr zu einer Freundin wurde, und nicht Cedric – schon gar nicht Cedric! Niemand durfte erfahren, dass es sie in Wahrheit aus einem anderen Jahrhundert hierher verschlagen hatte.

»Leah?«

Rasch wischte Leah eine Träne von der Wange, die sich trotz mühsamer Zurückhaltung gelöst hatte. »Weißt du, es ist so, manchmal fühle ich mich schrecklich einsam«, gab sie zur Antwort und war damit recht nah an ihrer Gefühlslage.

»Oh, das kann ich sehr gut verstehen. Es muss

schlimm sein, sich nicht erinnern zu können, was mit einem passiert ist.«

Leah schwieg, was hätte sie auch darauf antworten sollen, aber der mitfühlende Tonfall trieb ihr erneut Tränen in die Augen.

Tröstend legte Corrine den Arm über ihre Schulter. »Ich kann mir vorstellen, wie du dich fühlst. Mir ging es damals genau so, als ich hier ankam und wenig später einsehen musste, dass ich nie mehr in mein Zuhause zurückkommen würde.«

Leah wurde hellhörig. Corrine schien ein ähnliches Schicksal erlebt zu haben, auch wenn sie wahrscheinlich nicht aus der Zukunft kam. Auf jeden Fall wollte Leah einen Heulkrampf vermeiden und ein Themenwechsel war dazu bestens geeignet, zudem interessierte es sie wirklich, warum Corrine nicht mehr nach Hause konnte.

»Warum das? Was war denn passiert?«, fragte sie neugierig.

Inzwischen hatten sie den Vorratsraum erreicht, Corrine stieß die schwere Tür auf. Ein kühler Lufthauch schlug ihnen entgegen. Das Talglicht, das Corrine zuvor an der Fackel im Hauptgang entzündet hatte, flackerte gefährlich. Sie wartete einen kurzen Moment, bis die Flamme ruhig brannte, bevor sie eintrat. Leah blieb zuerst zögernd im Gang stehen, lugte dann aber doch neugierig hinein.

Der Raum hatte kein Fenster und eine geringe Deckenhöhe. Breite braunschwarze Holzregale standen an der weißgekalkten Wand, beladen mit riesigen Kübeln, etlichen Tongefäßen, Schalen und Krügen. Einige waren mit einer Kombination aus Zahlen und Buchstaben versehen. Leah rümpfte die Nase und blieb im Türbereich stehen. Es roch sonderbar, jedoch überwog ein leicht salziger Geruch. Irgendwie hatte die ganze Atmosphäre hier unten etwas Gespenstisches an sich. Allein wäre es ihr unheimlich gewesen, diesen Kellertrakt zu betreten. Corrine hingegen schien das alles nichts auszumachen. Sie hatte das Talglicht auf einem Fass abgestellt und machte sich daran, alles zusammenzusuchen, was Morag ihr aufgetragen hatte. Was genau sie in den mitgebrachten Korb packte, konnte Leah nicht erkennen, da Corrine mit dem Rücken und in gebückter Haltung vor ihr stand.

»Ich wurde zu unserem Schutz zusammen mit meiner Mutter zur Burg gebracht«, begann sie nun zu erzählen. »Sie war krank und benötigte tägliche Pflege.« Corrine war kurzzeitig hinter einer Ecke verschwunden, Leah hörte sie dort mit irgendwas hantieren. Aus Unsicherheit fragte sie, ob sie helfen könne, war aber erleichtert, als Corrine verneinte.

»Eigentlich sollte der Aufenthalt nur für ein paar Tage sein«, fuhr sie fort, während sie zurückkam, »so lange, bis mein Vater und mein Bruder wieder da wären. Aber sie kehrten nicht zurück, beide starben auf dem Schlachtfeld.«

»Oh Gott, das ist ja furchtbar«, entfuhr es Leah. Für den Moment war ihr unangenehmes Gefühl wegen des Kellers vergessen.

Corrine seufzte traurig. »Kaum zu glauben, dass sich ihr Todestag in diesem Jahr schon zum siebten Mal jähren wird.« Sie schwieg, sichtlich in Gedanken versunken und strich das Tuch über den eingepackten Lebensmitteln glatt. Nachdem sie den Korb auf den Boden gestellt hatte, nahm sie auf einem der zahlreichen Fässer Platz.

Leah blickte hinter sich und testete behutsam, ob der Deckel des dicken Holzfasses sie halten würde, wenn sie sich mit einer Pobacke vorsichtig darauf niederließ.

»Das Fass enthält eingelegte Gurken«, klärte Corrine sie auf.

Leah nickte verstehend und setzte sich achtsam.

»Anfangs habe ich gebetet, dass die beiden nur verwundet wären und heimkämen, sobald ihre Verletzung es zuließ«, fuhr Corrine fort. »Immer mehr Verwundete trafen hier ein, nicht nur aus unserem Clan. Die Große Halle wurde zu einem Lazarett. Ich habe, so gut ich konnte, geholfen, die Wunden zu versorgen. Ich habe herumgefragt, ob jemand meinen Vater oder Bruder gesehen hatte, aber alle schüttelten nur den Kopf. Und dann entdeckte ich unseren Nachbarn unter ihnen, er hatte eine leichte Kopfverletzung und eine blutende Beinwunde. Der Mann hatte mit angesehen, wie mein Vater von einem Schwert tödlich getroffen wurde. Meinen Bruder aber hatte er nicht gesehen. Je mehr Zeit verging, desto größer wurde die Gewissheit, dass ich auch ihn niemals wiedersehen würde.«

Beide schwiegen nun bedrückt.

»Ja, und so war es dann auch«, endete Corrine ihre Geschichte mit tränenerstickter Stimme.

Leah war wahrlich schockiert und mochte sich dieses Leid kaum vorstellen.

»Dabei waren die Verluste in unserem Clan noch verhältnismäßig gering, den MacDowells Clan hat es weit schwerer getroffen. Mir war das natürlich kein Trost, ich hatte meine Familie verloren. Mutter hat den Verlust nie überwunden, sie starb einen Monat später.«

Leah schluckte und nickte ergriffen, ihr fehlten die Worte. Sie wusste nicht, was sie zu einem solch dramatischen Schicksal sagen sollte, schließlich war sie nie mit Geschichten konfrontiert worden, in denen Männer in einer Schlacht ihr Leben verloren.

»Unser Laird hat mir sofort angeboten, in der Burg zu bleiben, da ich keine weiteren Angehörigen mehr hatte, die mich hätten aufnehmen können. Ich konnte schließlich nicht mutterseelenallein auf dem Hof meiner Eltern leben.«

Eine Abfolge an Bildern von blutigen Schlachten, harten Kämpfen und am Boden liegenden sterbenden Menschen lief wie ein Film vor Leahs innerem Auge ab. Szenen, die sie sonst nur aus dem Fernsehen kannte, gehörten in dieser rauen Epoche zur Normalität. Ein leichtes Frösteln überzog ihren Körper, während sie abwesend vor sich hinstarrte.

»Zumindest war der MacArthur Clan erfolgreich, sofern es bei dem Gegner höhere Verluste gegeben hat«, sagte Leah leise.

»Was?« Irritiert sah Corrine sie an.

Leah spürte sofort, dass ihre Aussage unangebracht gewesen war, und war froh, die kleine Lichtquelle im Rücken zu haben, sodass Corrine ihr Gesicht nur schemenhaft erkennen konnte. Fieberhaft überlegte Leah, wie sie ihre plumpen, unüberlegten Worte revidieren und in eine andere Richtung lenken konnte, aber da sprach Corrine bereits weiter.

»Tröstlicher wäre es gewesen, wenn die Schlacht wenigstens erfolgreich gewesen wäre, dann wären mein Vater, mein Bruder und all die anderen tapferen Männer wenigstens nicht umsonst gestorben. Wir haben die Schlacht nicht verloren, aber auch nicht gewonnen. Es war lediglich ein Unentschieden, weil die britischen Regierungstruppen den taktischen Rückzug vorgezogen haben. Wie gut, dass die Toten nicht mehr mit bekamen, wie James und der Earl of Mar im Zuge dessen das Land verlassen mussten.«

Britische Regierungstruppen, James, Earl of Mar? In Leahs Hirn begann es heftig zu arbeiten und schließlich fiel es ihr wie Schuppen von den Augen. Sie musste in Zukunft besser auf ihre Äußerungen achten. Ihr wurde klar, wie wenig sie eigentlich über die Highlander wusste, da hatte sie doch tatsächlich angenommen, Corrine spräche von einer Fehde verfeindeter Clans und dass der MacDowells Clan der Gegner gewesen war.

Aber da sie den Earl of Mar erwähnte, wurde ihr schlagartig bewusst, wovon die neue Freundin wirklich sprach, sie musste den ersten Aufstand der Jakobiten meinen. Sie erinnerte sich an die Führung, an der sie mit Daniel teilgenommen hatte. Der Mann hatte den Namen im Zusammenhang mit dem Aufstand von 1715 erwähnt. Corrine sagte, dass sich der Tod ihrer Familie in diesem Jahr zum siebten Mal jähren würde, dem zufolge musste sie sich im Jahr 1722 befinden. Sie wusste nicht, ob sie erleichtert oder schockiert sein sollte, endlich Gewissheit zu haben, in welchem Jahr sie gelandet war.

John Erskine, 23. Earl of Mar war der oberste Berater von James, dem Thronanwärter der Stuarts. Die Schlacht fand bei Sheriffmuir statt, dort trafen die Jakobiten auf die britischen Truppen, unter der Führung von John Campbell, 2. Duke of Argyll. So viel hatte Leah behalten, sie hatte aufmerksam dem Vortrag gelauscht. Weil Daniel sie deswegen aufgezogen hatte, bekam sie die näheren Erläuterungen dazu nicht mehr genau mit. Sie grübelte, 1722 … dann müsste James' Sohn, Charles Edward Stuart, der später als Bonnie Prince Charlie bekannt wurde, bereits geboren worden sein.

»Wir sollten wieder zurückgehen«, riss Corrine sie aus den Gedanken.

»Was? … Ähm … ja, natürlich.« Leah erhob sich rasch und folgte ihr in den Gang. Corrines Worte hatten resigniert geklungen, vermutlich, weil sie mehr Mitgefühl für ihre tragische Geschichte erwartet hatte.

Leah packte das schlechte Gewissen, sie holte das Versäumnis unverzüglich nach. »Dein Bericht von den traurigen Ereignissen hat mich tief ergriffen, verzeih, dass ich so schweigsam war, es hat mir regelrecht die Sprache verschlagen.«

Corrine musterte sie mit eigenartigem Ausdruck.

»Innerhalb so kurzer Zeit die ganze Familie zu verlieren, ich mag mir gar nicht vorstellen, wie viel Schmerz du ertragen musstest.«

Corrine seufzte. »Ja, es war furchtbar und ich vermisse sie, aber ich kann es nicht ändern. Ich bin dankbar, dass mir erlaubt wurde, in der Burg zu bleiben. Ich fühle mich hier inzwischen sehr wohl.«

Leah dachte darüber nach, dass sie auch ihre ganze Familie verloren hatte, nur dass sie nicht einer Schlacht zum Opfer fielen, sondern in einem anderen Jahrhundert lebten.

Corrine stupste sie mit dem Ellenbogen in die Seite, weil sie immer noch ein betretenes Gesicht machte. Sie lächelte verständnisvoll und Leah war erleichtert.

Kurz bevor sie den Weg zum Küchentrakt einschlugen, vernahm Leah mehrere Männerstimmen, eine davon war Cedrics. Er war also wieder zurück. Ihr Herz schlug sogleich schneller.

Die restlichen Stunden in der Küche kamen ihr wie eine Ewigkeit vor. Sie konnte sich kaum auf die Arbeit konzentrieren, zum einen wegen der Erkenntnis, dass sie endlich wusste, welches Jahr man schrieb, zum anderen natürlich wegen Cedric. Erstmalig musste Morag sie rügen, weil sie nicht bei der Sache war. Das war ihr natürlich sehr unangenehm und sie entschuldigte sich mehrmals. Zum Glück ahnte Morag nicht, was sie so beschäftigte und von der Arbeit ablenkte, sie ging davon aus, dass Leah die Zeit mit unnützem Schwatzen vertrödelt hatte.

Nun bemühte sie sich, Morag keinen Anlass mehr zu geben, dennoch kreisten ihre Gedanken weiter um Cedric. Würde er am Abend zu ihr kommen?

Ungeduldig wartete Leah nach der Arbeit in ihrem Zimmer, aber nichts geschah. Enttäuscht begab sie sich schließlich auf Wanderschaft. Insgeheim hoffte sie, ihm zufällig über den Weg zu laufen. Es war spät, draußen war es längst dunkel geworden. Aus dem Raum, in dem sie Cedric das erste Mal gegenüber gesessen hatte, drangen Stimmen etlicher Personen. Da sie sich auf Gälisch unterhielten, konnte sie nicht verstehen, worum es ging. Lediglich das Wort *Sassenach* hörte sie mehrmals heraus.

Als es den Anschein hatte, dass die Tür gleich geöffnet werden würde, flüchtete sie rasch in den Quergang. Nachdem die Stimmen verstummt und die Schritte verklungen waren, wagte sie sich hervor und schlenderte den Gang entlang, als würde sie dort täglich umherwandeln. Kurz bevor sie das Ende erreichte, hörte sie die Schritte einer einzelnen Person auf sich zukommen. Es war in der Tat Cedric. Er stoppte abrupt und starrte sie an.

Leah mimte die Überraschte. »Oh ... Guten Abend, Cedric! Ich ... ähm ... ich konnte nicht schlafen und wollte daher ein paar Schritte gehen.« Innerlich fluchte sie, weil ihre Stimme so flatterig geklungen hatte. Er sagte kein Wort, betrachtete sie mit versteinertem Gesichtsausdruck. Sein Schweigen machte sie nervös.

Warum sagte er nichts? Es war keiner seiner Männer in der Nähe, sie waren allein.

»Cedric?« Verunsichert hakte sie nach, doch er gab keine Antwort.

Stattdessen setzte er seinen Weg fort, ohne sich ein einziges Mal umzudrehen.

Ungläubig sah sie ihm nach, sie verstand sein Gebaren nicht. Warum wirkte er so verärgert? Sie war sich keiner Schuld bewusst, zittrig atmete sie ein und aus. Schließlich raffte sie die Röcke und rannte in ihr Zimmer zurück. Fluchend warf sie sich aufs Bett und boxte in die Kissen, während ihr Tränen der Wut und Demütigung übers Gesicht rannen. Sie rief sich nach einer Weile zur Ordnung. Was hatte sie erwartet? Dass er ihr gleich um den Hals fallen würde? Hatte er ihre Taktik durchschaut und war deshalb verärgert? Hätte sie ihn womöglich nicht ansprechen dürfen? Vor lauter Grübeln fand sie keinen Schlaf.

Dementsprechend müde und antriebslos fühlte sie sich am nächsten Morgen. Sie war froh, dass Morag ihr auftrug, sich an den Tisch zu setzen, um das Gemüse zu putzen. So konnte Leah wenigstens ungestört ihren Gedanken nachhängen, denn das Geschnatter der Mägde konnte sie an diesem Tag gar nicht ertragen.

Nicht alle begegneten ihr so offen, wie Corrine es tat. Einige beäugten sie nach wie vor misstrauisch oder gingen ihr lieber gleich aus dem Weg.

Es sei nur der Neid, vermutete Corrine Leah gegenüber, denn es war kein Geheimnis, dass Leah eine Gästeunterkunft zur Verfügung stand, während die anderen eine winzige Kammer bewohnten, die sie sich manchmal noch mit jemandem teilen mussten.

Als Leah nach der Mittagszeit ihr Zimmer aufsuchte, um sich frisch zu machen, stand am Fußende ihres Bettes eine große Holztruhe auf dem Fußboden. Zögerlich ging sie darauf zu, kniete sich nieder, öffnete das Scharnier und stieß den gewölbten Deckel nach oben. Vor Überraschung riss sie die Augen auf, als sie den Inhalt erblickte; Damengarderobe! Bewundernd strich sie mit der Hand über den Stoff, bevor sie das oberste Kleidungsstück herausnahm und näher betrachtete. Insgesamt drei Kleider nebst Zubehör förderte sie zutage, ein sandfarbenes, ein dunkelgrünes und eines in Braun. Das Grüne gefiel ihr am besten, sie hielt es vor sich und war nach erster Betrachtung der Ansicht, es müsste passen.

War das Cedrics Werk? Hatte er ihr diese

Auswahl besorgt, um ihr eine Freude zu bereiten? Es konnte nur so sein! Es war nicht die Kleidung, die eine Magd zu tragen pflegte. Freute er sich darauf, dass sie es für ihn anzog, um sie dann wieder langsam Stück für Stück zu entkleiden? Sie seufzte sehnsüchtig bei der Vorstellung.

Zuerst war Leah selig und empfand ein Glücksgefühl, doch dann überwog der Zweifel, als sie an sein gestriges Verhalten dachte. Glaubte er etwa, sie habe ein Geschenk erwartet? Aber was, wenn das Geschenk eine Art Bezahlung sein sollte für die Nacht, die sie zusammen verbracht hatten? Eine solche Demütigung würde sie nicht ertragen können. Was sollte sie tun, wie sich verhalten?

Behutsam legte sie die Stücke zusammen und zurück in die Truhe. Sie entschied sich abzuwarten, sie musste mit Cedric sprechen und anhand seiner Reaktionen herausbekommen, wie er tickte. Doch wie Leah am folgenden Tag mitbekam, waren die Männer schon im Morgengrauen aufgebrochen.

*

Die geheime Zusammenkunft mehrerer Clanoberhäupter war anders verlaufen, als sich alle Beteiligten erhofft hatten. In zwei Tagen sollten sie, aufgeteilt in drei verschiedene Truppen, ihren jakobitischen Freunden als Verstärkung zur Hilfe eilen. Nach den neusten Ereignissen gingen die Meinungen der Anwesenden weit auseinander, einige wollten unverzüglich eingreifen, in der Hoffnung, das Ruder noch herumreißen zu können. Andere waren vorsichtiger und fühlten sich an den gescheiterten Versuch von 1715 erinnert; einige Clans hatten mit ihren Verlusten noch immer zu kämpfen.

Dabei war der Plan vielversprechend gewesen, denn mit Atterbury, dem Bischof von Rochester, hatten die Jakobiten einen vertrauenswürdigen Mann ihrer Sache. Mithilfe von Baron Lansdowne und Viscount Dillon war zusammen mit irischen Anhängern ein erstklassiges Netzwerk entstanden. Militärische Unterstützung kam von Frankreichs Regenten Philipp Herzog von Orleans. Zudem gab es auch unter den Briten viele jakobtreue Anhänger, die bereit waren, für die jakobitische Armee zu kämpfen. Papst Clemens und Spanien waren Geldgeber der Sache.

Der Plan war durchdacht und versprach ein Erfolg zu werden, aber Walpole, der britische Premierminister, kam ihnen in die Quere. Unerwartet schlug er zu und vereitelte das Vorhaben der Jakobiten.

»Wir sollten auf Nachrichten aus Rochester warten, bevor wir eine Entscheidung treffen«, schlug Laird MacTulloch vor. »Das wäre das

Vernünftigste.«

»Walpoles Männer haben seinen Agenten Layer gefangen genommen. Gott allein weiß, was sie mit ihm anstellen werden. Es wird keine Nachricht vom Bischof kommen«, wetterte ein anderer.

»Aber es bringt niemandem etwas, wenn wir uns auf den Weg machen, ohne die genaue Situation zu kennen, wir könnten blindlings in eine Falle der Briten laufen. Denn die Armee wird genau davon ausgehen, dass weitere Clans unverzüglich ins Geschehen eingreifen wollen. Sie werden uns erwarten.«

»Es soll etliche Festnahmen gegeben haben und solange wir nicht wissen, was genau passiert ist, sollten wir die Füße stillhalten und abwarten. Ich bin für MacTullochs Vorschlag.«

Es wurde wild und aufgebracht durcheinandergeredet. Ungebrochener Kampfeswille vieler Anwesender traf auf Zurückhaltung anderer. Wütende Beschimpfungen und Verwünschungen, Walpole betreffend, wurden geäußert, und etliche unterschiedliche Ansichten und Meinungen lautstark zu Gehör gebracht. Die Situation war extrem angespannt und aufgeheizt. Aber auch andere Stimmen wurden laut. Wie hatte der Premierminister von der streng geheim gehaltenen Sache Wind bekommen können? Gab es einen Verräter in ihren eigenen Reihen?

Ohne zu einer Einigung zu kommen, löste sich die Versammlung auf.

»Ich kann mir schwerlich vorstellen, dass MacRuairidh und seine Männer sich ruhig verhalten werden«, äußerte sich Duncan kritisch.

Sie befanden sich inzwischen auf dem Nachhauseweg von dem Geheimtreffen, das in einer verlassenen und halb verfallenen Burg nahe der Great Glenns stattgefunden hatte.

»Ich auch nicht! Sie sind brutale Kämpfer und bekannt für ihre Furchtlosigkeit, aber leider haben sie nicht besonders viel im Kopf«, knurrte Cedric.

»Das ist wohl wahr!«

Der Ritt zurück zum MacArthur Castle verlief weitgehend schweigsam. Noch mochte keiner an ein erneutes Scheitern ihrer Mission denken. Vieles hing davon ab, wie viel dem Bischof nachgewiesen werden könnte. Er war ein vorsichtiger Mann und hätte sich abgesichert. Walpole würde ihm nicht ohne weiteres eine Verschwörung nachweisen können, darüber waren sich die meisten einig.

Die Dämmerung hatte eingesetzt, als sie auf der heimatlichen Burg eintrafen. Ihre Rückkehr machte innerhalb weniger Minuten die Runde und die daheimgebliebenen Männer eilten ihnen entgegen. Während sie ihre erschöpften Pferde abrieben und versorgten, entbrannte noch im Stall eine lebhafte Diskussion.

Es war schon weit nach Mitternacht, als Cedric sich in sein Schlafzimmer begab und wie ein Stein ins Bett fiel. Es war ein anstrengender Tag gewesen, er war erschöpft und schlief sofort ein. Als er am Morgen erwachte, verspürte er leichte Kopfschmerzen, obwohl er am Abend keinen Whisky angerührt hatte. Er öffnete das Fenster und sog tief die erfrischende Luft in die Lungen. Nach einem reichhaltigen Frühstück mit den anderen Männern in der Großen Halle, fühlte er sich deutlich besser. Das vorherrschende Thema wurde besprochen, und es blieb natürlich die Frage, wie es nun weitergehen würde. Konnten die Jakobiten auch künftig auf Atterbury zählen oder war er gezwungen, sich zurückzuziehen? Hatten sie erneut einen Verfechter ihrer Sache verloren?

Als Cedric gedankenvoll die Halle verließ, entdeckte er in einiger Entfernung Leah. Sie war offensichtlich auf dem Weg zum Küchentrakt, unterhielt sich mit einer anderen Frau und schien ihn nicht zu bemerken. Sogleich wurde er sich wieder seiner eigenen, ganz persönlichen Probleme bewusst. Er stöhnte.

Cedric hatte noch nicht entschieden, wie er in ihrer Angelegenheit verfahren sollte, schließlich hatte er die letzten Tage Wichtigeres im Kopf. Er wollte Leah zur Rede stellen und herausfinden, welch perfides Spiel sie trieb. Hatte sie die Truhe gefunden und sich schon in den Gewändern präsentiert? Auf ihre Reaktion war er gespannt. Noch hatte sie keine Ahnung davon, dass er im Begriff war, ihr auf die Schliche zu kommen. Würde sie versuchen, sich herauszureden? Zum Teufel mit dem Weib! Kaum verschwendete er einen Gedanken an sie, reagierte sein Körper mit unmissverständlichen Signalen.

Vielleicht sollte er Leah eine Weile schmoren lassen und sich stattdessen ohne Rücksicht nehmen, was sie an weiblichen Reizen zu bieten hatte. Ungebeten drängten sich Bilder vor sein inneres Auge, Bilder, wie sie unter ihm lag und sich vor Lust wand. Fluchend verschwand er in seinem Arbeitsraum und knallte die Tür hinter sich zu.

Um sich von dem Gedankenspiel rund um Leah abzulenken, begann er, die Routen einzuteilen, um die fällige Pacht einzutreiben.

Plötzliches Stimmengewirr, das vom Eingang der Burg an seine Ohren drang, ließ ihn innehalten. Kurz horchte er und entschied dann, der Ursache auf den Grund zu gehen. Er klappte den Entwurf zusammen und begab sich zur Großen Halle. Als er Blaine Ferguson entdeckte, beschleunigte er erfreut seine Schritte. Inzwischen waren ein paar Frauen herbeigeeilt, um die

Heimkehrer mit Umarmungen und Küsschen zu begrüßen.

Wohlwollend klopfte der Laird seinen Leuten auf die Schulter. Der Spähtrupp war länger fortgewesen, als Cedric ursprünglich gedacht hätte. Obwohl es noch nicht einmal Mittag war, wurde Whisky ausgeschenkt, den die Heimkehrer nach Tagen im Sattel gebührend zu schätzen wussten. Eachnanns Stoppeln im Gesicht waren mittlerweile zu einem dichten Vollbart gereift. Ihre *Breacan feile*s waren mehr oder minder staubig und rochen nach einer Mischung aus Pferd, Schweiß, Wald und Lagerfeuer.

Die Männer hatten unterwegs ebenfalls davon gehört, dass Walpole zugeschlagen hatte, noch bevor ihre Leute deren Truppen ausheben konnten. Lebhaft wurde erneut darüber diskutiert und die zu Ohren gekommenen Nachrichten abgeglichen.

»Es ist eine Schande«, knurrte Blaine.

»Weiß man schon, wie viele Verhaftungen es gegeben hat?«, hakte Araigh nach.

Allgemeines Kopfschütteln war die Antwort.

»Es gibt bislang nur Gerüchte.«

»Fakt wird sein, dass die verfluchten Rotröcke demnächst noch vermehrter in unsere Highlands einfallen werden, um sie stärker und engmaschiger zu patrouillieren.«

»Aber nur, weil die sich in die Hosen machen.«

»Ein Schwarm roter Heuschrecken ...«, ergänzte ein anderer.

Ein paar Männer lachten unfroh.

»Mir tun die armen Schweine leid, die Walpole und seine Soldaten erwischt haben«, sagte Blaine und leerte seinen Becher.

»Die Briten werden versuchen, an ihnen ein Exempel zu statuieren, das uns als Abschreckung dienen soll. Wart's nur ab, so wird es kommen.«

Nachdenkliches Schweigen breitete sich aus, bis die Männer schließlich auf den eigentlichen Grund ihrer Reise zu sprechen kamen.

Cedric versuchte, sich seine steigende Anspannung nicht anmerken zu lassen. »Habt ihr was Interessantes über MacKinley und seinen Clan herausgefunden?«, fragte er ganz beiläufig.

»In der Tat, das haben wir!« Die Stimmung stieg schlagartig an. Whisky wurde nachgeschenkt und diverse niederschmetternde Kommentare zu Dougal MacKinley fielen, aus denen Cedric sich keinen Reim machen konnte. Irritiert sah er seine Männer an.

»MacKinley ist ein skrupelloser und hinterhältiger Drecksack«, begann Blaine schließlich.

»Der Ruf, der ihm vorauseilt, ist noch weit untertrieben«, warf Araigh ein. Die anderen nickten einträchtig murmelnd.

»MacKinley betreibt regen Handel mit den Rotröcken«, ließ Blaine die Bombe platzen.

»Mit den Rotröcken?« Cedric war zutiefst entsetzt. »Hat der Kerl überhaupt kein Gewissen?« Er hatte immer geahnt, dass MacKinley kein Mann von Ehre war, aber dass er ausgerechnet mit dem Feind Handel trieb, war der Gipfel.

»Im Gegenzug schützen die Rotröcke ihn. Er kann frei schalten und walten. Seine Destillen betreibt er vor deren Augen, ohne Konsequenzen fürchten zu müssen.«

»Wir konnten selbst beobachten, wie die Sassenach zwei ganze Pferdewagen voll mit Whiskyfässern beluden und abtransportierten und der Laird dafür bezahlt wurde.«

»Wohin bringen sie die Fässer?«, fragte Cedric nach. Außerdem interessierte es ihn, von welcher Summe die Rede war, und welchen Anteil die Briten für ihr Schweigen einbehielten.

»Das konnten wir nicht ermitteln.« Bedauernd schüttelte Blaine den Kopf. »Aber wir hörten, wie die Männer sich darüber unterhielten, dass die Fracht unbedingt in drei Tagen am Anleger sein müsse, um rechtzeitig verladen zu werden, und die Zeit dafür knapp bemessen sei.«

»Der Treck bewegte sich dann ziemlich rasch in südlicher Richtung. Kenneth und ich haben sie einige Meilen lang verfolgt«, erklärte Colin.

»Sie werden den Whisky nach England schaffen und ihn dort mit sattem Gewinn an die noble Gesellschaft verkaufen. Dabei streichen sie nach

Abzug ihres eigenen Bedarfs immer noch reichlich ein.«

»Wir wissen nicht, wie viele Sassenach letztlich involviert sind, aber in Erscheinung getreten ist stets ein gewisser Lieutenant Granger. Ihn und vier weitere Männer konnten wir regelmäßig beobachten. Granger scheint in jedem Fall der Drahtzieher zu sein.«

Das waren Informationen, die Cedric lobte. Mit diesem Wissen besaß er ein As im Ärmel. Er hatte etwas gegen Dougal MacKinley in der Hand, auch wenn er derzeit nicht wusste, wie er sich diese Nachrichten zunutze machen konnte.

Blaine und Araigh berichteten genauere Details von der Beschattung der Rotröcke und wie sicher sich die Tölpel auf MacKinleys Gebiet bewegten. Offensichtlich zogen sie nicht mal in Erwägung, dass sie bei ihrem Treiben beobachtet werden könnten.

Eachnann grinste vielversprechend. »Ihre Unachtsamkeit war zu unserem Vorteil.«

Die Männer lachten und schlugen sich Witze reißend gegenseitig auf die Schulter.

»Es gibt nämlich auch gute Nachrichten«, verkündete Kenneth voller Stolz.

»Aye«, Blaine lachte. »Wir haben die Schwachköpfe ein wenig erleichtert.«

»Das war ein Kinderspiel.« Die Beteiligten grölten und prosteten sich mit neu gefüllten Whiskybechern zu. »Wir haben mal eben deren Waffenarsenal leergeräumt.«

Die anderen Männer klatschten johlend Beifall oder trommelten anerkennend auf die Tische. Die Stimmung war heiter und gelöst. Ein paar Frauen trugen für die Rückkehrer einen Imbiss auf, bestehend aus Brot, Käse, Schinken und kaltem Hammelfleisch. Das Angebot fand sofort großen Zuspruch. Der Alkohol auf leerem Magen zeigte bereits erste Auswirkungen.

Eachnann zog lachend die vollbusige Amena auf den Schoss, die ihn sogleich in gespielter Ernsthaftigkeit als Lüstling betitelte. Als sie aufstand, erhielt sie einen Klaps auf ihr Hinterteil. Sie fuhr herum und drückte ihm, wie zur Bestrafung, ihre Brüste ins Gesicht. Die Kerle brüllten vor Lachen.

Leah befand sich ebenfalls unter den Frauen, hielt sich aber im Hintergrund. Cedric war bemüht, keine Notiz von ihr zu nehmen und nicht in ihre Richtung zu schauen. Doch als die ganze Sippe durch das frivole Kaspern der beiden abgelenkt war, riskierte er einen Blick. Prompt sahen sie einander an. Leah zeigte einen traurigen, fast gequälten Ausdruck, der ihn nicht unberührt ließ. Betreten sah er weg und direkt in Iains Augen, der ihm schräg gegenübersaß. Cedric fühlte sich ertappt und fluchte innerlich.

Die Frauen kehrten der Großen Halle den Rücken und die Anwesenden beruhigten sich langsam wieder.

»Nur einen Wachposten hatten die Rotröcke am Standort gelassen«, fuhr Blaine zwischen zwei Bissen fort. »Es war leicht, uns unbemerkt anzuschleichen und dem Kerl eins über den Schädel zu ziehen. Kenneth hat ihn anschließend gut verschnürt, damit er keinen Mucks von sich geben konnte, falls er zu sich käme, bevor wir abgezogen waren.«

»Aye! Es hat sich gelohnt!«, berichteten alle Beteiligten euphorisch durcheinander.

»Neben Waffen und Munition der Soldaten fanden wir etliche Schilde und Breitschwerter, die sie irgendwo bei unseren Landsleuten ausfindig gemacht haben mussten.«

»Die Rotröcke dürften ganz schön dämlich aus der Wäsche geguckt haben, als sie zurückkehrten, und bemerkten, dass alles weg ist.«

»Hat euch denn niemand verfolgt?«, fragte Duncan ungläubig.

»Ach was, wir waren längst außer Reichweite, bevor die überhaupt merkten, was los war.«

»Das nenne ich einen gelungenen Coup.«

Die Euphorie wirkte ansteckend, lenkte Cedric aber immer nur für wenige Augenblicke ab, seit er Leah gesehen hatte. Er war bemüht, sich nichts anmerken zu lassen, zumal ihm nicht entging, dass Iain ihn aufmerksam im Visier behielt.

Die Männer hatten die erbeuteten Waffen in einem sicheren und geheimen Versteck außerhalb der Burg untergebracht, wo bereits andere Verteidigungswerkzeuge lagerten. Nie war man vor einer Durchsuchung englischer Soldaten sicher. Das Tragen von Breitschwertern und anderen Waffen war den Highlandern untersagt worden. Bei Missachtung drohten die sofortige Verhaftung und oftmals der Tod. Nur das Mitführen des *Sgian Dubh*, eines kleinen, eher ungefährlichen Dolches, war ihnen gestattet. Die Männer trugen ihn meist in den Strümpfen, gelegentlich wurde er auch von Frauen am Oberschenkel getragen, unter ihrem Kleid verborgen.

Nach langem Gerede löste sich die Gruppe allmählich auf. Von den Heimkehrern war nur noch Blaine übriggeblieben. Die Müdigkeit war ihm inzwischen deutlich anzusehen. Schnaufend fuhr er sich mehrmals mit der Hand übers Gesicht.

»Hast du was über Dougal MacKinleys Tochter herausbekommen können?«, schnitt Cedric schließlich das heikle Thema an.

»Nicht wirklich! Sie weilt derzeit im Clan der MacLeods auf der Isle of Skye. Sie war schon zwei Wochen vor unserem Eintreffen aufgebrochen. MacKinleys Schwester ist dort mit einem Cousin der MacLeods verheiratet.«

»Ist mir bekannt!«

Eine Weile schwiegen sie, vor sich hin sinnend.

Blaine rutschte näher zu Cedric heran. »Du fragst sicher, weil der Rat dir nahelegt, MacKinleys Tochter zu ehelichen, stimmt's?«

Cedric gab ein abfälliges Grunzen von sich.

Blaine zeigte ein kurzes schiefes Grinsen, wurde aber sogleich wieder ernst. »Ich würde die Brut dieses Verräters auch nicht heiraten wollen.«

»Da hast du aber Glück, dass du nicht der Laird bist«, maulte Cedric. »In drei Monaten trifft sich der Rat der Großen Clans erneut, bis dahin sollte ich eine Lösung des Problems parat haben.«

Blaine nickte zustimmend. »Die meisten unserer Clanleute sind der Auffassung, dass du nicht wirklich eine Wahl hast. Ohnehin ist es deine Pflicht, dir baldmöglichst eine Ehefrau zu nehmen und Nachkommen zu zeugen. Zudem ist dies ein Wunsch des Rates, dem du dich nach Meinung vieler Mitglieder schwerlich widersetzen kannst, ohne die Mächtigen zu verärgern. Sie befürchten Konsequenzen, die im Ernstfall negative Auswirkungen auf unseren Clan haben könnten.« Er fuhr sich mit der Hand durch sein wirres Haar und gähnte verhalten. »Hübsch soll sie ja sein, aber auch recht eigenwillig, heißt es.«

»Dem Rat geht es nur um die Beilegung der langjährigen Fehde unserer Clans. Die Personen, die dafür den Kopf hinhalten sollen, sind nicht von Belang«, murrte Cedric und kippte den letzten Rest Whisky in sich hinein.

Beide starrten versonnen auf die Tischplatte. »Allerdings gibt es auch vermehrt Stimmen, die keineswegs erbaut sind, eine MacKinley in unserem Clan willkommen zu heißen, noch dazu als ihre Lairdess.«

»Sie wäre dann eine MacArthur«, korrigierte Cedric verkniffen.

»Du weißt, was ich meine!«

Ja, das wusste er. Die Meinungen in seinem Clan waren gespalten, das war ihm bekannt, erst recht, seit das Ehe-Arrangement bekannt geworden war. Seine Leute, insbesondere die Älteren unter ihnen, erwarteten eine klare Haltung.

Bei Blaine hatte er das Gefühl, auf Verständnis zu stoßen. Aus dem Grund hatte er ihn auch als Anführer für diesen Auftrag ausgewählt. Blaine war ein glücklich verheirateter Mann. Bei ihm und seiner Frau Daria war es damals Liebe auf den ersten Blick. Inzwischen waren sie seit fast fünf Jahren verheiratet, hatten zwei prächtige Söhne und waren immer noch glücklich wie am ersten Tag. Deswegen schien Blaine in der Lage zu sein, nachzuempfinden, dass der Laird sich gegen diese Ehe sträubte.

Was nützte es Cedric, wenn sie hübsch war, von ihm wurde immerhin verlangt, ihr beizuliegen und sie für den Rest des Lebens zu ertragen. Er erwartete mehr von der Frau an seiner Seite, als nur, dass sie hübsch anzusehen war. Automatisch sah er Leahs Angesicht vor sich. Eine Frau musste ihn reizen und körperlich anziehen, so, wie diese Fremde es vermochte. Hatte ihn anfangs die Vorstellung noch in Rage versetzt, dass die Unbekannte seine besagte Braut sein könnte, die die Unverschämtheit besaß, sich ihm inkognito zu nähern, so hatte er sich seit ihrer gemeinsamen Nacht gelegentlich bei dem Wunsch ertappt, dass dem tatsächlich so wäre.

»Was hast du jetzt vor?«, riss Blaine ihn aus den Gedanken.

Cedric stöhnte. »Ich bin mir noch nicht sicher …«

»Mmmpf«, machte Blaine und rieb sich das Kinn. »Willst du MacKinley mit deinem Wissen über ihn unter Druck setzen? Bedenke, dass ihr im selben Boot sitzt, auch er hat den Rat im Nacken. Es wird dir also nicht viel nützen, ihm zu drohen, seinen Handel mit den Briten auffliegen zu lassen.«

Duncan hatte sich ihnen gegenübergesetzt und dem Gespräch aufmerksam gelauscht. Die anderen Männer hatten zwischenzeitlich die Halle verlassen.

»MacKinleys Rache würde fatal werden, wenn du ihn verpfeifst und obendrein könnten uns seine guten Beziehungen zu den Rotröcken zum Verhängnis werden. Lieutenant Granger braucht nur seinen Vorgesetzten einen Tipp geben und in kürzester Zeit wimmelt es hier nur so von Rotröcken«, gab Duncan zu bedenken.

»Stell mich nicht auf dieselbe Stufe wie MacKinley. Ein MacArthur ist kein Verräter!«, schnaubend stierte Cedric seinen Freund an.

Schuldbewusst senkte Duncan sein Haupt. »Beruhige dich! Ich habe nur laut gedacht!«

»Spar dir in Zukunft solche Bemerkungen!«

»Ich bin hundemüde«, gähnte Blaine und streckte sich geräuschvoll. »Ich hau mich ein paar Stunden aufs Ohr.«

»Aye, mach das!«

»Vielleicht hat Kenneth noch ein paar Informationen, die für dich interessant sein könnten«, sagte Blaine, während er nach seinem *Sporran* griff, der auf dem Tisch lag. »Er hat ein bisschen mit einer … vernachlässigten Bäuerin geschäkert … du weißt schon«, er zwinkerte vielsagend. »Für uns hatte es den Vorteil, dass wir bei dem verfluchten Unwetter im trockenen Stall übernachten durften. Kenneth meinte später, dass sie unter anderem sehr geschwätzig gewesen sein soll.«

Cedric stand ebenfalls auf, ein Grinsen konnte er sich trotz der Sorgen nicht verkneifen.

»Sag Iain und Tavish, dass ich mit ihnen sprechen muss. Sie sollen in den Arbeitsraum kommen«, sagte er an Duncan gewandt, der sich nur zögerlich erhob. Zusammen verließen sie die Halle, im Gang trennten sich ihre Wege und Cedric steuerte die entgegengesetzte Richtung an.

Er kam um ein persönliches Treffen mit Dougal MacKinley nicht herum. Seine Hoffnung lag darin, dass der Laird seinerseits nicht gewillt war, einem MacArthur die Hand seiner Tochter zu überlassen, nur so gab es eine Basis für Verhandlungen. Blaine hatte recht, sie saßen im selben Boot. MacKinley und MacArthur, sie beide, mussten den Rat der Großen Clans davon überzeugen, dass ihre langjährige Fehde ein für alle Mal beigelegt sei, und sie im Fall der Fälle in der Lage wären, an einem Strang zu ziehen. Sie alle hatten dasselbe Ziel – ein Stuart musste wieder den Thron besteigen!

Verfeindete Clans zu vereinigen war dafür ein guter Anfang, um die Macht und die Einheit der Highlander zu stärken, doch es gab noch eine Menge Arbeit, dessen waren sich die mächtigen Clans bewusst.

Cedric stöhnte, in der Theorie klang es simpel, dennoch war er keineswegs sicher, ob MacKinley mit vernünftigen Argumenten und Logik zu überzeugen wäre.

Genauso gut war es denkbar, dass der Laird sich durch Cedrics Versuch, die Ehe zu umgehen, zutiefst beleidigt und gedemütigt fühlte und Vergeltung forderte. Wie sollte er einen Mann einschätzen, dem er nie begegnet war?

Auch von dessen Tochter wusste er rein gar nichts, außer, dass sie angeblich hübsch sein sollte und sich im heiratsfähigen Alter befand. Sie konnte ein verwöhntes, zänkisches Frauenzimmer sein oder dumm wie Bohnenstroh. Er war Laird des MacArthur Clans und sich seiner Verantwortung bewusst, aber er würde sich nicht kampflos in sein Schicksal fügen. Es war kein Geheimnis, dass viele Highlander eine Ehe lediglich als zweckdienliche Gemeinschaft betrachteten. Ein Weib hielt das Heim sauber, kümmerte sich um die Kinder und sorgte für die täglichen Mahlzeiten auf dem Tisch. Außerdem wärmte sie das Bett und war stets vorhanden, um die männlichen Bedürfnisse zu stillen. Er kannte viele, die so pragmatisch dachten. Aus dem Grund konnten jene auch nicht nachvollziehen, warum er nicht bereitwillig das *Brautangebot* annahm, da er doch ohnehin heiraten musste. Der Laird eines Clans hatte Familie zu haben! Er stieß einen obszönen Fluch aus, schließlich war er in der Lage, seine eigene Entscheidung zu treffen! Es ging um sein Leben und die Zukunft seines Clans, sein künftiger Sohn würde schließlich eines Tages seine Nachfolge als Laird des MacArthur Clans antreten. Da ging es um Werte und grundlegende Anlagen, die es zu vermitteln galt, jene, die ihm vom Blute in die Wiege gelegt wurden und solche, die ihn während seiner Reife prägen sollten.

Wenn er sich vorstellte, dass ihn mit seinem angetrauten Weib nichts als Schweigen und Kälte verband, weil sie aus Pflichtgefühl zusammengekommen waren, lief es ihm kalt den Rücken hinab.

Seine Eltern hatten eine liebevolle und harmonische Beziehung geführt. Er konnte sich gut erinnern, wie Mutter stets strahlte, wenn Vater den Raum betrat und es sich nie nehmen ließ, sie mit einem Kuss auf die Stirn oder, wenn sie unter sich waren, mit einem intensiveren Kuss zu ehren. Seit dem Tod seiner Frau vor fünf Jahren war der Vater nicht mehr derselbe gewesen, bis er im vergangenen Jahr ebenfalls das Zeitliche gesegnet hatte. Cedric bedauerte, dass er nicht mehr unter ihnen weilte und er ihn nicht mehr um Rat fragen konnte. Angus MacArthur war ihm stets ein großes Vorbild gewesen, ebenso, wie seine Mutter es mit ihrer liebenswerten und einfühlsamen Art auf ihre Weise war. Sie beide hatten ihn geprägt und ihn zu dem Mann werden lassen, der er heute war.

Er wollte nicht vorschnell urteilen, aber was er von seinen Männern erfahren hatte, bestätigte das Bild, das er sich von Dougal MacKinley gemacht hatte. Laird MacKinley war mit Vorsicht zu genießen. Wahrscheinlich war er für jedes miese Geschäft zu haben, solange es genug abwarf, warum sonst würde er ausgerechnet mit den Sassenach Handel treiben. Es würde Cedric nicht wundern, wenn MacKinley auch noch bestechlich war. Er dachte dabei an die Breitschwerter, die Blaine und die anderen bei den Rotröcken erbeutet hatten. Hatte MacKinley ihnen womöglich einen Tipp gegeben, wo sich ein geheimes Waffenversteck befinden könnte, und war dafür ebenfalls bezahlt worden? Würde der Mann so weit gehen oder ging gerade Cedrics Fantasie mit ihm durch? Wenn Cedric Catriona MacKinley zur Frau nehmen würde, wäre dieser Mensch sein Schwiegervater und würde bei Festen an seiner Tafel sitzen. Er stöhnte bei dieser undenkbaren Vorstellung. Zwangsläufig fragte er sich, wie viel vom Charakter ihres Vaters auf sie abgefärbt haben möge. Besaß sie seine Hinterlist und hatte sich zu einer intriganten Persönlichkeit entwickelt, unter dem Deckmantel einer schön anmutenden Dame? Er schloss kurz die Augen und atmete tief durch, um sich zu sammeln. Spekulationen brachten ihn nicht voran, er musste den Laird aufsuchen und von Angesicht zu Angesicht versuchen, zu einer Einigung zu kommen und dabei auf alle Eventualitäten vorbereitet sein.

In zirka zwei Wochen würde er aufbrechen, überlegte er, das war ein guter Zeitpunkt. Bis dahin sollte er die eine, noch offene Angelegenheit in seinem Clan geklärt haben. Noch wusste er nicht, ob es Neuigkeiten gab, die sich während seiner Abwesenheit ereignet hatten. Aber wäre etwas von großer Wichtigkeit vorgefallen, hätte Iain ihn unmittelbar nach seinem Eintreffen informiert.

Durch Zufall war Iain vor Kurzem auf einen verborgenen Unterschlupf gestoßen, in dem sonderbares Diebesgut versteckt war, unter anderem eine Truhe mit Damengarderobe, die er vor seiner Abreise in Leahs Zimmer hatte bringen lassen.

Drei Tage hatten er und seine Männer die Höhle nach dem Fund beobachtet, ohne dass es Aktivitäten gegeben hatte. Es hatte beinahe den Anschein, als sei die Truhe bewusst zurückgelassen worden, wahrscheinlich hatten die Täter darin einen anderen, wertvolleren Inhalt vermutet. Außer einigen Hufspuren, die im Nichts endeten, deuteten keine Anzeichen darauf hin, dass sich die Personen, die die Truhe dorthin geschafft hatten, sich in der Nähe aufhielten oder zurückkehren würden. Aus dem Grund hatte er schließlich entschieden, die Truhe mitzunehmen. Ein Restzweifel blieb nach wie vor, dass die Kleidungsstücke der Unbekannten, die sich Leah nannte, gehörten. Einige seiner Leute waren davon überzeugt, dass sie an jenem Tag, als sie sich heimlich aus der Burg entfernte, ins Versteck wollte. Immerhin war im Futter der Truhe einiges an Münzen versteckt gewesen, die die Räuber offensichtlich übersehen hatten.

Cedric wusste nicht, was er davon halten sollte. Anfangs sah er keinen Zusammenhang zwischen Leah und der Truhe, da sie gänzlich in eine andere Richtung gelaufen war, aber Tavish hatte ihn davon überzeugt, dass Frauen keinen Orientierungssinn besaßen und es daher nichts zu bedeuten habe.

Zu dumm, dass das Versteck erst am Morgen nach seiner Liebesnacht mit Leah entdeckt worden war. Hätte Iain nicht so dringend pinkeln müssen, hätten sie es wahrscheinlich nie aufgespürt. Cedric fragte sich, ob er auch mit ihr im Bett gelandet wäre, hätte er vorher von dem Schlupfloch gewusst. Andererseits war dieses starke Verlangen da, und er hätte es kaum unterdrücken können. Doch er hätte ganz anders agieren können und in der intimen Situation womöglich Informationen aus ihr herausbekommen, die sie sonst nicht preisgegeben hätte. Vorausgesetzt, sie hatte überhaupt mit der Angelegenheit zu tun.

Als er Leah das letzte Mal allein begegnet war, hatte sie ihn offensichtlich abgepasst. Das war am Abend, bevor er die Truhe in ihr Zimmer bringen ließ. Hatte sie zu dieser späten Stunde in Erfahrung bringen wollen, wie viel er wusste, beziehungsweise, ob er etwas wusste? Ihm war nicht entgangen, dass sie recht nervös wirkte.

Zum Glück hatte Leah nicht mitbekommen, dass ihr Anblick ihn sogleich wieder in den Zustand totaler Erregung versetzte. Es hätte nicht viel gefehlt und er hätte sie gegen die Wand gedrückt und gleich an Ort und Stelle genommen. Wütend über sich selbst, hatte er sie wortlos stehen gelassen. In ihrer Nähe war Cedric schlichtweg unfähig, klar zu denken. Er konnte nicht zulassen, dass niedere Instinkte sein Urteilsvermögen beeinträchtigten.

Wo zum Teufel blieben Iain und Tavish? Vor sich hin fluchend stapfte er zur Tür seines Arbeitsraumes, riss sie auf und wollte sich selbst auf die Suche begeben, als er Iain auf sich zukommen sah. Gereizt wartete er, bis Iain nahe genug war.

»Wo ist Tavish?«, fragte Cedric rau.

»Keine Ahnung! Er war nicht auffindbar. Wundert mich nicht, er ist in letzter Zeit ein wenig sonderbar.« Iain trat ein und Cedric schloss die Tür hinter ihm.

»Was soll das heißen?«

Iain zuckte die Schultern. »Nun, er sondert sich von den anderen ab, ist ungewohnt schweigsam und wenn man ihn darauf anspricht, reagiert er übellaunig und aggressiv.«

Cedric zog verwundert die Augenbrauen zusammen, sodass sich eine steile Falte oberhalb seiner Nase bildete. Erst jetzt, wo Iain das sagte, wurde ihm bewusst, dass Tavish sich zuvor in der Großen Halle ebenfalls recht schweigsam verhalten und kaum an der Diskussion beteiligt hatte. Nicht mal, als es um das Thema der erbeuteten Waffen ging. Das war in der Tat eigenartig, normalerweise war man von ihm gewohnt, dass er lautstark seine Meinung kundtat, gerade wenn es um die verhassten Rotröcke ging.

Iain musterte Cedric, wie er es in der Halle zuvor getan hatte. »Deine Kleine war zwischenzeitlich ein braves Mädchen, absolut unauffällig. Sie scheint sich mittlerweile hier ganz wohlzufühlen.« Er zwinkerte mit einem schiefen Grinsen.

Die Information beruhigte den Laird, aber Iain sollte nicht das Gefühl bekommen, dass er etwas auf seine Worte gab. »Sie ist nicht *meine Kleine*! Aber schön, dass sie sich wohlfühlt.« Mit einer gleichgültigen Handbewegung tat er das Thema ab.

»Natürlich!« Iain räusperte sich.

»Ist denn irgendwas Besonderes vorgefallen, was Tavish betrifft?«, hakte Cedric nach und brachte das Gespräch wieder auf sicheres Terrain.

»Aye ...« Iain kratzte sich nachdenklich am Hinterkopf. »Eigentlich fing es damit an, dass Tavish Owen was aufs Maul gegeben hat, weil der einen harmlosen Witz auf seine Kosten gemacht hatte.« Die beiden Männer setzten sich.

»Hmmpf«, machte Cedric und rieb sich das Kinn. »Da muss Owen ihn wohl auf dem falschen Fuß erwischt haben.«

»Wie man's nimmt! Wir haben zwei Männer bei dem Unterschlupf beobachten können. Wir wollten sie verfolgen, sobald sie wieder herauskommen, aber sie konnten durch den hinteren Ausgang flüchten und wir haben sie verloren. Einer der beiden muss verletzt sein, wir fanden frisches Blut im Inneren der Höhle.«

»Habt ihr am Tartan erkennen können, was das für Männer waren?«

»Nein! Sie trugen keine Breacan feiles, sondern Hosen.«

»Hosen?«, wiederholte Cedric überrascht.

»Aye! Wir beschlossen, uns zu trennen«, begann Iain seinen Bericht. »Ich bin in nordöstlicher Richtung geritten und Tavish ritt nach Nordwesten. Ich konnte nichts Verdächtiges finden und bin nach etwa zwei Stunden umgekehrt. Auf halbem Weg traf ich auf Owen und die anderen Männer, sie wollten gerade zur Destille reiten, um nach dem Rechten zu sehen. Ich habe mich ihnen angeschlossen und dachte, Tavish würde zwischenzeitlich zur Burg reiten. Als wir schließlich am frühen Abend dort ankamen, war er noch immer nicht zurück. Wir waren beunruhigt und haben uns sofort auf den Weg gemacht, ihn zu suchen. Etwa eine Meile westlich der Höhle fanden wir an einem Gebüsch getrocknete Blutspuren. Offenbar war Tavish auf der richtigen Fährte, aber es wurde bereits zu dunkel, um der Spur eindeutig zu folgen, und wir beschlossen, am nächsten Morgen weiterzusuchen. Stunden später, es war nach Mitternacht, kam Tavish zurück. Er berichtete, dass er die gesamte Gegend abgesucht habe, ohne die geringste Spur zu finden. Owen konnte sich dann einen dummen Spruch nicht verkneifen, immerhin hätte Tavish das Blut an dem Gebüsch bemerken müssen.«

»Das ist wohl wahr ...« Cedric konnte sich keinen Reim darauf machen. Tavish war für seinen Scharfsinn bekannt, so grobe Fehler passten nicht zu ihm.

»Tavish war verdammt übellaunig und verpasste Owen ohne Vorwarnung einen kräftigen Kinnhaken. Das konnte Owen sich natürlich nicht gefallen lassen und ging auf ihn los. Ich kann dir sagen, das wäre eine anständige Prügelei geworden, hätten wir die beiden Kampfhähne nicht gewaltsam auseinandergehalten.«

Iain berichtete weiterhin, dass sie seitdem nichts mehr von den beiden Männern gesehen hatten, vermutete aber, sie hielten sich dennoch irgendwo in der Nähe auf. Mit einer blutenden Wunde, je nach dem, wo die Verletzung war, müsste der Mann in jedem Fall geschwächt sein. Es hatte zuvor Beschwerden der Pächter gegeben, dass Lebensmittelvorräte entwendet worden waren. Malcom hatte den Täter dabei erwischt, wie er versuchte, eines seiner Hühner zu stehlen, und von seiner Schusswaffe Gebrauch gemacht. Er schwor, den Eindringling getroffen zu haben, konnte aber nicht sagen, wo er den Dieb erwischte.

Für Cedric war klar, sie mussten die seltsamen Gestalten so schnell wie möglich finden. Wenn die beiden Männer den Rotröcken in die Hände fielen und die feststellten, dass der Mann durch einen Schuss verletzt war, hätte das drastische Folgen für seinen Clan. Sie würden jeden Hof und jede Kate nach der Waffe durchsuchen. Der junge Malcom, der erst kürzlich Vater geworden war, wollte vermutlich nur seine Familie beschützen, ohne an mögliche Konsequenzen zu denken. Um den unbesonnenen Malcom würde Cedric sich persönlich kümmern, die Waffe musste verschwinden!

Tavish war kein Dummkopf. Cedric war überzeugt, dass der genau wusste, welche Gefahr von den beiden Fremdlingen ausging, solange sie sich im MacArthur Clangebiet aufhielten. So wie er Tavish kannte, vermutete er, dass der versuchte, die Sache auf eigene Faust zu regeln. Cedric stieß ein verärgertes Schnauben aus. Das kam einem Affront gleich. Er musste dringend ein ernsthaftes Gespräch mit Tavish unter vier Augen führen. Sein teilweise respektloses Verhalten war ihm ohnehin schon länger ein Dorn im Auge. Und die letzte Zurechtweisung hatte wohl nicht ausgereicht. Cedric war sein Laird; mit ihm so umzugehen wie mit Owen würde selbst Tavish nicht wagen. Er hoffte inständig, dass er sich nicht täuschte und keine böse Überraschung erlebte.

*

Leah war dankbar, etwas zu tun zu haben. Es war ihr vollkommen gleichgültig, ob sie stundenlang Töpfe und Pfannen schrubbte, bis ihre zarten Hände ganz rot waren, oder sie bergeweise Gemüse putzen und schneiden musste. Die groben Arbeiten hielten sie davon ab, in Trübsal und Lethargie zu verfallen. Wie es den Anschein hatte, gab es aus der Vergangenheit kein Zurück in ihre Zeit. Stunden hatte sie damit zugebracht, sich Gedanken zu machen, welche Parameter einen Sinn ergeben könnten. Welche Daten waren von Bedeutung und in welcher Konstellation? Kam es auf den Tag, Monat, Jahr, die exakte

Uhrzeit, die Wetterbedingungen oder auf eine besondere Planetenstellung an? Womöglich war es auch etwas vollkommen anderes, auf das sie bis jetzt nicht gekommen war. Waren solche Dinge überhaupt von Belang? Oder war sie einfach nur zur falschen Zeit am falschen Ort gewesen? Aber was machte ein solches Phänomen möglich? Wie hoch war die Wahrscheinlichkeit einer zweiten Zeitreise und wer garantierte ihr, dass sie dann in der Zeit landete, aus der sie gekommen war?

Am meisten vermisste sie die Familie, insbesondere ihre Mutter. Sie hätte ihr gern diesen Kummer erspart. Würden sie sich jemals wiedersehen? Viele Dinge beschäftigten sie, vor allem, warum es ausgerechnet sie getroffen hatte. Etliche Male war sie den Tag gedanklich bis ins letzte Detail durchgegangen, aber nichts hatte darauf hingedeutet, was ihr dann widerfuhr. Existierten mehr Menschen wie sie, Personen, die aus der Zukunft gekommen waren? Falls es so sein sollte, woran sollte sie so jemanden erkennen? Immerhin war klar, dass sie niemals aussprechen durfte, was ihr passiert war. Ganz davon abgesehen, würde ihr ohnehin kein normal denkender Mensch die Geschichte abkaufen. Eine Tatsache, die sie niemandem verübeln konnte. Wäre sie nicht selbst davon betroffen, würde sie jede Person für verrückt erklären, die versuchte, sich als Zeitreisende auszugeben. Eine sich auf und ab bewegende Hand unmittelbar vor ihrem Gesicht ließ sie zusammenzucken.

Corrine kicherte. »Wo warst du wieder mit deinen Gedanken?«

»Oh ... entschuldige.« Fahrig versuchte Leah, das Chaos in ihrem Hirn zu sortieren.

»Hast du überhaupt mitbekommen, was ich dir gerade erzählt habe?«

Schuldbewusst schüttelte Leah den Kopf.

»Na, ist nicht so schlimm. Ich kann es alleine machen, habe ich sonst ja auch.«

Leah hatte nicht die geringste Ahnung, wovon Corrine sprach, aber es tat ihr leid, die Freundin enttäuscht zu haben. Das war weiß Gott nicht ihre Absicht gewesen.

»Ich habe letzte Nacht kaum geschlafen, das scheint sich jetzt zu rächen«, versuchte sie sich herauszureden. »Bitte entschuldige! Wobei, sagtest du, kann ich dir helfen?« Sie legte ein reumütiges Lächeln auf.

Corrine musterte sie eine Weile. »Lass nur, geh in dein Zimmer und ruh dich aus. Ich mach das schon. Ist wirklich kein Problem!«

»Nein! Kommt nicht in Frage, ich helfe dir gern«, protestierte Leah. »Außerdem, wenn Morag das mitbekommt, dann ...«

»Die ist gar nicht da!« Die Freundin lächelte aufmunternd und versetzte Leah einen leichten

Schubs. »Geh schon! Bevor du mir noch im Stehen einschläfst.«

Eigentlich war Leah überhaupt nicht müde, aber etwas Besseres war ihr auf die Schnelle nicht eingefallen. Sie gab sich geschlagen. Vielleicht war es keine so schlechte Idee, sie könnte die Zeit nutzen, um sich wieder zu sammeln und Kraft zu tanken. Sie musste aufhören, ihrer Vergangenheit nachzutrauern und sich auf das Hier und Jetzt konzentrieren. Unwillkürlich schmunzelte sie bei dem Gedanken, dass ihre Vergangenheit für die Menschen um sie herum in weit entfernter Zukunft lag.

»Was für eine abgefahrene Geschichte«, murmelte sie abwesend, während sie die Tür zu ihrem Zimmer öffnete.

Ein leiser Schrei entwich ihr, als sie einen Kerl entdeckte, der vor der Truhe kniete und offenbar nach etwas suchte. Sie schluckte und kämpfte gegen den Impuls an, wegzurennen. Tapfer straffte sie sich und wich nicht zurück. Wo hätte sie auch hin sollen?

»Was tut Ihr da?« Leah war dankbar, dass ihre Stimme trotz des Schreckens fest und furchtlos geklungen hatte.

Ohne Eile erhob sich der Eindringling und drehte sich zu ihr. Jetzt erkannte sie den Mann, es war Tavish. In seiner rechten Hand hielt er einen kleinen Dolch. Finster starrte er sie an.

Leah nahm all ihren Mut zusammen, machte noch einen Schritt nach vorn und drückte, mit den Händen auf dem Rücken, die Tür ins Schloss, ohne ihn aus den Augen zu lassen.
»Habt Ihr meine Frage nicht verstanden? Warum durchwühlt Ihr meine Sachen?«, fragte sie scharf, weil er sie nach wie vor anstarrte.

»Eure Sachen? Wagt Ihr zu behaupten, dass das Eure Sachen sind?« Er wies mit ausgestrecktem Arm auf die offene Truhe hinter sich und machte einen Schritt auf Leah zu. Reflexartig flüchtete sie zwei Schritte seitwärts. Der harte Klang seiner Stimme war angsteinflößend.

Nein, es waren nicht *ihre* Sachen. »Sie wurden mir zur Verfügung gestellt«, antwortete sie wahrheitsgemäß. »Von Eurem Laird«, ergänzte sie in der Hoffnung, es würde ihn davon abhalten, ihr an die Gurgel zu gehen. Abwartend schaute sie in rascher Folge von seinem Gesicht zum Dolch in seiner Hand und wieder zurück. Würde er ihr etwas antun?

Tavish bemerkte den Blick und steckte den Dolch zurück in den Lederschaft in seinem Strumpf.

»Habt Ihr etwas aus der Truhe entwendet?«, fragte er.

»Was soll ich denn genommen haben?«

»Haltet mich nicht zum Narren!« Wie ein wütender Krieger stürmte er auf sie zu.

Ihr hektischer Versuch, den bisherigen Abstand beizubehalten, scheiterte kläglich. Ihr blieb nur ein Rückwärtsschritt, bis sie die Wand hinter sich spürte.

»Habt Ihr etwas aus der Truhe entwendet?«, wiederholte er rau. Mit der Hand stützte er sich an der Wand neben ihrem Kopf ab. Er war so nah, dass sie seinen Atem spüren konnte.

Leah presste sich mit aller Kraft gegen die kühle Mauer und drehte den Kopf zur Seite. Ihre mühsam aufrechterhaltene Courage drohte wie ein Kartenhaus zusammenzufallen. »Ich schwöre Euch, dass ich nichts aus der Kiste herausgenommen habe. Wenn sich noch etwas anderes darin befunden haben sollte, dann muss es vorher irgendwer an sich genommen haben. Ich war es nicht! Bitte, das ist die Wahrheit.«

Er verharrte einige Sekunden in seiner Haltung, dann trat er zurück. »Also gut!«

Erleichtert stieß sie die Luft aus, wagte aber nicht, ihn anzusehen.

»Ihr werdet keinem von meinem Besuch hier erzählen, habe ich mich klar ausgedrückt?«

Aus Furcht nickte sie heftig.

»Solltet Ihr es doch tun, werdet Ihr es bereuen. Ich kann Euch das Leben innerhalb dieser Burgmauern zur Hölle machen, daran solltet Ihr stets denken.«

Leah straffte sich und sah auf.

Tavish durchsuchte den Raum. Er schaute in den Schrank, kontrollierte ihre wenige Kleidung, durchwühlte das Bett und warf dabei alles achtlos auf den Fußboden.

»Es wäre hilfreich, wenn Ihr mir sagen würdet, wonach Ihr sucht.«

»Solltet Ihr es genommen haben, wisst Ihr, was es ist. Und falls Ihr tatsächlich die Wahrheit gesprochen habt, dann ist es besser, Ihr habt keine Ahnung.«

Was war denn das für eine Logik? Leah schüttelte verständnislos den Kopf. »Seid Ihr ein Rebell?«

»Ein was?« Er lachte hölzern. »Nennt man es bei Euch Sassenach so?«

»Ich bin keine Sassenach! Geht das nicht in Euren Schädel?«

Nach einem letzten akribischen Rundblick durchs Zimmer musterte er sie. »Es war nicht geplant, aber da Ihr mir nun mal in die Quere gekommen seid, spricht eigentlich nichts dagegen, weiterhin Eure Dienste in Anspruch zu nehmen.«

Erschrocken riss Leah die Augen weit auf. »Ich warne Euch, ich werde aus Leibeskräften schreien, wenn Ihr versuchen solltet, mich anzufassen!« Automatisch ballte sie die Hände zu Fäusten und nahm eine Verteidigungshaltung ein, obwohl ihr instinktiv bewusst war, dass sie gegen den Koloss nicht den Hauch einer Chance hatte.

Er lachte und dieses Mal war es ein verhöhnendes Lachen. »Ihr bildet Euch zu viel auf Eure Person ein.« Provokant betrachtete er ihren Körper von Kopf bis Fuß. »Das Privileg überlasse ich gern einem anderen Herrn der Schöpfung. Bedaure, Ihr seid so gar nicht mein Geschmack!«

Seine aufgeblasene Art machte sie fuchsteufelswild. Wen glaubte dieser ungehobelte Highlander vor sich zu haben, ein naives Dummchen, das nicht bis drei zählen konnte? Es war ganz offensichtlich, dass die Durchsuchung mit irgendwelchen kriminellen Aktivitäten zu tun haben musste, von dem keine andere Person auf der Burg etwas wissen durfte. Leah hatte ihn überrascht und nun versuchte er, sich ihr Schweigen zu erkaufen. Statt sich auf Drohungen zu beschränken, die sie einschüchtern sollten, besaß er die Arroganz, sie als Frau herabzuwürdigen. War das ein Versuch, ihr Selbstwertgefühl zu schmälern, damit er sie wirkungsvoller unter Druck setzen konnte? Wütend funkelte sie ihn an.

Er deutete ihre Reaktion allerdings anders. »Tragt es mit Fassung! Ihr mögt durchaus Eure Qualitäten haben, aber mich bezirzt Ihr damit nicht. Ihr werdet tun, was ich von Euch verlange.« Er zog einen Mundwinkel grinsend nach oben. »Aber versucht nicht, Euch mir an den Hals zu werfen, um Eure Situation zu verbessern. Ich habe Euch schließlich nicht gebeten, unverhofft ins Zimmer zu platzen.«

Leah war so aufgebracht, dass sie gar nicht mehr richtig zuhörte. »Ihr überschätzt Euch!«, giftete sie Tavish an. »So einem grobschlächtigen, stinkenden Barbaren würde ich niemals erlauben, mich zu berühren! Oder warum glaubt Ihr, habe ich gesagt, dass ich aus Leibeskräften schreien werde, solltet Ihr es versuchen?«

An seiner Reaktion merkte sie, dass sie ihn empfindlich getroffen hatte, doch ihre Euphorie währte nur kurz. Tavishs Augen verdunkelten sich gefährlich, eine tiefe Furche bildete sich auf seiner Stirn, die Lippen presste er zu einer schmalen Linie zusammen und schnaubte wie ein Stier, der mit den Hufen scharrte.

»Schluss mit dem weibischen Gezeter!«, brüllte er plötzlich unbeherrscht.

Leah konnte nicht verhindern, dass sie zusammenzuckte. War sie zu weit gegangen? Hatte sie ihn zu sehr provoziert? Die Angst schlich sich wieder ein. Die wollte sie ihm keinesfalls zeigen, befürchtete aber, dass sie sich durch ihre hektische Atmung verriet.

Sekundenlang starrte Tavish sie verbissen und mit drohendem Ausdruck an. Schweigend verharrte Leah, versuchte, dem Blick standzuhalten und verkniff sich den Wunsch, die Augen Richtung Fußboden zu senken.

Schließlich räusperte er sich und schaute endlich weg. »Ihr werdet Vorräte für mich organisieren und beiseiteschaffen. Versteckt sie unter Eurem Bett, von dort hole ich sie ab.«

»Vorräte?«, wiederholte sie irritiert. »Ihr verlangt, dass ich stehle?«

»Nennt es, wie Ihr wollt. Ich weiß, dass Ihr in der Küche Arbeit gefunden habt, es dürfte also kein allzu großes Problem für Euch sein.«

In Leahs Hirn begann es mächtig zu rotieren. Er drängte sie zum Diebstahl, sie hatte in ihrem ganzen Leben noch nichts gestohlen. Sie wurde von den Menschen dieses Clans anständig behandelt, seit sie als ebenbürtige Bewohnerin der Burg akzeptiert worden war. Kurz tauchte Cedrics Bild vor ihrem inneren Auge auf. Sie war dankbar, dass das Schicksal sie ausgerechnet ins Castle des MacArthur Clans geschleudert hatte, und nun sollte sie diese Leute beklauen?

Das konnte er unmöglich von ihr verlangen, flehend sah sie ihn an. »Das ... das kann ich nicht machen! Ich bin keine Diebin, wie stellt Ihr Euch das vor?«

»Lasst euch etwas einfallen!«, entgegnete er im Befehlston. »Käse, Brot und Obst lassen sich sicherlich unter Eurer Schürze schmuggeln. Besorgt auch eine gute Portion Dörrfleisch und ein

Stück Schinken, Ihr wisst schon.«

Für wen waren diese Lebensmittel bestimmt? Mit Sicherheit war Tavish kein Robin Hood, der Speisen an die Armen verteilte. Ein kalter Schauder lief ihren Rücken hinab. In was für Machenschaften wollte er sie da hineinziehen?

»Was habt Ihr damit vor?«

»Ihr stellt zu viele Fragen!«

»Ihr verlangt von mir, dass ich für Euch stehle, dann werde ich wohl zumindest erfahren dürfen, wofür ich meinen Hals riskieren soll.«

»Das hat Euch nicht zu interessieren! Ihr genießt freie Kost und eine komfortable Unterbringung, aber das kann sich sehr schnell ändern, wenn Ihr Euch meinen Bedingungen widersetzt. Aye, ich denke, das wollt Ihr nicht riskieren, also macht einfach, was ich Euch aufgetragen habe, und Euch wird nichts geschehen.«

Leah verdrehte die Augen und warf hilflos die Arme in die Luft. Dieser verbohrte Highlander kapierte es einfach nicht.

»Wenn man mich erwischen sollte, werdet Ihr dann zu Eurem Laird gehen und die Situation klarstellen? Oder werdet Ihr diese Erpressung feige leugnen und zulassen, dass man mich verurteilt, einsperrt, vielleicht sogar davonjagt?«, fragte sie hitzig.

»Ihr werdet achtgeben, dass man Euch nicht erwischt. Für ein Weib habt Ihr ein verflucht loses Mundwerk, hat man Euch nie Benehmen beigebracht?«

Benehmen! Leah schnaubte angewidert. Anscheinend war er es gewohnt, dass eine Frau zu gehorchen und sich unterzuordnen hat, vermutlich durfte sie nicht mal selbstständig denken, geschweige denn eine eigene Meinung besitzen.

»Kennt Ihr das siebte Gebot Gottes?«, verächtlich sah sie ihn an. »Ich wurde zu einem ehrlichen und anständigen Menschen erzogen, ich stehle nicht!« Leah war kein besonders religiöser Mensch, doch die zehn Gebote und das Vater Unser waren aus Schulzeiten hängengeblieben. Sie ging nicht regelmäßig zur Kirche, meist nur am Weihnachtsabend und zu Anlässen wie Hochzeiten, Taufen oder Beerdigungen, obwohl ihr bisher Todesfälle erspart geblieben waren. Sie hoffte, dass Tavish das Gewissen plagte, wenn sie die Kirche ins Spiel brächte, immerhin waren die Highlander bekennende Katholiken.

Er gab keine Antwort, aber sein Gesicht rötete sich vor unterdrücktem Zorn.

Was hatte dieser Mann vor? Hatte Cedric überhaupt eine Ahnung, wem er da vertraute?

»Wenn es nichts Verwerfliches ist, was Ihr tut, warum bittet Ihr nicht einfach Euren Laird um die Vorräte?«, frage sie zynisch. »Ihr verlangt von mir, die Menschen, die ich mag, zu bestehlen und Euch zu helfen, Euren Laird zu hintergehen.

Ihr solltet Euch etwas schämen! Ihr seid ein erbärmlicher Verräter!«

»Schweigt endlich!«, donnerte er. »Ihr wisst rein gar nichts! Ich habe schon seinem Vater treu gedient, also hütet gefälligst Eure vorlaute Zunge! Morgen Abend werde ich kommen und mir Eure Ausbeute abholen. Solltet Ihr Ärger machen, werdet Ihr dafür büßen. Also überlegt es Euch gut.«

Obwohl Leah bei Tavishs aggressiven und bestimmenden Tonfall kaum noch Hoffnung hatte, ihrem Schicksal zu entkommen, wagte sie einen letzten Einwand. »Was ist, wenn ich zu Eurem Laird gehe und ihm berichte, was Ihr hinter seinem Rücken treibt, dann seid Ihr derjenige, der …« *der dafür büßen wird,* hatte sie sagen wollen, doch dazu kam sie nicht mehr. Mit seinen großen Pranken packte er sie bei den Schultern und drängte sie zurück, bis sie erneut mit dem Rücken die Wand berührte.

»Ich sollte Euch für Eure Widerspenstigkeit übers Knie legen und kräftig den Hintern versohlen. Ihr besorgt mir die Vorräte, basta! Und Ihr werdet den Mund halten.« Er griff nach ihrem Kinn und zwang sie, ihm ins Gesicht zu sehen. »Ein Mucks von Euch und ich werde Cedric davon überzeugen, dass Ihr eine Hexe seid und Eurer gerechten Strafe zugeführt werden müsst. Dreimal dürft Ihr raten, wen er mehr glauben wird, mir, einem treuen und langjährigen Vertrauten seines Clans oder einer Unbekannten, die aus dem Nichts auftaucht und seltsames Gebaren im Gang zum Weinkeller praktiziert. Ich habe Euch beobachtet, Ihr habt mit Euren Händen sonderbare Zeichen an die Wand gemalt und bizarres Zeug gemurmelt. Ihr habt die Geister beschworen und wolltet uns alle verfluchen.«

»Das ist nicht wahr!«, presste sie hervor und bekam es mit blanker Angst zu tun.

Er reagierte nicht auf ihren Einwand, stattdessen verstärkte sich sein Griff. Hilflos sah sie in sein wutverzerrtes Gesicht. Zu sprechen war ihr nun nicht mehr möglich. Sie fürchtete, er würde ihr ohne Anstrengung den Kiefer brechen, wenn sie es nur versuchte.

»Wenn Cedric sein Gesicht nicht verlieren will, muss er handeln. Ihr werdet vor ein Gericht gestellt werden und sobald Ihr der Hexenkunst überführt seid, haucht Ihr Euer Leben auf dem Scheiterhaufen aus.« Abrupt ließ er sie los und trat zurück. »Morgen Abend nach Einbruch der Dunkelheit, enttäuscht mich nicht!« Er drehte sich auf dem Absatz um und verließ das Zimmer.

Eine Weile war Leah unfähig, sich zu bewegen. Erst als sie registrierte, dass sie am ganzen Leib zitterte, kehrte Leben in ihren Körper zurück. An der Wand entlang ließ sie sich langsam zu Boden sinken. Sitzend umschlang sie mit beiden Armen die angezogenen Beine und stützte den Kopf auf die Knie.

Was für ein Albtraum, wo war sie nun wieder hineingeraten? So, wie sie Tavish einschätzte, würde er die Drohung wahrmachen, ohne mit der Wimper zu zucken. Sie dachte darüber nach, ob gestandene Mannsbilder allen Ernstes an die Existenz von Hexen glauben konnten. Rasch aber stellte sie fest, dass es Sichtweisen gab, die sie keineswegs mit der fortschrittlichen Denkweise und Mentalität der Menschen im einundzwanzigsten Jahrhundert vergleichen konnte. Laut ihres Kenntnisstandes gab es in Schottland noch bis Mitte des achtzehnten Jahrhunderts Hexenverbrennungen.

Leah fühlte sich miserabel und bildete sich ein, jeder könnte ihr am Gesicht ablesen, dass sie etwas Unrechtes tat. Aber mehr noch als das belastete sie, dass sie keine Ahnung hatte, was Tavish vorhatte. Plante er eine Verschwörung gegen seinen Laird? Wie konnte sie damit leben, wenn Cedric irgendetwas zustoßen sollte? Mehrmals seit Tavishs Abgang kam ihr der Gedanke, zu ihm zu gehen und Cedric von dem Vorfall zu berichten, doch auf halbem Wege verließ sie jedes Mal wieder der Mut. Tavish hatte vermutlich recht, Cedric würde ihm wahrscheinlich mehr Glauben schenken als ihr. Er vertraute seinen

Männern, als Laird musste er seinen Männern ja vertrauen können. Hinzu kam, dass Leah nicht genau wusste, wie Cedric über sie dachte. Seit ihrer gemeinsamen Nacht hatten sie kein Wort mehr miteinander gewechselt. Ihr drängte sich der Verdacht auf, dass er lediglich die Gunst der Stunde genutzt hatte, und es ihm einzig darum ging, seinen männlichen Trieb zu befriedigen. Hatte sie sich in ihm getäuscht und zu viel in die Nacht hineininterpretiert? Ihr Verstand plädierte für diese Version der Geschichte, aber ihr Herz wollte davon nichts wissen. Sie träumte von ihm und sehnte sich danach, wieder in seinen starken Armen zu liegen.

Nachdenklich starrte sie auf die Sachen, die auf einem Betttuch ausgebreitet vor ihr lagen. Unter anderem hatte sie einen ganzen Laib Brot entwendet, der neben anderen zum Abkühlen auf dem Bord gelagert war. Sie hatte ihn zuerst unter einem umgedrehten großen Suppentopf in der Küche selbst versteckt und ihn später hinausgeschafft, als kaum Betrieb herrschte. Morag hatte einen Riesenaufstand gemacht, als sie das Fehlen des Brotes bemerkte, aber zum Glück hatte niemand Leah verdächtigt. Kaum auszudenken, was geschehen wäre, wenn sie jemand gesehen hätte, wie sie mit dem Laib, eingewickelt in der Schürze, die Küche verließ.

Die anderen Dinge hatte sie in kleinen Portionen, versteckt unter der Kleidung, stibitzt, darunter auch ein paar kalte Hähnchenkeulen vom Vortag. Aus der Vorratskammer neben der Küche stahl sie einen Wurstring in dunkelbrauner Pelle und zog ihn sich unter dem langen Rock über ihr Schienbein. Danach hatte sie unter einem Vorwand die Küche verlassen. Das Band, mit dem die beiden Enden der Wurst zusammengebunden waren, hatte ihr auf dem Weg zum Zimmer schmerzhaft in die Wade geschnürt.

Sie war keineswegs stolz darauf, aber sie hatte ihre Aufgabe erfüllt, nun hoffte sie, das Zeug so schnell wie möglich loszuwerden. Entschlossen verknotete sie das Betttuch zu einem Bündel und schob es unter ihr Bett. Angespannt ließ sie sich anschließend auf der Strohmatratze nieder und wartete.

Eigentlich müsste sie Tavish folgen und herausfinden, ob noch weitere Männer auf seiner Seite standen. Aber wie sollte sie das anstellen? Was immer er plante, es würde sich kaum innerhalb der Burg abspielen. Er wird sich irgendwo an einem geheimen Ort mit seinen Verbündeten treffen. Sie besaß kein Pferd, um ihm zu folgen, geschweige denn, dass sie reiten konnte. Doch ohne ein Pferd war eine Verfolgung unmöglich. Zu Fuß würde sie nicht weit kommen und ihr letzter Ausflug war ihr schauerlich in Erinnerung. Das wollte sie auf keinen Fall noch einmal erleben. Leah schüttelte den Kopf, es konnte doch nicht sein, dass sie rein gar nichts tun konnte. Tavish würde ungestraft davonkommen.

Sie wusste nicht, wie viel Zeit vergangen war, bis es endlich an ihrer Tür klopfte. Steif erhob sie sich und nahm am Fußende ihres Bettes Aufstellung, bevor sie die Person hereinbat.

Wenigstens besaß er dieses Mal den Anstand anzuklopfen, dachte sie zynisch.

Ihre Augen weiteten sich vor Schreck. Es war nicht Tavish, der daraufhin ihr Zimmer betrat, es war Cedric! In ihrem Hirn überschlugen sich die Gedanken. Schmunzelnd näherte er sich ihr. So lange hatte sie auf diesen Moment gewartet und dann kam er ausgerechnet jetzt zu ihr, wo jeden Moment Tavish auftauchen würde! Konnte sie wirklich so viel Pech haben? Sie verfluchte innerlich das Schicksal. Was, wenn plötzlich Tavish hinter ihnen stand oder Cedric das Bündel unter ihrem Bett entdeckte? Hatte sie es überhaupt weit genug darunter geschoben oder lugte noch ein Zipfel hervor?

»Du wirkst überrascht?«, stellte er fest.

»Ähm ... ja, ich ... ich hatte nicht mit dir gerechnet.«

»Aye, das scheint mir auch so.« Mit einem Grinsen umfasste er ihre Taille und zog sie an sich. »Ich hatte einiges um die Ohren, sodass ich nicht früher zu dir kommen konnte.«

Leah schluckte nervös, während sie zu seinen warmen bräunlich schimmernden Augen aufsah.

Langsam näherte sein Mund sich dem ihren. Kaum berührten sich ihre Lippen, fuhr ein berauschendes Gefühl durch Leahs Körper. Ein Gefühl, dem sie nicht nachgeben durfte, nicht jetzt! Dennoch wollte sie möglichst viel von diesem Augenblick mitnehmen. Begierig schlang sie die Arme um seinen Nacken und erwiderte den Kuss voller Inbrunst. Wild und verlangend saugten sie sich aneinander fest, ihrer beider Atmung wurde schneller. Mit einem Stöhnen an ihrem Mund umfasste er ihr Hinterteil und presste den Unterleib gegen sie. Sie konnte seine starke Erregung durch die Kleidung hindurch spüren. Es bestand kein Zweifel, dass sie wieder miteinander schlafen würden. Sie wollte ihn und sehnte sich danach, ihn zu berühren und zu spüren, aber es war definitiv ein unglücklicher Moment. Schweren Herzens löste sie sich von ihm und schob ihn leicht von sich. Wie spät mochte es sein? Draußen musste längst die Dämmerung eingesetzt haben, denn im Zimmer wurde es allmählich schummrig.

»Was hast du?«, fragte er irritiert. Er hielt sie auf Armeslänge und sah sie prüfend an.

Es brach ihr fast das Herz, ihn wegzustoßen

und dazu noch anlügen zu müssen. »Es geht mir heute nicht so gut und ... ähm, ich habe Kopfschmerzen. Entschuldige, ich ... ich glaube, es ist besser, wenn ich mich ausruhe.«

Seine Augen verdunkelten sich und eine steile Falte bildete sich auf seiner Stirn. Sekundenlang blickte er sie schweigend an, bis er langsam die Arme sinken ließ.

Leah hatte das Gefühl, als habe sich die Raumtemperatur schlagartig verändert. Ein Frösteln überzog sie und sie verschränkte die Arme vor der Brust. Leah war zum Heulen zumute. Kurz überlegte sie, ihm alles zu erzählen, aber würde er ihr tatsächlich glauben? Was, wenn Tavish recht hatte?

»Wie du meinst!«, sagte er in hartem Ton. Er trat einen Schritt zurück, sah zur Seite und tat einen tiefen Atemzug. Sie presste die Zähne aufeinander und kämpfte um ihre Beherrschung. Er war enttäuscht und verletzt, sie hatte es in seinen Augen gesehen. Verdammt, ihr ging es ebenso, konnte er das denn nicht erkennen?

»Aye, dann ist es wohl besser, wenn ich jetzt gehe.« Ohne sie anzusehen, drehte er sich um und marschierte auf die Tür zu.

Panik überkam sie. »Cedric!« Sie lief ihm nach und hielt ihn am Arm zurück. Sie wollte ihn nicht verlieren, wollte ihn nicht in dem Gefühl gehen lassen, dass sie ihn nicht ebenso begehrte.

Flehend sah sie Cedric an, Tränen lösten sich aus ihren Augenwinkeln, aber sie war unfähig, ihr Verhalten in Worte zu fassen, ohne ihn noch mehr zu verletzen.

Er sah sie mit einem sonderbaren Ausdruck in den Augen an, den sie nicht deuten konnte. Ohne ein Wort zu sagen, verließ er das Zimmer.

Leah ballte die Hände so heftig zu Fäusten, dass sich ihre Fingernägel schmerzend ins Fleisch bohrten. Unglücklich starrte sie zur Zimmerdecke, als läge dort die Lösung des Problems.

Nur wenige Augenblicke später pochte es mehrmals hintereinander heftig gegen die Tür. Hastig fuhr sie sich mit dem Ärmel durchs Gesicht, um die Tränenspuren zu entfernen. Noch bevor sie ihm den Eintritt erlaubte, wurde die Tür geöffnet und Tavish trat ein.

»Da seid Ihr ja!«, grüßte sie ihn patzig, ohne sich ihm zuzuwenden.

»Aye!« Er blieb an der Tür stehen.

»Das Bündel ist unter meinem Bett. Nehmt es und verschwindet!« Ihr Tonfall drückte unmissverständlich aus, was sie für diesen Mann empfand. Zusätzlich zeigte sie ihm die Kehrseite als Ausdruck ihrer Verachtung. »Was ist?«, schnauzte sie und fuhr herum, als er dennoch stehenblieb.

»Ich sah eben meinen Laird aus Eurem Zimmer

kommen. Er schien verärgert.«

»Was Ihr nicht sagt!« Am liebsten würde sie Tavish ins Gesicht springen und ihm die Augen auskratzen. Er war schuld, dass Cedric vielleicht nie wieder mit ihr sprechen würde. »Euertwegen musste ich ihm wehtun. Ich musste ihn zurückweisen. Versteht Ihr?« Sie war so wütend, dass sie nicht mal mehr Angst vor diesem Mann verspürte. Der Schmerz, Cedric verletzt zu haben, war größer als alles andere. In diesem tiefen Kummer war ihr nicht mal bewusst, was sie gerade indirekt zugegeben hatte.

»Jetzt nehmt die Sachen und haut endlich ab. Ich hoffe, Ihr erhaltet irgendwann Eure gerechte Strafe.« Sie konnte nicht verhindern, dass ihr erneut Tränen die Wange hinab kullerten. Mit einer harschen Bewegung wischte Leah sie fort.

»Ihr liebt ihn!« Er stand immer noch an derselben Stelle und rührte sich nicht.

Konnte der Kerl nicht endlich verschwinden und sie in ihrem Elend alleine lassen? Wutentbrannt stürmte sie zum Bett und zerrte unter hektischen Bewegungen das Bündel hervor, ging auf ihn zu und drückte es dem Mistkerl in den Arm. »So! Und jetzt raus mit Euch!«

»*Tha mi duilich. Cha robh mi airson do ghoirteachadh.*«

»Ich verstehe Euer gälisches Gequatsche nicht!« Sie ging zur Tür, öffnete sie und verdeutlichte ihre Aufforderung mit entsprechender Handbewegung.

»Aye.« Er nickte und entfernte sich.

Zornig drückte sie die Tür hinter ihm ins Schloss. Endlich war sie allein.

Als die Wut allmählich verrauchte, kehrte der Schmerz zurück, gepaart mit einer unendlichen Leere. Sie begann heftig zu schluchzen, warf sich aufs Bett und weinte ins Kissen.

*

Cedric und seine Männer hatten einem Trupp englischer Soldaten ausweichen müssen und waren dadurch gezwungen gewesen, einen riesigen Umweg in Kauf zu nehmen, um nicht mit ihrer kostbaren Fracht erwischt zu werden. Die Sassenach kontrollierten hie und da die Fuhrwerke, die zu den Burgen wollten. Einige der Männer fluchten unentwegt vor sich hin, andere ritten verbissen, wortlos und mit stoischer Miene voran. Vollkommen durchnässt kehrten die Männer zur Burg zurück. Alles in allem hagelte es nur schlechte Nachrichten, die jedem aufs Gemüt schlugen. Nicht nur, dass sie bei den MacDowells die neusten Gerüchte erfahren hatten, wonach weitere Unterstützung des Bischofs von Rochester auszuschließen war, weil dieser zu sehr unter Druck stand, so wusste Laird

MacDowell auch aus sicherer Quelle zu berichten, dass Premierminister Walpole auf illegale Weise etliche Highlander verhaften ließ, die er des Putsches verdächtigte.

Es war sogar davon auszugehen, dass Atterburry über kurz oder lang ebenso gezwungen sein würde ins Exil zu flüchten, wie schon ihr Thronanwärter James und der Earl of Mar nach dem Aufstand von 1715. Die Zukunftsaussichten, wieder einen Stuart auf dem Thron zu sehen und endlich den Hannoveraner George I abzusetzen, schienen erneut gescheitert zu sein.

Missmut, Wut und Hoffnungslosigkeit machte sich bei den Männern breit; und dann kam ihnen auf dem Rückweg, nach einem Abstecher bei ihrer Destille, der Trupp englischer Rotröcke beinahe noch in die Quere. Verständlich, dass die Männer niedergeschlagen und übellaunig waren, und der heftige Regen tat sein Übriges.

»Lasst uns rasch die Fässer abladen und sicher verstauen, dann haben wir uns den edlen Tropfen redlich verdient«, erklärte Cedric, nachdem sie die Zugbrücke und das Burgtor passiert hatten.

»Aye«, murmelten einige der Männer.

»Nichts gegen einen Whisky, der die Lebensgeister weckt«, sagte Blaine und schüttelte sich wie ein nasser Hund, nachdem er vom Pferd gestiegen war, »aber ich ziehe heute das Bett meiner Frau vor.«

»Na, dann besorg es ihr aber richtig«, stänkerte Owen.

»Worauf du dich verlassen kannst. Sie wird drei Tage nicht mehr gehen können.«

»Hört gefälligst auf, dumme Sprüche zu reißen«, beschwerte sich Iain gereizt. »Packt lieber mal mit an.«

Stumm beobachtete Cedric den Schlagabtausch, während er die Gurte des Sattels löste, hielt sich aber bewusst heraus. Eine Frau im Arm zu halten und sich mit ihr zu vergnügen, das würde ihm jetzt auch gefallen. Doch Leah hatte ihn zurückgewiesen und er verstand immer noch nicht, warum sie das getan hatte. Er hatte deutlich gespürt, dass sie ihn ebenso sehr wollte, er konnte sich unmöglich so irren. Mit mürrischer Miene drückte er dem herbeigeeilten Stallknecht den Sattel unsanft in den Arm und schritt auf den Burgeingang zu. Er wollte in seinem Refugium rasch in trockene Sachen schlüpfen und sich dann mit den Männern in der Großen Halle einen Whisky gönnen.

Diese Frau trieb ihn noch in den Wahnsinn. Dabei hatte er gar nicht zu ihr gehen wollen und trotzdem hatte er es getan. Der eigentliche Grund dafür war, sie wegen der Kleider zu befragen, da er noch nicht gesehen hatte, dass sie eines davon trug. Doch als Leah vor ihm stand, war alles andere vergessen. Er konnte sich in ihrer Gegenwart nicht unter Kontrolle halten, so etwas war ihm vor ihr niemals passiert. Umso schlimmer schmerzte und demütigte ihn ihre Zurückweisung, aber er würde einen Teufel tun, ihr nachzurennen. Zudem wollte er sich nicht eingestehen, dass sie der Grund für seine Reizbarkeit und schlechte Laune war. Er nahm sich vor, ihr einfach aus dem Weg zu gehen, schließlich war seine Burg groß genug, um einander nicht permanent zu begegnen. Es gab genügend andere Dinge, die wichtiger waren, und um die er sich als Laird zu kümmern hatte. Beispielsweise wussten sie immer noch nicht, was es mit den beiden Männern auf sich hatte, die in dem geheimen Unterschlupf beobachtet worden waren. Sie schienen wie vom Erdboden verschwunden zu sein. Keiner wusste, ob sie allein waren oder nur die Vorhut einer ganzen Gruppe, die sich irgendwo verschanzte. Malcom berichtete, dass der Mann, auf den er geschossen habe, älteren Baujahres gewesen sei. Viel mehr konnte er nicht zur Aufklärung beitragen.

Bei den Nachbarn, den MacDowells, war das Thema auch zur Sprache gekommen, aber auf ihren Ländereien war ihnen bislang nichts Verdächtiges aufgefallen, hieß es. Aber man wollte die Augen offenhalten und in nächster Zeit besonders wachsam sein.

Vor etwa eineinhalb Jahren hatte es diverse Probleme mit einer Bande Outlaws gegeben, die zuerst auf dem Gebiet der MacDowells und kurz darauf auf MacArthurs Land ihr Unwesen trieben. Sie raubten auf ihren Streifzügen alles, was ihnen vor die Nase kam, wodurch mehreren Pächtern großer Schaden zugefügt worden war. Ganze Ernten aus deren Vorratskammern für den Winter waren geleert worden und das, was sie nicht benötigten, hatten sie vernichtet. Der Verdacht lag nahe, dass die Bande zurückgekehrt war und der Terror von Neuem begann. Deshalb wurden die merkwürdigen Beobachtungen auf beiden Seiten, bei den MacArthurs wie bei den MacDowells, sehr ernst genommen.

Männer beider Clans hatten damals wochenlang die Gegend durchkämmt, bis sie den Unterschlupf ausfindig machen konnten. Beim anschließenden Kampfgetümmel waren einige von ihnen getötet worden, bevor die Truppe sich ergab und in südwestlicher Richtung abzog.

Bei den Clans hinterließ das Gefecht etliche Blessuren und kleinere Verletzungen, allerdings auch zwei Tote auf MacArthurs Seite. Einer der Toten war der jüngere Bruder von Tavish.

Das Kampfgeschehen war eigentlich schon beendet gewesen. Die Outlaws hatten sich nach aussichtslosem Fluchtversuch schließlich ergeben und die Highlander hatten sie auf einer freien Fläche zusammengescheucht. Laird MacDowell und seine Leute bewachten den Abschaum und die Männer der MacArthurs inspizierten den Unterschlupf.

Damals lebte Cedrics Vater noch und war Laird des Clans. Während er mit einer Handvoll Männer das Geheimversteck kontrollierte, war Cedric zusammen mit Torcail zurückgeritten, um nachzusehen, ob jene Banditen, die auf der Strecke geblieben waren, wirklich tot waren, und um deren Waffen einzusammeln.

Niemand hatte damit gerechnet, dass sich zwei der Outlaws noch hinter einem Gebüsch versteckt hielten. Torcail durchsuchte gerade einen Toten, als einer von denen heraus stürmte, ihn blitzschnell angriff und ihm die Kehle durchschnitt. Torcail hatte keine Chance. Der zweite Kerl hatte Cedric erledigen wollen, zog aber im Zweikampf den Kürzeren.

Der Tod des kleinen Bruders war für Tavish ein harter Schlag gewesen, mit dem er sich nicht abfinden wollte. Auch nachdem er den Mörder aufgespürt und Blutrache genommen hatte, war die Angelegenheit für ihn offenbar nicht vorbei. Tavish gab Cedric eine Mitschuld an seines Bruders Tod.

Er warf ihm Unachtsamkeit und leichtfertiges Verhalten vor, da Torcail noch nicht über ausreichende Erfahrungen verfügte. Seiner Meinung nach hätte Cedric das Umfeld sorgfältiger im Auge behalten müssen. Das zweite Opfer aus dem Clan war Tiobaid, er starb fünf Tage nach dem Scharmützel. Seine Wunde, die er achtlos als Kratzer abtat, hatte sich infiziert und letztlich zum Tode geführt.

Vielleicht waren eben diese Geschehnisse der Vergangenheit für Tavishs sonderbares Verhalten in letzter Zeit verantwortlich, mutmaßte Cedric. Das Auftauchen fremder, nicht identifizierbarer Personen hatte vermutlich ein Deja vu bei ihm ausgelöst. Nur so ließ sich sein eigenartiges Benehmen erklären. Cedric hatte viel Verständnis für den Clansmann, nichtsdestotrotz konnte er dessen eigenbrötlerisches Gebaren und seine Alleingänge nicht länger gutheißen. Tavish hätte ihn und die anderen zu den MacDowells begleiten sollen, aber jedes Mal, wenn er den Mann brauchte, war der unauffindbar. So konnte es nicht weitergehen. Unzuverlässigkeit konnte er nicht dulden.

Ihre Blicke trafen sich, als Tavish die Große Halle betrat, wo Cedric mit seinen Begleitern bereits den miesen Tag mit einem Whisky aus ihrer Destille hinunterspülte. Tavish nahm am gegenüberliegenden Ende der Bankreihe Platz und stieg unmittelbar in das dortige Gespräch mit ein. Sein

Gesichtsausdruck zeigte keinerlei Anzeichen von Reue, er besaß die Arroganz so zu tun, als wäre alles vollkommen normal.

Cedric kochte innerlich, und kippte mit grimmiger Miene den vor ihm stehenden Whisky in sich hinein. Eine Weile beobachtete er den Mann, dann stand er wortlos auf und marschierte zum Ausgang. Hinter dem Rücken von Niall, der Tavish gegenübersaß, blieb er kurz stehen und fixierte Tavish finster. Der sah Cedric mit düsterer Miene an. Wütend setzte der Laird seinen Weg fort und stapfte aus der Halle.

Er war gedanklich derart mit seinem Ärger beschäftigt, dass ihm erst viel später bewusst wurde, dass er den Weg zu Leah anstatt zu seinen Privaträumen angestrebt hatte. Er stieß einen zischenden Fluch aus und machte auf dem Absatz kehrt.

Nach wenigen Schritten verstellte ihm Tavish den Weg. Cedric fluchte unterdrückt, dass der Kerl ihm ausgerechnet hier in die Quere kam, hatte ihm gerade noch gefehlt.

»Hat sie dich abgewiesen?«, wagte Tavish ohne Skrupel zu fragen.

Cedric presste knurrend die Lippen aufeinander und stürmte blindlings auf ihn zu.

»Du nimmst deinen Mund verdammt voll.« Er packte ihn im Brustbereich an seinem *Breacan feile*, und stieß ihn gegen die Wand.

Die Männer waren gleich groß und begegneten einander auf Augenhöhe. Tavish sah ihm unerschrocken ins Gesicht.

»Weiß sie, dass du Catriona MacKinley heiraten sollst?«, fragte er tollkühn, während er sich gegenüber Cedric einen Freiraum verschaffte, indem er ihn von sich stieß. »Ist die Kleine was Ernstes oder willst du dir vor deiner Ehe nur die Hörner abstoßen?«

Cedrics Faust landete in der Visage seines Gegenübers. »Was geht es dich an?«

Jetzt hatte auch Tavishs Beherrschung ein Ende. Zwischen den beiden begann eine Prügelei, in der sie sich derbe Ausdrücke an den Kopf warfen. Tavish war zwar genauso groß, aber breiter gebaut und muskulöser als Cedric, doch der Laird war wendiger und gab nicht klein bei.

Erst ein schockiertes Aufkeuchen brachte ihn aus dem Konzept. Er sah zur Seite und entdeckte Leah im Gang. Sie musste den Tumult vernommen haben und deshalb aus dem Zimmer gekommen sein. Für einen Moment war er abgelenkt, ihn traf Tavishs Fausthieb und er ging unglücklich zu Boden.

»Seid Ihr total verrückt geworden?«, hörte er Leah fauchen. Noch bevor er registrierte, was genau passiert war, kniete sie neben ihm. Tavish murmelte etwas Unverständliches, rückte sein *Breacan feile* zurecht und trat den Rückzug an.

Leahs Gesicht war genau über dem seinen, als er die Lider öffnete. Ihre Augen waren feucht vor Sorge, ihre Hand auf seinem Arm zitterte, und doch hatte er das Gefühl, dass es niemals einen schöneren Moment in seinem Leben gegeben hatte. Ihre Blicke versanken ineinander und er spürte plötzlich ein tiefes Band der Zuneigung. Ein Strahl wohliger Wärme fuhr durch seinen Körper.

»Oh Gott, du blutest«, flüsterte sie mit bebender Stimme. Sie zerrte ein Tuch aus ihrer Rocktasche und betupfte seine aufgeplatzte Lippe.

Natürlich war er wohlauf und hätte sich unverzüglich erheben können, doch er wollte den Moment ihrer Nähe noch ein bisschen genießen, so richtete er sich lediglich ein wenig auf, um sie besser ansehen zu können. Sie hatte Angst, Angst um ihn! Wie in Trance führte er seine Hand an ihre Wange und streichelte sie voller Zärtlichkeit. Er sehnte sich danach, sie an sich zu ziehen und zu küssen, doch der Geschmack von frischem Blut in seinem Mund vereitelte diesen Wunsch. Leah richtete ihre Aufmerksamkeit von seiner lädierten Lippe auf seine Augen und lächelte zaghaft, während sie den Kopf seiner Hand entgegen neigte.

»*Tha gaol agam ort*«, murmelte Cedric verwundert, während sein Daumen über die Konturen ihrer Lippen fuhr. Sie legte die Hand über seine, ergriff sie und hauchte zarte Küsse auf die Knöchel seiner Finger.

Viel zu rasch waren die kostbaren Sekunden verstrichen. Stimmen waren zu hören, offenbar schien sich das Treffen in der Großen Halle aufzulösen. Schlagartig war er wieder in der Realität angekommen.

»Es ist nichts weiter«, tat er seinen unfreiwilligen Niedergang ab und sprang auf die Beine. Er fühlte sich wackelig, aber das hatte nichts mit Tavishs Treffer zu tun. Plötzlich war ihm die Situation furchtbar peinlich. Er hatte sich aufgeführt wie ein liebeskranker Gockel. »Hab Dank«, sagte er im neutralen Ton zu Leah und rang sich ein knappes Lächeln ab. Nach einem wohlwollenden Kopfnicken entfernte er sich, ohne sich noch einmal umzudrehen. Erst hinter der nächsten Biegung gestattete er sich, durchzuatmen. Was in Gottes Namen war nur in ihn gefahren? Zum Glück verstand sie kein Wort Gälisch!

Das angespannte Verhältnis zwischen dem Laird und Tavish war in der Burg zum aktuellsten Gesprächsthema geworden. Der engere Kreis um Cedric MacArthur wusste es schon länger, immerhin hatten sie die Geschehen hautnah mitbekommen und Kenntnis von Tavishs untragbarem Verhalten. Die anderen sahen die Rivalitäten mit Besorgnis, da Tavish als erster Mann an der Seite ihres verstorbenen Lairds galt, Cedrics Vater. Tavish war knapp sechs Jahre älter als Cedric, ein ausgezeichneter Kämpfer und ein Mann mit Führungsqualität. Er war nicht nur ein furchteinflößender Kraftprotz, er hatte auch etwas im Kopf. Cedrics Vater wusste die Fähigkeiten dieses Mannes zu schätzen. Wenn es galt, irgendwelche Strategien zu entwickeln, hatte er ihn stets als Berater hinzugezogen. War es, um die Rotröcke auszutricksen oder sich den Feinden entgegenzustellen, wie im Falle der Outlaws. Zum Wohle seines Clans würde Cedric ungern auf einen Mann wie ihn verzichten wollen.

Nichtsdestotrotz musste er Tavish in seine Schranken weisen und ihm klarmachen, wer hier der Laird war und das Sagen hatte.

Aus diesem Grunde bestellte er ihn am nächsten Morgen zu sich. Ihre persönlichen Reibereien waren in dem Fall nebensächlich.

Pünktlich erschien Tavish in Cedrics Arbeitsraum. »Du wolltest mich sprechen?«, sagte er in steifer Haltung.

»Aye!« Cedric zog ein Rechnungsbuch aus dem Regal hinter sich und blätterte darin.

Tavish wartete geduldig, bis er das Teil zuklappte, ablegte und ihn ansah.

»Wie du dir sicher denken kannst«, begann Cedric, »wirft dein Benehmen einige Fragen auf. Ich habe lange genug deine Alleingänge und

Respektlosigkeit mir gegenüber durchgehen lassen. Damit ist jetzt Schluss!« Macht demonstrierend sah er sein Gegenüber an.»Ich gebe dir Zeit und Gelegenheit, dein Verhalten der Verpflichtung deinem Laird und unserem Clan gegenüber, zu überdenken. Du wirst dich mit ein paar Männern in der nächsten Woche ins nordöstliche Ghalldachd-Gebiet auf den Weg machen. Die jährliche Pacht ist fällig.«

Das Ghalldachd bezeichnete einen abgelegenen flachen Landstrich im äußersten Zipfel des Clangebietes. Die Gegend war relativ wald- und gesteinsarm und bot daher gute Bedingungen für den Getreideanbau und als Weideflächen für die Viehzucht. Verteilt über mehrere Quadratmeilen hatte sich dort eine Reihe Pächter niedergelassen.

»Du schickst mich ausgerechnet in dieses primitive Hinterland?«, beschwerte sich Tavish.

»Hast du ein Problem damit?«, fragte Cedric scharf. »So hast du wenigstens eine sinnvolle Beschäftigung, während ich anderweitig unterwegs sein werde.«

»Das kannst du nicht machen!«

»Oh doch! Ich kann und ich werde! Während der Reise kannst du dir überlegen, ob du weiterhin deinen eigenen Kopf durchsetzen willst. Das war's, was ich dir zu sagen habe. Du kannst jetzt gehen!«

Trotz der Aufforderung blieb Tavish stocksteif

stehen und sah ihn erhobenen Hauptes an.

»Ist noch was?«, fuhr Cedric ihn an.

»Wenn es wegen gestern Abend ist, entschuldige ich mich dafür, dich, meinen Laird, zu Boden gestreckt zu haben. Es war nicht meine Absicht, aber abgesehen davon hat der kleine Hieb seine Wirkung schließlich nicht verfehlt.«

»Was willst du damit ausdrücken?«, schnaubte Cedric und krallte die Hände um die Kante der Tischplatte. Instinktiv wusste er genau, worauf Tavish anspielte, doch er wollte wissen, wie weit er noch gehen würde.

Dreist zog der einen Mundwinkel nach oben. »Du weißt schon, was ich meine! Dein Liebchen kam sogleich an deine Seite geeilt. Und wenn du es nicht vollkommen dämlich angestellt hast, dürfte dem eine heiße Nacht gefolgt sein.«

Cedric war kurz davor zu explodieren.

Niemand, außer vielleicht einer seiner engsten Freunde, durfte in dieser Manier mit ihm reden. »Es reicht!«, brüllte er.

»Aye, das tut es! Du versuchst mich mit der Reise ins Hinterland zu demütigen, während du dich zu Dougal MacKinley begibst. Denkst du, ich weiß nicht, was du vorhast?«

»Letzteres dürfte nicht dein Problem sein!«

»Du rennst mit Scheuklappen durch die Gegend und hast keine Ahnung, was um dich herum geschieht. Wir haben ein größeres Problem, als dir bewusst ist.«

Mit wutverzerrten Mienen starrten die Kontrahenten sich an.

»Du vergisst dich! Dein respektloser Ton wird dir noch leidtun.« Cedric hatte größte Mühe, nicht auf den anmaßenden Kerl loszugehen, um ihm sein dreistes Mundwerk zu stopfen. »Geh mir aus den Augen!«

»Aye! Aber eines sage ich dir, ins Ghalldachd kannst du einen anderen Deppen schicken. Ich werde dich zum MacKinley Clan begleiten, ob es dir passt oder nicht!«

Wutentbrannt schlug Cedric mit der Faust auf die Tischplatte. »Anscheinend hältst du dich für unersetzbar, da muss ich dich leider enttäuschen. Du bist sehr wohl ersetzbar! Ich hätte ein paar Männer zur Hand, die dem gewachsen wären und deine Position einnehmen könnten, ehrliche und zuverlässige Männer, denen ich zu hundert Prozent vertrauen kann.«

»Du bist dabei, einen schweren Fehler zu begehen, Cedric MacArthur. Du brauchst mich, du weißt es nur noch nicht! Außerdem habe ich deinem Vater versprochen, stets an deiner Seite zu bleiben.«

»Du überschätzt dich«, sagte Cedric eisig zu seinem Clansmann.

Tavish trat einige Schritte vor, stützte sich mit den Handflächen auf dem massiven Schreibtisch ab und beugte sich leicht nach vorn. »Ich rate dir dringend, deine Entscheidung bezüglich Ghalldachd noch einmal zu überdenken.« Er sprach mit leiser Stimme, die eine gewisse Portion Schärfe enthielt und seinen Worten zusätzliches Gewicht verlieh. »Ich weiß aus sicherer Quelle etwas, was du nicht weißt, was keiner von euch weiß. Etwas von ganz entscheidender Wichtigkeit.«

»Und was soll das sein?«, polterte Cedric.

»Das verrate ich dir vielleicht, wenn du dich beruhigt hast. Ich sage nur: MacKinley.«

Nach den Worten drehte Tavish auf dem Absatz herum und hielt auf die Tür zu.

»Du weißt, was dir blüht, wenn du relevante Informationen zurückhältst?«

Mit der Hand am Türknauf drehte sich Tavish noch einmal zu ihm. »Aye! Ich habe mir die Situation nicht ausgesucht. Ich bin da hineingeraten … genau wie du.« Sein plötzlich veränderter Tonfall klang beinahe, als sollten seine Worte einer Entschuldigung gleichkommen. Sekundenlang starrten die beiden einander an, dann verließ Tavish ohne ein weiteres Wort Cedrics Arbeitsraum.

Cedric stieß eine Anzahl unflätiger Flüche aus. Er konnte sich keinen Reim auf das seltsame Gerede machen. Was hielt Tavish an geheimem Wissen zurück? Es war Blaine gewesen, der den

Trupp angeführt und MacKinleys Treiben ausgekundschaftet hatte. Tavish war nicht unter ihnen gewesen. Der Kerl bluffte also nur, oder doch nicht?

*

Leah hatte sich in der Burg gut eingelebt. Inzwischen kannte sie die meisten Bewohner, zumindest vom Gesicht her, auch wenn sie noch nicht von jedem den Namen wusste. Einige Highlander warfen ihr sogar interessierte Blicke hinterher, die sie stets verlegen werden ließen. In der modernen Zeit hatte sie damit nie ein Problem gehabt und es sogar genossen, wenn Männer ihr eindeutige Signale sandten, doch im achtzehnten Jahrhundert war das eine ganz andere Geschichte, eine, mit der sie sich schwertat. Hinzu kam, dass sie nur an einem Mann ein ernstzunehmendes Interesse hegte, und das war der Burgherr.

Erinnerungen an ihr Leben im einundzwanzigsten Jahrhundert verfolgten sie hauptsächlich, wenn sie allein war, meistens abends, kurz bevor sie sich schlafen legte. Da konnte es dann schon vorkommen, dass die eine oder andere Träne floss. Es waren weniger die materiellen Dinge, die sie vermisste, sondern die vertrauten Menschen, die sie zurückgelassen hatte. Personen, von denen sie sich nicht hatte verabschieden können und die keine Ahnung hatten, was ihr zugestoßen war. Obwohl sie in gewissen Situationen natürlich auch den Komfort vermisste, insbesondere eine angenehm temperierte Dusche oder eine ganz normale Toilette.

Die Menschen um sie herum waren einfach gestrickt, sie besaßen, was sie brauchten und waren damit zufrieden. Das war keine Herausforderung, schließlich kannten sie kein anderes Leben. Sie wussten nichts von moderner Technik, die ihnen den Arbeitsalltag erleichterte. Ahnten nicht, dass in der Zukunft Maschinen ihnen beispielsweise die Aufgabe des aufwendigen Waschprozesses abnehmen würde. Dass es hochtechnische Elektro- und Gasöfen gab, die Kochen und Backen vereinfachten, sowie Kühl- und Gefriertruhen, die Waren frisch hielten, geschweige denn Mikrowellen, die in wenigen Minuten ein fertiges Gericht auf den Teller brachten. Manchmal musste Leah schmunzeln, wenn sie in der großen Burgküche stand, bei den Zubereitungen half, und an all diese Dinge dachte, die in ihrer Zeit einen normalen Standard darstellten.

Wer im achtzehnten Jahrhundert in einer Burg zu Hause war, hatte es gut getroffen. Auf den weit verstreuten Pachthöfen oder in den kleinen, zum Teil winzigen Katen im Clangebiet ging das Leben rauer und härter zu. Davon hatte ihr die Küchenmagd erzählt.

Manchmal, wenn Leah am langen Küchentisch saß, Kartoffeln schälte oder Gemüse putzte und sie ihre Mitmenschen unauffällig beobachten konnte, fiel ihr der enge Zusammenhalt auf. Als wären alle Bediensteten Teil einer großen Familie. Eine Begebenheit, die in modernen Zeiten an Bedeutung verloren hatte. Sie kam aus einer hektischen Welt mit Termin- und Zeitdruck, wo jeder in erster Linie mit sich selbst beschäftigt war und Kommunikation sich hauptsächlich durch das Tippen von Nachrichten auf dem Smartphone abspielte.

Es gab Tage, da kam Leah sich vor, als befände sie sich auf einer Art Abenteuerreise, die irgendwann in naher Zukunft zu Ende gehen würde, und sie danach zurück in ihre Zeit brächte. An solchen Tagen fühlte sie sich voller Elan und meinte, möglichst viel an Eindrücken sammeln zu müssen. Aber es gab auch Stunden, in denen sie sich mutlos und niedergeschlagen fühlte und der Ansicht war, dass ihr alles zu viel werden könnte. Doch sollte eine gute Fee vorbeikommen und sie fragen, ob sie zurück ins einundzwanzigste Jahrhundert wolle oder im achtzehnten bleiben möchte, hätte sie darauf keine Antwort.

Zwei Tage war es nun her, seitdem sich Cedric und Tavish in die Haare geraten waren. Der Vorfall ging ihr nicht mehr aus dem Kopf. War Cedric inzwischen hinter Tavishs Machenschaften gekommen oder ahnte er zumindest etwas? War es deshalb zu dieser Keilerei gekommen? Selbst in der Burgküche wurde über die beiden Männer getuschelt. Allerdings war da nur von starken Differenzen die Rede. Etliche Mutmaßungen über den Grund ihres Zerwürfnisses wurden angestellt, aber niemand schien die genaue Ursache zu kennen.

Erst durch das Getratsche erfuhr Leah, dass Tavish offenbar eine höhere Position im Clan innehatte. Sie seufzte. Umso schlimmer, wenn ausgerechnet ein solcher den Laird hinterging. Dass sie sich von Tavish hatte erpressen lassen, lag ihr schwer auf der Seele. Sie fühlte sich ihm gegenüber klein und machtlos. Des Öfteren hatte sie ihn heimlich beobachtet und war ihm hinterhergeschlichen. Sie hoffte, irgendetwas Belastendes gegen ihn herauszufinden, aber innerhalb dieser Mauern verhielt er sich absolut unauffällig, zumindest, soweit sie das beurteilen konnte. Keine verborgenen Treffen, keine heimlichen Gespräche, auch war ihr keine Person aufgefallen, die er häufiger als andere kontaktierte, nichts, das ihn in irgendeiner Form verdächtig dastehen ließ. Sie hatte nichts in der Hand, womit sie beweisen konnte, dass er etwas im Schilde führte. Niemand würde ihr glauben, auch Cedric nicht.

Anfangs hatte es sie beruhigt, dass sie nichts gegen Tavish finden konnte. Sie redete sich ein, dass die Angelegenheit ausgestanden war. Doch der handgreifliche Streit zwischen Cedric und Tavish fachte erneut ihr schlechtes Gewissen an. Was, wenn sie sich, wobei auch immer, schuldig gemacht hatte? Was würde mit ihr geschehen, wenn es herauskam? Jagte der Clan sie dann mit Schimpf und Schande davon? Wo sollte sie hin? Hätte sie sich bloß nicht zu dem Diebstahl drängen lassen, doch was wäre die Alternative gewesen? Hätte sie riskieren sollen, dass dieser bullige Highlander sie als Hexe anschwärzte?

Morag hatte einen Großputz in Küche und Wirtschaftsräumen angeordnet. Alle Borde, Schränke und Regale mussten geleert, gescheuert und ordentlich wieder eingeräumt werden. Sämtliche Nahrungsmittel, die in der Vorratskammer neben der Küche lagerten, wurden kontrolliert und Fehlendes aus den kühleren Kellerräumen hochgeschafft und aufgefüllt. Nicht mehr zum Verzehr Geeignetes wurde in einem kleinen Trog für das Vieh gesammelt. Alles wurde fein säuberlich in einem Buch mit schwarzem Pappdeckel notiert. Die Prozedur erinnerte Leah stark an die Inventur, die sie ein paar Mal im Lebensmitteldiscounter in der Nähe ihres Elternhauses mitgemacht hatte, um sich nach Schulschluss ein zusätzliches Taschengeld zu verdienen.

Den halben Tag hatte sie mit einigen Frauen die Borde für die Küchengeräte mit scharfer Lauge geschrubbt. Leahs Fingerkuppen waren gerötet und brannten von der ungewohnt harten Arbeit. Außerdem war das Arbeitsklima an diesem Tag nicht nach ihrem Geschmack. Die etwas mollige Amena kannte nur ein einziges Thema, und das waren lüsterne Kerle. Sie stellte sich dar, als sei sie unwiderstehlich und jeder Mann würde nur darauf warten, sie zu besitzen. Am liebsten hätte Leah ihr einen passenden Spruch gedrückt, aber sie riss sich zusammen und verdrehte lediglich die Augen, wenn es keiner mitbekam. Auch die permanent kichernde Freya ging ihr nach einer Weile gehörig auf die Nerven. Deshalb war sie dankbar, als Corrine sie bat, ihr bei den Kräutern und Gewürzen behilflich zu sein. Für diese existierte ein gesondertes kleines Büchlein mit dunkelbraunem Einband. Der Kräuterbestand wurde mittels einer Waage abgemessen und verzeichnet. Da Leah fürchtete, mit dem altertümlichen Messgerät nicht zurechtzukommen, überließ sie Corrine das Abwiegen, während sie auf der Holzleiter stand und ihr die einzelnen Posten anreichte. Vieles war in kleinen Leinen- oder Jutesäckchen gelagert, anderes wiederum in fest verschlossenen Behältern. Sie musste gestehen, dass sie die meisten Sachen vom Aussehen gar nicht benennen konnte, deshalb schnupperte sie neugierig an jedem Gewürz, bevor sie es Corrine übergab. Die amüsierte sich über ihr Tun und machte Witze darüber.

Dass Corrine sich lustig machte, störte Leah nicht. Dennoch entschuldigte sie sich mit der Ausrede, vorher nie in einer Küche gearbeitet zu haben. Vor anderen Frauen hätte sie es vermieden, zuvor an jedem Gewürz zu riechen, aber gegenüber der Freundin empfand sie keine Hemmungen.

Einer der Säcke hatte eine aufgeplatzte Naht, die sie zu spät bemerkte. Auf Corrine regneten Gewürze herab, als Leah ihr den Beutel reichen wollte. Erschrocken kreischte diese auf.

Rasch versuchte Leah, das Säckchen von unten zuzuhalten, und wäre um ein Haar von der Leiter gestürzt. Ein blitzschneller Seitwärtssprung konnte zwar den Fall verhindern, nicht aber, dass sie gegen Corrine prallte und sie gemeinsam gegen das Regal hinter ihnen stießen. Zwei leere, ineinander gestapelte Schalen fielen dabei mit lautem Geschepper zu Boden. Beiden Frauen entfuhr ein Aufschrei.

»Was zum Teufel treibt ihr da?« Mürrisch lugte Morag um die Ecke. Leah und Corrine sahen sich an und prusteten los vor Lachen.

»Nichts!«, erwiderte Corrine, scheinheilig grinsend.

»Wie siehst du überhaupt aus?«, fragte Morag ungehalten und kam näher.

Während Leah in Kurzfassung Auskunft gab, schüttelte Corrine sich und klopfte ihre Kleidung ab.

»So eine Verschwendung!« Morag zog eine säuerliche Miene. »Ihr macht den Schweinkram wieder sauber! Und beim nächsten Mal geht ihr etwas vorsichtiger mit den Sachen um.«

»Aye!«

Morag bedachte beide mit einem strengen Blick, bevor sie ihnen den Rücken kehrte.

»Wir müssen den Rest umfüllen«, erklärte Corrine, immer noch belustigt. Sie durchsuchte einen hölzernen Kasten im untersten Regal. »Wie es aussieht, sind hier keine Säckchen mehr. Wir müssen welche aus der Kammer holen. Warst du schon mal dort?«

Leah schüttelte den Kopf.

»Dann lass uns gehen. Die Kammer befindet sich am anderen Ende vom Burghof. Dort lagern Säcke in allen Größen, auch die Futtersäcke«, erklärte sie.

Leah wunderte sich, dass Säcke für Lebensmittel neben denen fürs Viehfutter aufbewahrt wurden, sagte aber nichts. Es war schließlich ein anderes Jahrhundert.

Vergnügt machten sie sich auf den Weg. Am Brunnen trafen sie auf zwei Frauen, die in der

Webstube arbeiteten. Sie begrüßten einander erfreut und Corrine antwortete auf eine Frage, die ihr die Dunkelhaarige stellte. Leah glaubte sich zu erinnern, dass sie Beitigh hieß. Da sie kein Wort verstand, wartete sie geduldig und schaute sich währenddessen um. Nicht weit entfernt entdeckte sie Tavish. Er stand neben seinem Pferd und hantierte an den Satteltaschen. Es war das erste Mal seit seiner Auseinandersetzung mit Cedric, dass sie ihn sah. Auch er hatte sie bereits erspäht, ihre Blicke trafen sich. Seiner war bohrend. Erschrocken drehte Leah sich weg und wandte sich den Frauen zu, setzte einen aufmerksamen Gesichtsausdruck auf und vermittelte den Eindruck, als würde sie dem Gespräch interessiert folgen. Aus dem Augenwinkel bemerkte sie, dass Tavish in den Sattel stieg und allein Richtung Burgtor ritt. Wo wollte er hin? Leah ärgerte sich, dass sie keine Möglichkeit hatte, ihm zu folgen, um herauszubekommen, was er trieb. Instinktiv hielt sie Ausschau nach Cedric, aber, wie nicht anders erwartet, war er nicht im Hof zu sehen.

Kichernd stupste Corrine sie in die Seite. Leah lächelte entschuldigend, doch ihre gute Laune war dahin, seit sie Tavish gesehen hatte. Sie trennten sich von den anderen Frauen und setzten ihren Weg fort.

In Gedanken war sie bei Cedric und hörte daher nur mit halbem Ohr zu, als Corrine ihr berichtete, dass sich morgen Abend ein paar Frauen treffen wollten, um eine Überraschung für Gillian zu planen, die in Kürze heiraten werde. Nach der Hochzeit würde sie die Burg verlassen, um fortan bei ihrem Ehemann auf seinem Pachthof zu leben.

»Du, sag mal ... du sprichst doch Gälisch?«, fragte Leah nach einer Weile zögerlich.

»Ja, warum?« Erwartungsvoll sah die Freundin sie an.

»Was bedeutet: *Tha gaol ... agam ort*?«

»Was?« Corrine weitete vor Überraschung die Augen. »Hat das etwa einer der Männer zu dir gesagt?«

Leah wurde aufgrund der Reaktion ein wenig verlegen. »Ja! Aber was heißt es in der Übersetzung? Ist es etwas Schlimmes?«

Corrine lachte. »Du Dummerchen! Es wird höchste Zeit, dass du Gälisch lernst, damit dir ein solcher Fauxpas nicht noch einmal passiert. Was hast du denn geantwortet?« Aufgeregt tänzelte Corrine neben ihr her und wartete überaus neugierig, wie es schien, auf eine Antwort.

Unsicher zuckte Leah die Schultern. »Was hätte ich denn sagen sollen? Ich habe es ja nicht verstanden, deswegen habe ich gar nichts geantwortet! Außerdem kam es mir vor, als wäre ihm das nur so herausgerutscht. Er verschwand direkt danach. Es war eine ungewöhnliche Situation.« Sie war um Schadensbegrenzung bemüht und ärgerte sich bereits, dass sie überhaupt gefragt hatte.

»Ja, das ist es meistens!« Corrine kicherte hinter vorgehaltener Hand. »*O mo dhia*, der Mann hat dir gesagt, dass er dich liebt!«

»Wie bitte?« Perplex blieb Leah stehen und starrte ihr Gegenüber mit offenem Mund an.

Corrine grinste wie ein Honigkuchenpferd.

»Das ... das kann nicht sein! Das ... ähm ... das kann er unmöglich gesagt haben.« Unzählige Gefühle strömten auf Leah ein. Sie rief sich die Begebenheit noch einmal vor Augen, erinnerte sich an den intensiven Blick, mit dem Cedric sie angesehen hatte und an die zärtliche Berührung ihrer Wange. Konnte es möglich sein, dass er wirklich so etwas gesagt hatte? Oder hatte sie die Worte falsch in ihrer Erinnerung abgespeichert? Wenn er tatsächlich etwas für sie empfand, warum verhielt er sich dann ihr gegenüber oft widersprüchlich? Warum kam er seit jener Nacht nicht mehr zu ihr? Es hatte im Gegenteil den Anschein, als ginge er ihr aus dem Weg. Lag es daran, dass sie ihn das eine Mal fortschicken musste, um sein Zusammentreffen mit Tavish zu verhindern? War es ihr Fehler, hatte sie allein alles falsch gemacht? Andererseits hatte er sich schon vor jenem Abend seltsam abweisend verhalten.

Sollte er tatsächlich Gefühle für sie hegen, warum ließ er sie darüber im Unklarem? Er wusste doch, dass sie die gälische Sprache nicht verstand.

»Verrätst du mir, wer dein Verehrer ist?« Corrine war so aufgeregt, als sei sie diejenige, die eine Liebeserklärung bekommen hätte. »*O mo dhia*, du bist erst kurze Zeit hier und schon hast du einen Mann gefunden, der sich anscheinend ernsthaft für dich interessiert. Du weißt gar nicht, was für ein Glück du hast.«

Ganz so euphorisch sah Leah die Sache natürlich nicht. Sie ermahnte Corrine, gefälligst leiser zu reden, und schaute sich betreten um. Sie wollte auf keinen Fall, dass irgendjemand etwas von diesem Gespräch mitbekam.

»Ich weiß! Es ist Tavish, nicht wahr?«, raunte Corrine ihr daraufhin zu.

»Was? Wie kommst du denn auf den Unsinn?« Leah war wahrlich entsetzt, dass sie denken könne, es sei Tavish. Ausgerechnet der! Der Gedanke war so absurd, dass ihr ein zynischer Laut entfuhr. Zwei Männer liefen nahe an ihnen vorbei und nickten zum Gruße, ohne ihre Unterhaltung zu unterbrechen.

Corrine wartete, bis sie außer Hörweite waren. »Nun Tavish ist groß und stark. Ein Mann, der eine Frau ohne Zweifel beschützen und ihr etwas bieten kann. Viele Frauen mögen das, aber mir wäre ein leidenschaftlicher, attraktiver Mann lieber, der einen gewissen Charme besitzt. Obwohl Tavish natürlich nicht schlecht aussieht, und er ...«

»Wie kommst du ausgerechnet auf Tavish?«

Corrine grinste. »Ich habe natürlich in der letzten Zeit bemerkt, dass du ihn beobachtest und oft in seiner Nähe warst. Einmal bist du ihm bis in den Stall gefolgt und erst eine halbe Stunde später wieder herausgekommen. Kurz nach ihm! Hat er dich da verführt?«

»Corrine!« Leah schnaubte. Ja, sie war ihm einmal in den Stall gefolgt, aber nicht aus dem Grund, den die Freundin vermutete. Leah hatte sich versteckt und ihn bespitzeln wollen, aber dann war der Schmied aufgetaucht und ihr Fluchtweg war versperrt gewesen. Sie musste die ganze Zeit in geduckter Haltung hinter einem Strohhaufen ausharren, während Tavish dem Mann zur Hand ging, indem er die Hinterläufe der Pferde festhielt, damit der Schmied freien Zugang zu den Hufen der Tiere hatte.

»Du musst keine Angst haben«, versicherte Corrine, »dein Geheimnis ist bei mir sicher. Ich werde niemandem verraten, dass du und Tavish ...«

»Verdammt! Es ist nicht Tavish, okay?«, fuhr Leah sie an.

Corrine verstummte sofort. Schweigend setzten

sie sich wieder in Bewegung. In der Kammer angekommen, suchte die Magd weiterhin stumm die benötigten Säcke heraus und schob anschließend den Riegel wieder vor. Leah verspürte allmählich ein schlechtes Gewissen, die Freundin so heftig angefahren zu haben. Als sie den Burghof fast überquert hatten, bat sie Corrine, kurz stehenzubleiben.

»Ich wollte nicht so hart sein, es tut mir leid.« Sie wollte die Angelegenheit unbedingt beilegen, bevor sie wieder in der Burgküche ankommen.

Betroffen nickte Corrine. »Schon gut, ich bin dir nicht böse. Du hast schließlich recht, es geht mich nichts an.«

»Das ist es nicht … es ist für mich selbst alles so unwirklich. Ich brauche Zeit, um mir über einige Dinge klarzuwerden, verstehst du das? Aber jedenfalls handelt es sich nicht um Tavish, das kann ich dir versichern!« Sie lächelte aufmunternd. »Ich verspreche dir, sollte sich irgendwas tun, bist du die Erste, die davon erfährt, okay? Du bist doch meine Freundin.«

Corrine schmunzelte und zeigte sich wieder versöhnlich. Einträchtig setzten sie ihren Weg fort und Leah atmete erleichtert auf.

»Was bedeutet eigentlich okay?«, fragte Corrine, kurz bevor sie die Küche erreichten.

Leah überlegte fieberhaft. Es gab Momente, da war sie zu impulsiv und vergaß dabei, auf ihre

Ausdrucksweise zu achten. »Ach, das ist bei uns nur so eine Redensart, so wie ... ähm ... wie ihr *Aye* sagt.«

Corrine nickte verstehend. »Okay!«

»Aye!«

Die beiden sahen sich an und konnten wieder lachen.

»Habt ihr die Säcke erst noch anfertigen müssen oder warum hat das so lange gedauert?«, stichelte Morag, die Hände in die Hüften gestemmt.

»Nein, das nicht, aber in der Kammer könnte mal jemand aufräumen. Ich musste die Säcke Ewigkeiten suchen, weil alles durcheinander lag«, log Corrine ungeniert.

Leah sah unterdessen zu Boden, um sich nicht durch ihre Mimik zu verraten. Die Säcke und Beutel lagen akkurat aufgereiht im Regal und es hatte nur eines Handgriffs bedurft, die richtigen zu finden. Aber Corrine wusste, dass Morag die Aussage nicht nachprüfte, weil die Frauen für diesen Bereich nicht zuständig waren.

Als Leah später allein in ihrem Zimmer war, konnte sie sich endlich ungestört ihren Träumereien widmen. Sie vermisste Cedric. Sollte es ihr Schicksal sein, für immer im achtzehnten Jahrhundert zu verweilen, dann nur mit einem Mann wie Cedric an ihrer Seite. Ein paar Mal drängte sich Daniels Bildnis in den Vordergrund und sie fragte sich, was er wohl gerade tat. Ob er sie vermisste? Sicher würde er nicht lange allein bleiben, er war ein attraktiver und gutsituierter Mann ihrer Zeit. Dann wurde ihr schlagartig bewusst, dass er in diesem Moment, da sie an ihn dachte, noch gar nicht geboren war.

Sie seufzte theatralisch, öffnete die Schranktür und strich andächtig über das wunderschöne Kleid, das sie in diese längst vergangene Epoche gebracht hatte. Konnte sie überhaupt jemals so weiterleben wie bisher, sollte sie in naher Zukunft doch wieder durch irgendeinen Umstand im einundzwanzigsten Jahrhundert landen? Sie wusste hierauf keine klare Antwort. All die Menschen, die sie inzwischen schätzen und lieben gelernt hatte, wären dann annähernd dreihundert Jahre tot, auch Cedric. Der Gedanke versetzte ihr einen Stich ins Herz. Es war verrückt, weiterhin über solche abstrusen Dinge nachzudenken. Entschlossen schlug sie die Schranktür zu. Sie musste sich der Zeit anpassen, in der sie sich aktuell aufhielt. Das bedeutete auch, dass sie mit Cedric sprechen und ihm von ihrem Verdacht berichten musste.

Entschlossen legte sie sich ein Schultertuch um, verließ ihre Bleibe und schlug den Weg zu der Räumlichkeit ein, die er als Arbeitsraum bezeichnete.

Ihr Puls beschleunigte sich, als sie zaghaft an die Tür klopfte. Von innen war kein Laut zu vernehmen, sie klopfte erneut, dieses Mal energischer. Enttäuscht stieß sie den Atem aus, offenbar war er nicht dort. Sie machte kehrt und lief an der Großen Halle vorbei. Eine Handvoll Männer waren versammelt, doch Cedric war nicht unter ihnen. Vielleicht hatte er sich bereits in seine private Unterkunft zurückgezogen, überlegte sie, und beschloss, das Gespräch auf einen anderen Tag zu verschieben.

Sie war noch nicht müde und in ihrem Zimmer fiel ihr die Decke auf den Kopf. Sich in nur einem einzigen Raum aufhalten zu müssen, war Leah nicht gewohnt, obgleich ihre Unterkunft gegenüber den winzigen Kammern, die von den Mägden bewohnt wurden, bereits ein Luxus war. Doch einem Vergleich mit ihrem achtzig Quadratmeter großen Appartement in England hielt es absolut nicht stand.

Nach Einbruch der Dunkelheit war der Burghof meist menschenleer. Schon oft hatte Leah vor dem Schlafengehen dort einen Spaziergang unternommen. Allzu viele Möglichkeiten gab es hier schließlich nicht, sich an der frischen Luft aufzuhalten, was sie bedauerte. Gern würde sie einmal durch die Highlands wandern, die Natur genießen und sich an grünen Feldern und der üppigen Vegetation erfreuen. Aber das war der Nachteil, den das Leben in einer Burg mit sich brachte. Natürlich war ihr klar, dass die Gefahren in den noch unerschlossenen Highlands groß waren. Es war ein wildes, zum Teil unberührtes Land, mit tiefen Tälern und gefährlichen Schluchten, ganz zu schweigen von dem wilden Getier, das dort lebte. Mit Sicherheit gab es Füchse und Kojoten, Wildschweine, vielleicht sogar Bären und Wölfe, die nach Einbruch der Dunkelheit in den Wäldern heulten. Auch mit den umherziehenden, nicht gerade freundlich gesinnten englischen Soldaten war nicht zu spaßen.

Leah war froh, das Schultertuch mitgenommen zu haben, an diesem Abend war es etwas kühl. Der nahende Herbst war zu spüren. Sie ließ sich auf dem Brunnenrand nieder und schaute gedankenverloren zum Himmel, wo sich die ersten Sterne zeigten. Alles war friedlich. Sie genoss den Moment, wenn auch etwas wehmütig. Erst, als es zu spät war, sich ungesehen zu verdrücken, bemerkte sie eine Gruppe von vier Männern, die sich näherte und Leah längst gesehen hatte. Sie war bemüht, sich ihre steigende Unruhe nicht anmerken zu lassen. Cedric war dabei, neben ihm lief Iain, gefolgt von Blaine und Tavish.

»Was macht Ihr hier draußen?«, fragte Cedric barsch. »Habt Ihr etwa vergessen, wo sich Euer Zimmer befindet?«

Verstört sah Leah zu ihm auf. Warum war er so unfreundlich? Sie konnte verstehen, dass er sich vor den Clanmitgliedern keine Blöße geben wollte, aber auch seine Augen waren bar jeglicher Zuneigung und Wärme.

»Ich ... ähm ... ich wollte nur ein wenig frische Luft schnappen«, stammelte sie. Unsicher schaute sie von einem zum anderen. Ihr Blick blieb an Tavish hängen, der sie mit finsterer Miene anstarrte, als hätte er Mühe, sich zusammenzureißen.

Sie schluckte betroffen, erhob sich steif und hielt mit der einen Hand das Schultertuch fester um den Hals. »Ich werde jetzt wieder hineingehen«, sagte sie stolz und vermied es, einen von ihnen anzusehen. »Ich wünsche den Herren einen angenehmen Abend.« Sie besaß schließlich eine gewisse Würde und musste sich nicht behandeln lassen wie ein unmündiges Kind. Die Männer ließen sie wortlos ziehen, doch sie musste sich sehr bemühen, gemäßigten Schrittes zu gehen, obwohl ihr eher nach rennen zumute war.

Verärgert ließ sie sich aufs Bett fallen. Was bildete dieser aufgeblasene Fatzke sich eigentlich ein? Dass er mit ihr umspringen konnte, wie es ihm beliebte? Auch wenn sie in einer von Männern beherrschten Epoche gelandet war, würde sie sich dennoch nicht alles bieten lassen. Einiges schien sich selbst über die Jahrhunderte nicht geändert zu haben – arrogante Schnösel gab es anscheinend in jedem Zeitalter.

In dieser Nacht konnte sie lange keinen Schlaf finden. Eine ganze Weile hatte sie in angespannter Haltung auf dem Bett gesessen, gewartet und gehofft, dass Cedric an ihre Tür klopfte, um sich zu erklären, aber er kam nicht. Sie war enttäuscht von ihm.

Selbst am folgenden Tag schweiften ihre Gedanken alle Augenblicke ab. Sie war immer noch verärgert, aber vor allem über sich selbst. Der Laird verdiente es nicht, dass sie in ständiger Sorge um ihn war. Wahrscheinlich würde er sie sogar auslachen, wenn er davon erführe. Trotzig dachte sie, dass es im Grunde nicht ihr Problem sei, einen verbohrten Highlander vor einem seiner Vertrauten zu warnen. Sollte er doch selbst sehen, wie er klarkam!

Als sie gegen Mittag auf dem Rückweg von der Latrine war, wurde sie von Tavish abgefangen. Sie hatte ihn zuvor nicht bemerkt und schrie erschrocken auf, als er sie unverhofft am Arm packte und in eine Nische zog.

»Was soll das? Versucht Ihr immer noch, mir hinterher zu spionieren?«

»Was? Wie?« Sie fühlte sich vollkommen überrumpelt.

»Ihr habt nicht umsonst gestern am Brunnen gesessen, habe ich recht?«

»Wie kommt Ihr darauf?« Mit großen Augen starrte sie ihn an, während sie versuchte, ihre Gedanken zu sortieren. »Ich habe lediglich frische Luft geschnappt.«

Der Griff um ihren Arm wurde stärker und er zerrte an ihr herum. Um nicht aufschreien zu müssen, biss sich Leah auf die Unterlippe.

»Wem wollt Ihr das weismachen? Haltet Ihr mich für so dumm? Glaubt Ihr allen Ernstes, ich hätte Euch in all der Zeit nie bemerkt? Ihr stellt Euch ziemlich stümperhaft an.«

»Ich schwöre, ich brauchte nur ein wenig frische Luft.«

»Keine anständige Frau schleicht bei Dunkelheit allein auf dem Burghof herum. Es sei denn, sie ist auf der Suche nach einem Kerl, der es ihr besorgt. Seid Ihr so ein Weib?«

»Was fällt Euch ein?«, zischte Leah erbost. Sie befreite sich wild kämpfend und funkelte ihn wutschnaubend an. Ihr Arm pochte von seinem harten Griff, sicherlich würden blaue Flecken zurückbleiben, aber das erschien ihr im Moment nebensächlich. »Ich erwarte, dass Ihr Euch unverzüglich für diese Beleidigung entschuldigt.«

Zu ihrem Ärger fing er an zu lachen, aber es war ein falsches, gehässiges Lachen. »So so, Ihr erwartet.« Schlagartig wurde er wieder ernst und beugte sich mit wutverzerrter Miene vor. Automatisch sprang Leah einen Schritt zurück. Sie wusste nicht, ob irgendjemand in der Nähe war, der sie hören konnte, wenn sie um Hilfe schrie. Sie vermied es, sich auffällig umzusehen, schließlich wollte sie Tavish nicht das Gefühl geben, dass er sie ängstigte.

»Was glaubt Ihr, wer Ihr seid?« Er machte eine Geste, als würde er angewidert auf den Boden spucken. »Ihr solltet schleunigst lernen, Eure spitze Zunge zu zügeln, wenn Ihr weiterhin in den Highlands leben wollt. Kein Schotte wird so ein kratzbürstiges und widerspenstiges Weib zur Frau nehmen, das sich dazu erdreistet, einem Mann Befehle zu erteilen.«

Obwohl sie innerlich vor Furcht kaum klar denken konnte, zwang Leah sich, ihm erhobenen Hauptes ins Gesicht zu sehen. »Das dürfte nicht Euer Problem sein, denn Ihr werdet niemals mein Ehemann werden.«

»Gott bewahre! Lieber ließe ich mich foltern und vierteilen! Vielleicht solltet Ihr zurückgehen zu Euersgleichen, verfluchtes Sassenachpack. Mit den roten englischen Tölpeln könnt Ihr vielleicht umspringen, wie es Euch beliebt, aber wir Highlander sind Männer mit Ehre. Ihr würdet Eurem Gemahl nur Schande bereiten.«

Leah verdrehte die Augen. »Ich fürchte, Euer Gedächtnis lässt Euch im Stich, ich bin Schottin!«

Zornig trat sie mit dem Fuß auf. »Und da wir gerade von Schande reden, Ihr seid derjenige, der Schande bereitet, Eurem Laird und dem Clan gegenüber.«

Erschrocken japste sie, als er sie ohne Vorwarnung packte, seine geballte rechte Faust erhoben. In Erwartung des Schmerzes kniff sie die Augen zu, doch der Schlag blieb aus. Vorsichtig blinzelte sie, die wutschäumende Visage war dicht vor ihrem Gesicht. Seine Pupillen waren geweitet und das wirkte noch mehr furchteinflößend.

»Ich sagte Euch schon einmal, dass ich nichts Unrechtes tue. Ihr irrt Euch, kapiert das endlich!« Abrupt ließ er sie los.

Leah atmete mehrfach tief ein und aus, um sich von dem Schrecken zu erholen. »Dann weiß Euer Laird inzwischen, für wen Ihr Verpflegung stehlen lasst?«, fragte sie und räusperte sich, weil ihre Stimme dünner klang als vermutet.

»Warum kümmert Ihr Euch nicht um Euren eigenen Kram?«

»Weil Ihr mich da mit hineingezogen habt!«, entgegnete sie postwendend.

Sie erwartete einen weiteren Angriff und war überrascht, als er sich lediglich mit einem Stöhnen durch seine wilde Mähne fuhr. »Das war nicht vorgesehen!«

Seine Reaktion ließ Leah aufhorchen. »Das kann ich mir denken! Niemand braucht Zeugen für seine illegalen Aktivitäten.«

Er gab ein fast animalisches Knurren von sich. »Vorsicht mit Euren Anschuldigungen.« Seine riesige Hand legte sich bedrohlich um ihren Hals. »Ihr habt keinerlei Beweise, nur irgendwelche kuriosen Geschichten, die Ihr Euch in Eurem hübschen Köpfchen zurechtgelegt habt, weil es für Euch passend erscheint. Die Wahrheit aber sieht ganz anders aus und eines Tages wird Laird Cedric mir dafür dankbar sein.«

In einiger Entfernung waren Geräusche und Stimmen zu hören, die lauter wurden. Leah war froh, bald nicht mehr mit dem Kerl allein zu sein.

Er gab ihren Hals frei und schaffte einen angemessenen Abstand zwischen ihnen. »Ihr seid ein stolzes Frauenzimmer. Ich hoffe, Ihr besitzt auch die Größe, mich eines Tages um Verzeihung zu bitten, dass Ihr mich des Verrates verdächtigt habt. Denn der Tag wird kommen!« Nach den Worten wandte er sich ab und ließ sie stehen.

Fassungslos starrte sie seinem breiten Rücken hinterher. Tavishs Worte hatten sie verwirrt und ergaben in ihren Augen keinen Sinn. Irrte sie sich womöglich doch? Hatte sie sich zu sehr von ihrer Fantasie leiten lassen und daraus falsche Schlüsse gezogen? Sie war zu kurz in dieser Zeit, um die Mentalität und die Eigenheiten der Highlander zu verstehen. Auf der anderen Seite, warum sollte Tavish so ein Geheimnis um die Sache machen, wenn nichts Unrechtmäßiges dahintersteckte?

»Ich wollte nachschauen, warum du von der Latrine nicht zurückkommst. Du ziehst ein Gesicht, als hättest du einen Geist gesehen.« Corrine kam auf Leah zu.

Sie schmunzelte. »Ganz so schlimm ist es zum Glück nicht. Aber es gibt Personen, denen möchte man lieber nicht begegnen.«

Verwirrt schaute Corrine sie an. »Muss ich mir Sorgen machen?«

Leah verdrängte rasch ihre Grübeleien und setzte eine neutrale Miene auf. »Nein, nein, alles gut, es hat sich schon erledigt. Wohin wolltest du gerade, kann ich eventuell helfen?«, lenkte sie geschickt ab.

Corrine schüttelte den Kopf. »Es gibt im Augenblick nichts zu tun. Wir könnten eine Runde auf dem Hof drehen und schauen, wen wir dort antreffen.«

Leah nickte begeistert.

Im Gegensatz zum Vorabend herrschte reges Treiben auf dem Burghof. Die Bewohner eilten geschäftig über den Hof, einige Männer balancierten Holzbalken auf ihren Schultern, andere waren mit Werkzeugen bepackt. Aus der Schmiede blitzten Feuerstrahlen und dröhnendes Hämmern schallte herüber. Auch bei den Pferdeställen war rege Betriebsamkeit zu beobachten.

Andere Personen wiederum standen beisammen und tauschten sich aus. Die unschöne Begegnung mit Tavish war schnell vergessen. Als Leah sich umsah, empfand sie plötzlich ein seltsames Gefühl von Frieden. So sah ein ganz gewöhnlicher Tagesablauf im achtzehnten Jahrhundert aus, ihrem neuen Zuhause. Sie seufzte ehrfürchtig.

»Einen schönen Tag, die Damen«, grüßte Duncan höflich und schulterte eine Satteltasche. »Seid Ihr der Küche verwiesen worden oder gibt es heute nichts zu essen?«, fragte er witzelnd.

Leah lachte. »Alle Arbeiten sind erledigt. Ihr dürft Euch auf einen deftigen Eintopf mit Hammelfleisch freuen.«

»Aye, das klingt hervorragend.« Sein Blick huschte zwischen den beiden Frauen hin und her und blieb schließlich an Leah hängen, da Corrine keine Anstalten machte, sich zu unterhalten. »Wie geht es Euch, Miss Branagh? Ich habe Euch lange nicht gesehen. Habt Ihr Euch inzwischen gut eingelebt?«

»Oh, vielen Dank für die Nachfrage. Ich bin von allen Menschen nett aufgenommen worden und ich fühle mich hier mittlerweile wohl«, antwortete Leah freundlich.

»Das freut mich, anfangs haben wir uns ein wenig Sorgen um Euch gemacht«, gestand Duncan augenzwinkernd.

Leah lächelte verlegen, sicher spielte er auf den

Abend im Wald an, als sie den Rückweg im Sattel vor ihm sitzend angetreten hatte. Ob er mit *wir* Cedric gemeint hatte, fragte sie sich, während sie ihm in ausschweifenden Worten schilderte, wie sehr sie dem MacArthur Clan für die Aufnahme in ihrer Mitte dankbar sei. Sie hoffte, sie hatte nicht zu sehr übertrieben. In Anbetracht der Vorstellung, was sonst mit ihr hätte geschehen können, wäre sie nicht in der Burg erwacht, sondern auf einem freien Stück Land, erschien ihr das richtig zu sein. Duncan zeigte sich von ihren Worten zumindest beeindruckt und betonte den Zusammenhalt und die menschliche Einstellung seines Clans. Als zwei Männer zu ihm aufgeschlossen hatten, verabschiedete er sich und schritt an deren Seite Richtung Torbogen, der zum Eingangsbereich der Burg führte.

Corrine hob ihren Kopf und blickte dem Trio mit einem tiefen Seufzen hinterher.

»Was bitte war das?«, fragte Leah kopfschüttelnd. »Hattest du deine Sprache verloren?«

Corrine schwieg, knabberte an ihrer Unterlippe und schaute sie betreten von unten herauf an. »Was hätte ich denn sagen sollen?«

Leah hob verständnislos die Arme. »Du bist doch sonst nicht auf den Mund gefallen?«

»Ja ... aber, wenn ... ähm ...«, druckste sie verlegen herum. »Ich meine, wenn ... wenn Duncan dabei ist, ist das etwas anderes.«

Schlagartig machte sich bei Leah ein Verstehen breit. »Du bist heimlich in Duncan verliebt?«

»Pssst!«, zischte Corrine nervös und sah sich um, ob niemand in der Nähe stand. »Wenn dich jemand hört.«

Mitfühlend sah Leah ihre Freundin an, die einen verzweifelten Eindruck machte und den Tränen nahe schien.

»Weiß er davon?«, fragte Leah.

Traurig schüttelte Corrine den Kopf. »Nein, natürlich nicht! Er hegt keinerlei Interesse an mir. Er nimmt mich doch gar nicht wahr.«

»Wie soll er denn auch? Du hast die ganze Zeit auf den Boden gestarrt und wegen der dämlichen Haube, die du ständig trägst, kann er nicht mal dein Gesicht sehen. Wie soll er dich wahrnehmen, du gibst ihm überhaupt keine Gelegenheit.«

»Mach dich nicht lustig über mich! Ich bin nicht wie du, die gleich einen Verehrer findet.« Anscheinend beleidigt hob Corrine den Rock an und eilte davon.

Leah setzte ihr nach und holte sie nach wenigen Schritten ein. »So warte doch! Es war nicht böse gemeint. Ich wollte dir nur verdeutlichen, dass du zuerst seine Aufmerksamkeit auf dich lenken musst. Du musst sein Interesse wecken.«

Tränen glänzten in Corrines Augen. »Und wie? Vielleicht bin ich aus einem zu niedrigen Stand für ihn. Ich bin eine Küchenmagd.«

Leah sah die Verzweiflung in Corrines Blick, die Arme schien zutiefst unglücklich.

»Uns wird schon etwas einfallen.« So ganz sicher war sich Leah nicht, wie sie im achtzehntem Jahrhundert eine Kupplerin spielen sollte, aber sie würde sich was überlegen. Spontan zog sie der Freundin die Haube vom Kopf. »Hast du mal in den Spiegel geschaut? Du bist wunderschön, du brauchst dich nicht zu verstecken.«

Das mittelblonde glatte Haar fiel ihr nun zerzaust auf die Schultern. Mit den Händen brachte Leah es, so gut es ging, in Form und lächelte zufrieden. Die Haarpracht war voll und kräftig. Gut durchgebürstet würde es ihre weichen ebenmäßigen Gesichtszüge perfekt umrahmen. Corrine ließ es wortlos geschehen und schmunzelte unsicher, als könne sie nicht glauben, dass jemand sie hübsch finden könne.

»Ich scherze nicht, Corrine, du bist eine attraktive Frau, du musst diese Tatsache nur selbst realisieren«, sprach Leah ihr Mut zu.

Mitten in diesem verträumten Moment stürzte eine Gruppe Männer durch die breite Tür ins Freie. Sie musste unmittelbar an den beiden Frauen vorbei und die Blicke und Kommentare waren eindeutig. Einer von ihnen stieß einen anerkennenden Pfiff auf zwei Fingern aus. Leah waren derlei Reaktionen nicht neu, einige der

Highlander hatten sie bereits mit schmachtenden Blicken verfolgt, aber dieses Mal galt deren Aufmerksamkeit unverkennbar auch Corrine.

»Aye, Corrine, welch ein anmutiger Anblick zu so früher Stunde«, schwärmte Connor und betrachtete sie ungeniert von Kopf bis Fuß.

»Hast du nichts Besseres zu tun, als dumme Sprüche zu reißen?«, ging Corrine ihn an und machte Handbewegungen, als würde sie ein Huhn verscheuchen wollen. Die anderen Männer brachen in grölendes Gelächter aus und rissen Witze auf Connors Kosten.

Corrine konnte schlagfertig sein, wenn es darauf ankam, sie war eine selbstsichere junge Frau – zumindest, solange Duncan nicht in der Nähe war.

Leah hatte sich zurückgehalten, ihr war gerade ein ganz anderer Gedanke durch den Kopf geschossen und sie ärgerte sich, dass sie nicht früher auf die Idee gekommen war.

Duncan! Er war Cedrics bester Freund, so viel sie wusste. Duncan war der erste Mann gewesen, der sich ihr gegenüber zuvorkommend gezeigt und freundlich zu ihr gewesen war. Sie erinnerte sich an den Tag, als er sie aus dem Zimmer geholt und mit ihr einen Rundgang durch die Burg gemacht hatte. Duncan war ein ruhiger und vertrauenswürdiger Mensch, er würde ihr zuhören. Ihr Plan stand, sie würde ihm alles von Tavish erzählen, Duncan würde wissen, wie er damit umzugehen hatte und dass er umgehend seinen Laird darüber berichten musste. Sollte Cedric sich ruhig fragen, warum sie mit ihrem Wissen nicht direkt zu ihm gekommen war. Sie zumindest hatte damit ihre Schuldigkeit getan und brauchte sich nichts mehr vorzuwerfen. Leah hoffte darauf, dass die Strafe für die gestohlenen Lebensmittel nicht zu große Folgen für sie hatte.

Noch am selben Abend setzte sie ihren Entschluss in die Tat um. Sie hatte lange genug geschwiegen und Tavish freie Hand gelassen. Duncan befand sich in der Großen Halle, ebenso wie auch Tavish. Leah hielt sich versteckt und beobachtete die Tür. Es war ein Kommen und Gehen, aber weder Tavish noch Duncan kamen heraus. Die Zeit verstrich, in der sie sich immer wieder wie eine Spionin umblickte, schließlich wollte sie von niemandem entdeckt werden. Ein paar Mal musste sie ihren Standort verlassen, um nicht aufzufallen, oder wenn andere Personen des Weges kamen. Allmählich wurde sie unruhig und überlegte, die Aktion abzubrechen. Falls Duncan bis in die Nacht hinein mit den anderen Männern Whisky trank, war er am Ende vielleicht zu betrunken, um ihren Worten folgen zu können. Nach einer gefühlten Ewigkeit kam er endlich aus der Halle, aber er war nicht allein.

Leah fluchte unterdrückt. Mehrere Minuten standen die beiden im Gang und unterhielten sich, dann gingen sie gemächlich weiter. Die Männer trennten sich an der nächsten Ecke und Duncan setzte den Weg allein fort.

Rasch huschte Leah ihm hinterher, bedacht, nicht die Aufmerksamkeit des anderen Mannes auf sich zu lenken.

»Wartet!«, rief sie mit unterdrückter Lautstärke. Zuerst reagierte er nicht. Sie rief ein weiteres Mal und dann seinen Namen. Duncan blieb stehen, drehte sich um und kam ihr mit verwundertem Gesichtsausdruck entgegen. Leah schaute sich erneut um, es wäre eine Katastrophe, würde Tavish plötzlich hinter ihr auftauchen.

»Ich muss Euch unbedingt sprechen«, begann sie ohne Umschweife. »Es ist wichtig! Ich habe brisante Informationen! Aber nicht hier, es ist zu gefährlich. Es könnte jemand mithören, hier kommen ständig Leute vorbei.« Sie war so aufgeregt, dass sich ihre Worte beim Reden fast überschlugen. »Es ziemt sich nicht für eine Frau, doch es ist wichtig. Kommt bitte in fünf Minuten in mein Zimmer, ich werde Euch alles erklären.« Ohne eine Antwort abzuwarten drehte Leah sich auf dem Absatz um, raffte die Röcke und rannte voraus. Das Herz pochte ihr bis zum Hals und das Gesicht glühte vor lauter Peinlichkeit. Es war eine kuriose Situation und sie hoffte, dass er nicht irgendwas missverstand oder sie für eine durchgeknallte Irre hielt.

Hurtig verschwand sie in ihrem Zimmer und lehnte sich nach Atem ringend gegen die Tür. Sie zwang sich zur Ruhe, jetzt gab es kein Zurück mehr. Hoffentlich kam er, immerhin hatte sie dem verdutzten Mann keinerlei Möglichkeit gelassen, sich zu äußern.

Nur wenige Augenblicke später pochte es. Leah tat einen tiefen Atemzug und riss die Tür auf. »Ihr seid gekommen«, empfing sie ihn und bat ihn herein, nachdem sie sich auf dem Flur umgesehen hatte. Es war niemand unterwegs.

Er trat mit argwöhnischer Miene ein. »Mir scheint, Ihr habt ein großes Problem«, sagte er in besorgtem Tonfall, »obwohl mir dieser Ort nicht unbedingt passend für eine Unterredung erscheint.«

»Ich weiß, bitte entschuldigt«, antwortete sie verlegen, »aber ich wollte sichergehen, dass wir nicht belauscht werden.«

Sie bot ihm den einzigen Stuhl an, während sie gegenüber auf dem Bett Platz nahm.

»Ich bin gespannt, was Ihr mir zu sagen habt.« Neugierig musterte er sie.

»Ich wurde erpresst«, begann Leah, und hatte sogleich seine Aufmerksamkeit. Sie erzählte ihm, dass derjenige ihr mit perfiden Drohungen Angst gemacht hatte, und sie deshalb auf die Forderungen eingegangen sei und seitdem in ständiger Furcht lebe, an etwas Schlimmem beteiligt zu sein. Nervös rutschte sie hin und her, sie war so aufgeregt, dass ihre Stimme vibrierte.

»Moment!«, unterbrach Duncan sie. »Ich verstehe kein Wort! Atmet tief durch und erzählt in Ruhe von Anfang an. Erstmal, von wem redet Ihr? Wer setzt Euch unter Druck?«

Leah verkeilte ihre Hände auf dem Schoß und starrte einige Sekunden zu Boden. »Tavish! Es war Tavish!« Jetzt war es heraus. Mit einem Mal wurde sie ganz ruhig und gefasst. All ihre Nervosität und Anspannung war verflogen.

»Tavish?«, wiederholte Duncan verwundert.

Leah sah förmlich, wie es hinter seiner Stirn arbeitete. Sie wartete einen Moment, bis er die Information verdaut hatte, dann begann sie, ihm detailliert alles zu erzählen, was sich zugetragen hatte, angefangen von jenem Tag, als sie Tavish mit dem Dolch in der Hand vor der Truhe überraschte. Nur die Sache mit Cedric ließ sie in ihrem Bericht außen vor. Duncan brauchte nicht zu wissen, dass sie mit seinem Laird eine Nacht verbracht hatte, ebenso wenig, dass sie ihn abweisen musste, damit er und Tavish nicht aufeinandertrafen, als der den Proviant holen kommen wollte.

Duncan würde sich vermutlich wundern, dass sie wegen Tavish zu ihm kam und nicht zum

Laird, doch bevor er direkt danach fragen konnte, berichtete sie ihm von dem Abend am Brunnen und die Art, wie Cedric sie angegangen war.

Sie hatte keine Ahnung, ob Duncan von ihrer Beziehung zu Cedric Kenntnis hatte, ob überhaupt gestandene Mannsbilder solche Dinge mit einem anderen teilten. Besser, er glaubte, dass sie aus Furcht vor der Reaktion des Lairds zu ihm gekommen war.

Duncan hatte die ganze Zeit aufmerksam zugehört und nur gelegentlich eine Zwischenfrage gestellt. »Ihr habt keinen Grund, Euch für irgendetwas schuldig zu fühlen«, sagte er schließlich. »Tavish ist eindeutig zu weit gegangen, das wird Konsequenzen für ihn haben. Ich bewunderte Euren Mut, dass Ihr es trotz seiner Einschüchterungsversuche gewagt habt, Euch mir anzuvertrauen, meinen Respekt.«

»Was geschieht jetzt mit ihm?«, fragte sie vorsichtig. »Er wird wissen, dass nur ich ihn verraten haben kann, und er wird …«

»Macht Euch keine Sorgen, er wird Euch nicht mehr belästigen. Tavish wird einiges zu erläutern haben; auf die Erklärung bin ich mächtig gespannt.«

Eine längere Pause trat ein, in der beide tief in Gedanken versunken waren.

»Warum gerade ich?«, fragte Leah nach einer Weile. »Es muss irgendetwas mit der Truhe zu tun haben, was hat er da gesucht? Sie enthielt doch nur ein paar Kleider.«

Duncan sah sie schweigend an, als überlege er, was er sagen durfte. Schließlich berichtete er, dass es sich bei der Truhe offenbar um zurückgelassenes Diebesgut handle und sich in einem geheimen Fach eine Menge Münzen befunden haben.

Leah schlug sich entsetzt die Hand vor den Mund. »Dann wird Tavish danach gesucht haben, aber woher hat er davon gewusst?«

»Das ist die Frage! Als wir das verborgene Fach entdeckten, war Tavish nicht anwesend, nur Cedric, Blaine und ich, und von uns hat garantiert niemand geredet.«

»Aber Tavish wusste, dass Cedric die Truhe in mein Zimmer bringen ließ?«

»Aye!« Er kratzte sich betreten am Hinterkopf.

»Wie konntet Ihr so etwas Schändliches tun? Wie konntet Ihr mir eine Truhe aus einem Raubüberfall unterjubeln?« Leah war schockiert. »Habt Ihr denn überhaupt kein Gewissen? Habt Ihr mal eine Sekunde an die arme Eigentümerin gedacht, die bei dem Überfall wahrscheinlich Todesängste ausgestanden hat, falls sie überhaupt noch am Leben ist?«

Duncan hob abwehrend beide Hände. »Beruhigt Euch! Es sah alles danach aus, als sei die Truhe bewusst zurückgelassen worden, weil die

Diebe wahrscheinlich einen anderen Inhalt vermuteten und von dem Geheimfach keine Ahnung hatten. Wir haben nach dem Fund das Versteck tagelang beobachtet und es hatte nicht den Anschein, als würden die Täter zurückkehren, also nahmen wir die Truhe mit. Und was den Inhalt betrifft, so denke ich, wollte mein Laird Euch lediglich eine Freude bereiten.«

»Mit Diebesgut?« Angewidert verzog Leah das Gesicht. Wie gut, dass sie die Kleider nie getragen hatte, obwohl sie durchaus hübsch waren. Nicht genug, dass Leah glauben musste, Cedric hätte ihr das *Geschenk* für eine Liebesnacht gemacht, jetzt war es auch noch gestohlen. Sie war gewillt, ihm die Kleider vor die Füße zu werfen und gehörig die Meinung zu sagen.

Sie bemerkte, dass Duncan sie aufmerksam beobachtete. Er sollte ruhig wissen, dass sie wegen der Truhe verärgert war, aber auf keinen Fall sollte er etwas von ihrer Gefühlslage, Cedric betreffend, mitbekommen, also lenkte sie das Thema zurück auf Tavish. »Er muss an dem Überfall beteiligt gewesen sein, das ist die einzig logische Erklärung.«

»Hm …« Nachdenklich rieb Duncan sich das Kinn. »Ich kann mir schwerlich vorstellen, dass er zu sowas fähig wäre. Er hat einen schwierigen und eigensinnigen Charakter, aber er war stets ein zuverlässiger und loyaler Mann, pflichtgetreu und ehrenvoll gegenüber seinem Clan.« Er seufzte. »Nun, ich muss unserem Laird davon berichten. Wir werden der Angelegenheit nachgehen und herausfinden, was dahintersteckt.« Er erhob sich. »Ich danke Euch für Euer Vertrauen und Eure Offenheit, Miss Branagh.«

Leah erhob sich ebenfalls. Sie enthielt sich einer Antwort und nickte lediglich zum Dank.

Nachdem er in den Gang hinausgetreten war, drehte er sich noch einmal um. »Ihr müsst Tavish nicht mehr fürchten, ich werde ihn im Auge behalten. Sollte aber dennoch irgendetwas sein, scheut Euch nicht, mich oder unseren Laird unverzüglich zu informieren.«

»Ich danke Euch!« Leah lächelte zufrieden und schaute ihm nach, bis er aus ihrem Blickfeld verschwand.

Die Person, die sich am Ende des Ganges hinter einem Mauervorsprung verschanzt hatte und das Treffen beobachten konnte, sah sie nicht.

*

Cedric stützte sich mit beiden Händen auf dem massiven Schreibtisch aus Eichenholz ab und starrte die Wand an. Er konnte kaum glauben, was Duncan ihm soeben berichtete. Warum war Leah mit ihrem Verdacht nicht zu ihm gekommen? Sie schien Duncan mehr zu vertrauen als ihm und die Erkenntnis schmerzte ihn. Obwohl Duncan ihm Leahs Begründung mitgeteilt hatte, dass sie befürchtete, er würde böse mit ihr sein. Wie sehr musste diese Frau in Angst gelebt haben, und er hatte nichts davon mitbekommen, weil er zu stolz war, sich seine Gefühle für sie einzugestehen und ihr deshalb lieber aus dem Weg ging.

»Was wirst du jetzt tun?«, fragte Duncan hinter ihm.

Cedric tat einen tiefen Atemzug, stieß sich ab und drehte sich zu ihm um. Schnaubend verschränkte er die Arme vor der Brust und lehnte sich an die Schreibtischkante. »Ich bin mir nicht sicher.« Er stieß einen obszönen Fluch aus und fuhr sich mit der Hand übers Gesicht. »Verdammt, ich kann die Reise zu Dougal MacKinley nicht weiter aufschieben. Ich muss diese unangenehme Aufgabe schnellstmöglich hinter mich bringen.«

»Ich weiß!« Duncan sah ihn mitfühlend an. »Ich darf dich daran erinnern, dass Tavish angekündigt hat, dass er in jedem Fall mit uns reiten wird.«

»Ich muss sagen, nach allem, was vorgefallen ist, hätte ich ihn bei der heiklen Angelegenheit lieber nicht dabei, dennoch denke ich daran, ihn mitreiten zu lassen, so hätte ich ihn wenigstens im Auge. Aber jetzt bin ich mir nicht sicher, ob das eine kluge Entscheidung wäre.«

Cedric stöhnte, er konnte den Ärger mit Tavish im Augenblick überhaupt nicht gebrauchen, zu viel hing von seinem Besuch bei MacKinley ab.

»Wo steckt der Kerl eigentlich gerade?«

»Tavish hat die Burg am frühen Morgen verlassen, das hörte ich von Fergus. Ihm hat er erzählt, er müsse zur Familie seiner verstorbenen Frau reiten. Sein Schwager hat sich wohl vor ein paar Tagen den Fuß verstaucht, als er von der Leiter abgerutscht ist. Seitdem hilft Tavish ihm, damit das Dach rasch repariert ist, bevor der nächste Regenguss kommt.«

»Weißt du, wo sich der Hof seines Schwagers befindet?«, fragte Cedric nachdenklich.

Duncan nickte.

»Gut! Reite hin und überprüfe, ob er sich tatsächlich dort aufhält. Aber lass dir nichts anmerken, tu so, als seist du rein zufällig vorbeigekommen. Er soll nicht vorgewarnt sein. Ich will ihn erst von Angesicht zu Angesicht mit meinem Wissen konfrontieren.« Cedric biss sich verärgert auf die Unterlippe. »Allerdings könnte ich mir durchaus vorstellen, dass er seinen Schwager nur als Vorwand benutzt hat, und in Wahrheit nie da aufgetaucht ist. Finde es heraus, aber bitte diskret.«

»Aye! Ich mache mich gleich auf den Weg. Was, wenn du recht haben solltest? Soll ich mich in der Gegend umsehen und ...«

»Nein! Tavish hat darauf bestanden, mit zu MacKinley zu reiten, und er weiß, wann wir aufbrechen. Er wird rechtzeitig zurück sein, weil er davon ausgehen wird, dass ich ihn nicht daran hindern werde. Es bleibt genügend Zeit, ihn zur Rede zu stellen.«

»Und ...?«, fragte Duncan, als er schon an der Tür stand. »Wirst du ihn daran hindern, mit uns zu kommen?«

»Das wird davon abhängen, was er zu seiner Verteidigung vorzubringen hat«, brummte Cedric.

Duncan verließ den Raum und der Laird stieß kraftvoll die Luft aus. Tavish sollte nicht glauben, er würde ihn mit Samthandschuhen anfassen, nur weil sein Vater viel von ihm gehalten hatte. Sein Vertrauen und den damit verbundenen Respekt musste der Mann sich erst noch verdienen. Er brauchte absolut loyale und verlässliche Männer um sich und Tavish erfüllte diese Bedingung derzeit nicht. Allein, dass er es gewagt hatte, Leah mit solch widerwärtigen Drohungen gefügig zu machen, reichte aus, dass er den Kerl am liebsten sofort grün und blau geprügelt hätte. Sein Glück, dass der Mistkerl grad nicht zugegen war. Es hatte ihm schon mächtig Beherrschung abverlangt, sich gegenüber Duncan im Zaum zu halten und sich nicht durch seine Emotionen bezüglich Leah zu verraten.

Erst musste er MacKinley knacken und mit ihm eine Übereinkunft entgegen dem Beschluss des Großen Rates treffen, dass er dessen Tochter ehelichen sollte. Ein schwerwiegendes Unterfangen, kein Wunder, dass er ohnehin unter extremer Anspannung stand – sein Leben hing von diesem Treffen ab. Er hatte keine Ahnung, was ihn im MacKinley Clan erwarten würde, er brauchte seine vollste Konzentration; für Unstimmigkeiten im eigenen Clan war das der denkbar ungünstigste Zeitpunkt. Er verfluchte Tavish für den Ärger, den er ihm bereitete.

Missmutig versuchte Cedric, sich auf die auf dem Schreibtisch ausgebreiteten Pläne zu konzentrieren. Sie würden einen Umweg reiten müssen, um der Garnison der Rotröcke weiträumig auszuweichen, die laut Blaines Information dabei waren, in dem zerstörten und verwaisten Ralaoigh Castle einen neuen Standort zu beziehen.

Mehr als zwei Stunden waren vergangen, in denen er nicht wesentlich vorangekommen war. Die reiserelevanten Details waren geklärt, aber es war ihm unmöglich, sich eine Strategie zu überlegen, wie er am klügsten mit Dougal MacKinley in die Verhandlung treten konnte, ohne dass dieser ihn sogleich der Burg verwies.

Unruhig marschierte er im Raum auf und ab.

Auf Grund der Geschichte mit Tavish konnte er sich nicht auf diesen wichtigen Punkt konzentrieren. Die Gedanken kreisten immer wieder um Tavish. Was trieb den einst so treuen Clansmann zu solch einer Eigenmächtigkeit? Hatte sich womöglich schon sein Vater in ihm getäuscht? Cedric war hin- und hergerissen, was seine Empfindungen betraf. Er hatte zwar persönliche Differenzen mit dem Mann, aber in entsprechenden Situationen war auf ihn stets hundertprozentig Verlass gewesen. Er war wütend auf Tavish, keine Frage, und doch konnte und wollte er im tiefsten Inneren nicht glauben, dass der etwas im Schilde führte, das ihm und dem Clan schaden könnte. Zwangsläufig fragte er sich, ob Tavish sich auch derart verhalten hätte, wäre sein Vater noch Laird des MacArthur Clans. Er stieß ein Grunzen aus, wahrscheinlich hätte er unter ihm ein solches Benehmen nicht gewagt.

Von innerer Unruhe getrieben verließ er den Arbeitsraum. Sollte der Kerl nicht eine verdammt gute Erklärung parat haben, konnte er was erleben. Bislang wussten nur wenige von Tavishs sonderbarem Verhalten, aber wenn sich das erst herumsprach, konnte das im Clan und auf der Burg ungeahnte Folgen nach sich ziehen.

Im Gang vor der Großen Halle entdeckte er Blaine, Kenneth und Eachnann im Gespräch.

Mit forschen Schritten hielt er auf die Männer

zu. »Haltet die Augen offen. Sobald Tavish auftaucht, will ich unverzüglich informiert werden.«

»Aye«, bestätigten die drei. Blaine sah ihn mit eigenartigem Gesichtsausdruck an, als ahne er, dass sich die Lage zuspitzte.

»Soweit ich weiß, wollte er zu seinem Schwager«, erklärte Kenneth. »Sollte es dringend sein, kann ich hin reiten und …«

»Nein! Gebt mir einfach nur Bescheid, wenn er sich blicken lässt.« Cedric hatte keine Lust zu großartigen Erklärungen. Nach einem knappen Kopfnicken stiefelte er weiter, gedanklich bereits beim nächsten Vorhaben, als er Morag mit einem Stapel Tücher aus der Wäschekammer kommen sah.

»Morag«, rief er.

Überrascht hielt sie inne und sah in seine Richtung, während er ihr entgegeneilte. Nach ein paar belanglosen Worten fragte er nach Leah und ob sie im Augenblick abkömmlich sei.

»Wenn Ihr es wünscht, kann ich sie gleich zu Euch schicken, ihre Arbeit kann eine der anderen Frauen übernehmen«, antwortete sie beflissen.

»Wunderbar! Dann mach das, ich hätte da nämlich ein paar Dinge mit ihr zu besprechen.«

»Aye! Ich gebe ihr sofort Bescheid.« Morag schien sich nicht im Geringsten über sein Anliegen zu wundern.

Cedric bedankte sich, machte kehrt und marschierte zurück zu seinem Arbeitsraum. Das war eigentlich nicht sein Plan gewesen, sondern eine kurzentschlossene Entscheidung aus dem Augenblick heraus.

Nervös wartete er und es erschien ihm wie eine Ewigkeit, bis es endlich zaghaft an seiner Tür pochte. »Komm herein«, rief er und mimte den Beschäftigten.

»Morag sagte mir, Ihr wolltet mich sprechen?« Leah wirkte verunsichert und ein wenig blass.

»Warum so förmlich?« Er schmunzelte. Wie schön sie ist, dachte er. Selbst in dieser faden Kleidung der Mägde sah sie atemberaubend aus. Sekundenlang konnte er nichts weiter tun, als sie anzustarren. Ein tiefer Wunsch, diese Frau für den Rest seines Lebens beschützen zu wollen, wuchs in ihm und ihm wurde ganz warm ums Herz. Er musste sich räuspern, bevor er weitersprechen konnte. »Duncan hat mir erzählt, was passiert ist.«

Aufmerksam beobachtete er ihre Reaktion. Sie erweckte einen gefassten Eindruck, sah aber beharrlich zu Boden.

»Das dachte ich mir«, erwiderte sie fast tonlos.

Cedric seufzte. »Verdammt Leah, warum bist du nicht zu mir gekommen, unmittelbar nachdem du Tavish in deinem Zimmer überrascht hast?« Mitfühlend sah er sie an, doch sie schwieg und nagte an ihrer Unterlippe. »Niemals hätte ich geduldet, dass er dir solche Angst einjagt.«

»Ach ja?« Endlich sah sie ihn an und wirkte verärgert. »Und woher hätte ich das wissen sollen? Nachdem du am Morgen mein Bett verlassen hast, war ich dir doch vollkommen egal. Du hast dich kein bisschen dafür interessiert, wie ich mich fühle. Stattdessen hast du mir diese Truhe mit Kleidern ins Zimmer gestellt. Ich kam mir vor wie eine Hure, die für ihre Dienste bezahlt wird.«

»Was?« Cedric war zutiefst entsetzt, welche Schlussfolgerung sie gezogen hatte. »Um Himmelswillen, nein! Das kannst du nicht wirklich angenommen haben. Leah?«

»Noch dazu Kleider, die vermutlich aus einem Raubüberfall stammen, wie Duncan mir erzählte. Das ist erbärmlich!«

Er ging zu ihr und legte sanft die Hände auf ihre Schultern.

»Es ist nicht, wie du denkst! Wir wissen nicht, welcher bedauernswerten Dame diese Kleider einst gehörten, ebenso wenig, wie lange die Truhe bereits in dem Unterschlupf gestanden hat. Wäre doch schade um die hübschen Kleider gewesen und du warst die Einzige, an der ich sie mir vorstellen konnte. Ich fand, die Größe könnte passen, du bist immerhin mit nur einem Gewand auf der Burg aufgetaucht und deshalb ließ ich die Truhe in dein Zimmer bringen. Nichts anderes!«

Abwartend schaute er sie an.

Leah schien zu überlegen. »Ich habe dich öfters aufgesucht und wollte dir alles sagen, aber du warst jedes Mal abweisend.«

Cedric kniff kurz die Augen zusammen und schalt sich selbst einen Idioten. Unmittelbar waren ihm die Begebenheiten klar, von denen sie sprach.

»Es tut mir leid, bitte verzeih mir«, entgegnete er aus tiefstem Herzen und versuchte, sie in die Arme zu nehmen.

Sie sträubte sich dagegen. Doch er ließ sich davon nicht beirren, zog sie an sich, strich liebevoll über ihr seidenes Haar und hauchte zärtliche Küsse darauf, bis er spürte, dass ihr Widerstand schmolz. Sie schmiegte sich an Cedric und er schloss dankbar die Augen, atmete ihren zarten Duft und genoss ihre betörende Nähe. Es fühlte sich wunderbar und richtig an. Leah war die Frau, die er sich immer an seiner Seite erträumt hatte. Sie musste seine Lairdess werden, mit ihr wollte er sein Leben verbringen. Sie war diejenige, die die Mutter seiner Kinder sein sollte.

»*Tha gaol agam ort*«, murmelte er.

Leah hob den Kopf und lächelte ihn an. »*Tha gaol agam ort*«, wiederholte sie.

Cedric lächelte verschmitzt. »Weißt du denn überhaupt, was es bedeutet?«

Leah erwiderte das Lächeln.

»Ich habe Corrine danach befragt.«

Überrascht zog er die Augenbrauen hoch.

»Natürlich ohne ihr zu sagen, warum ich das wissen wollte«, sie kicherte. »Obwohl sie unbedingt erfahren wollte, von wem ich die Worte gesagt bekommen habe.«

»Das kann ich mir denken«, Cedric lachte. Überschwänglich presste er sie an sich und drehte sich mit ihr im Kreis. Leah quietschte überrascht und schlang lachend die Arme um seinen Hals. Als er sie absetzte, standen sie unmittelbar vor seinem Schreibtisch. Sie konnte ihm nicht mehr entkommen, da sie die Tischkante an ihrer Kehrseite spürte.

»Du hast es mir noch nicht in Englisch gesagt«, neckte er sie. »Womöglich hat die gute Corrine dir eine falsche Übersetzung genannt, das muss ich doch überprüfen.« Herausfordernd küsste er sie.

»Das ist gemein!«, schäkerte sie. »Stell dir vor, ich habe mir die Worte falsch eingeprägt oder sie Corrine gegenüber falsch ausgesprochen, und es ergab einen vollkommen anderen Sinn. Das wäre überaus peinlich für mich.« Aufreizend führte sie ihren Zeigefinger an seiner Brust abwärts. »Also, du zuerst!«

»Kleines Biest!«, zischte er amüsiert.

»Arroganter Affe!«, konterte Leah.

»Wie bitte? Arroganter Affe? Na hör mal!« Cedric versuchte sie streng anzusehen, konnte aber aufgrund ihrer köstlichen Mimik nicht ernst bleiben. Mit ihr würde es bestimmt niemals langweilig werden. Sie war alles andere als eine Marionette, die zu allem Ja und Amen sagte. Sie hatte Stil und Format und bot ihm bestens Paroli. Grinsend zog er sie an sich und ihre Lippen vereinigte sich zu einem intensiven und leidenschaftlichen Kuss.

»Ich liebe dich«, flüsterte er dicht an ihrem Ohr. Erwartungsvoll schob er sie ein Stückchen von sich. »War es das, was du mir in deinem eigenartigen Gälisch sagen wolltest?«

Statt einer Antwort zwickte sie ihn in die Seite.

»Au!« Grinsend sah er sie an. Im Grunde bedurfte es keiner Bestätigung, das Strahlen ihrer Augen verriet sie ohnehin, dennoch hätte er die Worte gern aus ihrem Mund vernommen. Als sie die Liebesbekundung dann doch aussprach, gab es für ihn kein Halten mehr. Glücklich küsste er sie, vergessen waren für den Moment alle Probleme. Sie tauschten etliche Küsse und Zärtlichkeiten aus.

»Was geschieht jetzt mit Tavish?«, fragte sie sichtlich bekümmert. Sie saß auf seinem Schreibtisch, während er zwischen ihren gespreizten Beinen stand und sie im Arm hielt. Ihre Röcke fielen jedoch nach wie vor tugendhaft bis auf ihre Füße. Es bedurfte all seiner Selbstbeherrschung, nicht einfach den hinderlichen Stoff hochzuschieben und sie an Ort und Stelle zu nehmen.

»Tavish ist derzeit nicht auf dem Burggelände«, antwortete er. Er war froh um die geistige Ablenkung von seinem männlichen Trieb. Leah sollte schließlich nicht denken, dass es ihm nur um die eine Sache ginge. »Ich werde ihn mir vorknöpfen, sobald er zurück ist.«

»Er wird wissen, dass nur ich ihn verraten haben kann und er ...«

»Er wird dir nichts tun, dafür werde ich sorgen«, versicherte er vehement. Aber sie musste an seiner Miene bemerkt haben, dass ihn noch etwas anderes beschäftigte.

»Was ist los?«, fragte sie prompt und sah ihn besorgt an.

»Ich werde für eine Weile nicht hier sein. Morgen früh kurz nach Sonnenaufgang werden wir losreiten.«

»Und Tavish?«

Er blickte nachdenklich an ihrem Kopf vorbei und ließ sich mit der Antwort Zeit. »Das ist so eine Sache.« Er tat einen tiefen Atemzug und versuchte, ihr den Fall verständlich zu machen, ohne den Grund für die notwendige Reise zu nennen.

Sie sah ihn besorgt an. »Du denkst daran, ihn nur meinetwegen mitzunehmen, damit ich vor ihm sicher bin? Aber was ist, wenn er dir auf der Reise Schwierigkeiten macht? Es hat sich angehört, als sei die Mission, zu der ihr aufbrecht, ohnehin recht gefährlich.«

»Unangenehm und heikel«, verbesserte er zähneknirschend. »Doch leider unvermeidbar! Aye, und ganz ungefährlich leider auch nicht, aber du musst dir keine Sorgen machen.« Beruhigend strich Cedric ihr über die Wange. »Sobald ich mich mit Tavish auseinandergesetzt habe, weiß ich mehr. Für den Fall, dass er bleibt, werde ich Männer abstellen, die ein Auge auf dich haben werden. So oder so, Tavish wird nicht mal in deine Nähe gelangen.«

Sehr überzeugt wirkte Leah nicht, und er konnte es ihr nicht verübeln.

Von beiden unbemerkt stand plötzlich Duncan halb im Raum. Cedric vergrößerte flugs den Abstand zu Leah und sie rutschte verlegen vom Schreibtisch.

»Entschuldigt, ich hatte geklopft ... Aye, ich komme dann später wieder.« Er machte Anstalten, sich schleunigst zu verdrücken.

»Warte!«, hielt Cedric ihn zurück. »Was hast du herausgefunden?«

Duncan räusperte sich, streng bemüht, nur ihn anzusehen. »Nun, es ist, wie du bereits vermutet hattest. Der Schwager musste als Alibi herhalten, auch hat der Mann weder einen verstauchten

Fuß noch ein kaputtes Dach. Tavish war seit Monaten nicht auf seinem Hof.«

»Hab ich es mir doch gedacht«, schimpfte Cedric.

»Morag wird sicherlich schon auf mich warten«, vernahm er Leahs Stimme hinter sich. »Ich sollte gehen.« Ihre Blicke trafen sich kurz, als sie an ihm vorbei huschte.

Eine beklemmende Stille trat ein, nachdem die Tür hinter ihr ins Schloss gefallen war.

»Du und Miss Branagh ... warum überrascht mich das nicht wirklich?« Duncans Frage beinhaltete einen vorwurfsvollen Unterton. »Sag mir, hat das irgendwas damit zu tun, dass du in letzter Zeit so verbissen um die Angelegenheit MacKinley bemüht bist?«

Die beiden Männer starrten einander mit stoischer Miene an.

»Dass du dich weigerst, dir eine Ehe mit Catriona MacKinley vorschreiben zu lassen, kann ich nachvollziehen, Cedric, doch dachte ich bislang, dass du einfach frei sein wolltest, um dir selbst eine Braut zu suchen. Mir war nicht klar, dass du sie längst gefunden hast. Oder ist sie nur eine unbedeutende Bettgeschichte?«

»Selbstverständlich nicht!«, donnerte Cedric. Es war ihm unangenehm, wie die Sache gelaufen war, Duncan war seit jeher sein engster Freund.

Betreten fuhr er sich mit der Hand durchs Haar. »Was willst du jetzt hören? Dass es mir leidtut, dich nicht eingeweiht zu haben?« Er gestikulierte wild mit den Armen. »Was erwartest du? Ich musste mir erstmal selbst über gewisse Dinge klarwerden.« Geräuschvoll stieß er die Luft aus. »Ich habe vor, Leah Branagh zu meiner Lairdess zu machen, sobald diese verdammte MacKinley-Geschichte vom Tisch ist. Aye, damit weißt du es als Erster!« Er ging um den Schreibtisch herum und ließ sich auf dem dunklen Lederstuhl niedersinken.

Totenstille herrschte eine Weile.

»Was willst du unternehmen, falls MacKinley an der Eheschließung festhalten sollte?«, beendete Duncan das Schweigen. Sein Ton klang wieder wie gewohnt.

»Das wäre eine Katastrophe! Ich hoffe, ich kann ihn irgendwie überzeugen, davon Abstand zu nehmen.« Cedric stemmte die Ellenbogen auf die Tischplatte, barg den Kopf in den Handflächen, rieb sich dann mehrfach das Gesicht. »Catriona MacKinley.« Er hielt inne, und verzog angewidert das Gesicht. »Dieses verfluchte Frauenzimmer beschert mir schon lange Magenschmerzen und Albträume. Von mir aus kann sie bleiben, wo der Pfeffer wächst. Es wird sich irgendein Kerl finden, der sie zur Frau will. Ich werde nicht derjenige sein!«

»Du solltest nicht auf sie wütend sein, die arme Catriona kann schließlich nichts dafür. Sie trägt an der Entscheidung des Rates ebenso wenig Schuld wie du.«

Cedric machte eine wegwerfende Handbewegung. »Ich bitte dich, erspar mir derartige Belehrungen.« Er sprang auf und tigerte unruhig auf und ab.

»Selbst wenn es dir gelingen sollte, MacKinley zu beeinflussen, bleibt dir immer noch die Aufgabe, den Rat zu überzeugen. Ich schätze, die Herren werden nicht begeistert sein, sie könnten dein eigenmächtiges Handeln als Provokation werten.«

»Denkst du, das weiß ich nicht?«, polterte Cedric. »Nur ein Friedensvertrag, von beiden Seiten unterschrieben, wird die Mächtigen überzeugen können. Aye, ich bin mir vollkommen im Klaren darüber, dass das Ganze kein gemütlicher Spaziergang werden wird.« Er fuhr sich erneut aufgebracht durchs Haar und hinterließ ein wirres Durcheinander. »Ein solches Dokument liegt bereits vorbereitet in meiner Schreibtischschublade.«

Auf Duncans Stirn stand eine senkrechte Falte, er schnaufte. »Unser Nachteil, dass keiner von uns dieser Catriona je begegnet ist. Niemand kann einschätzen, was sie für ein Mensch ist.«

»Das interessiert mich auch gar nicht.« Cedric

ließ sich wieder auf dem Stuhl nieder, während Duncan sich halb auf die freie Ecke des Schreibpultes setzte.

»Ich meinte, um eventuell die Lage besser einschätzen zu können. Schließlich geht es auch um sie, Cedric, und du weißt nicht, welchen Einfluss sie auf ihren Vater hat.«

Cedric verstand, was sein Freund andeuten wollte. Er wusste rein gar nichts über diese Frau, die er zur Gemahlin nehmen sollte, nicht, ob sie ein sonniges Gemüt besaß oder ein verwöhntes zänkisches Weibsbild war, nicht einmal, wie sie aussah. Im Gegensatz zu Blaine und den Männern, die MacKinley bespitzelt hatten, wusste er nicht mal, wie Dougal MacKinley selbst aussah, da er ihm nie begegnet war. Alles, was er über ihn und dessen Familie wusste, waren die allgemein bekannten Fakten.

Dougal MacKinley hatte während der Jakobitenerhebung von 1715 seinen Sohn eingebüßt. Er starb bei den Ochil Hills, als die Jakobiten auf britische Regierungstruppen unter John Campbell, dem 2. Duke of Argyll stießen. Der junge MacKinley war gerade mal sechzehn Jahre alt gewesen. Es hieß, er habe sich heimlich und ohne Wissen des Vaters den jakobitischen Einheiten unter der Führung des Earl of Mar angeschlossen. Zwar soll er tapfer gekämpft und viele Feinde niedergestreckt haben, doch letztendlich hatte er seinen törichten Leichtsinn mit dem eigenen Leben bezahlt. Er war Catrionas Zwillingsbruder gewesen. Mit der zweiten Ehefrau hatte Dougal MacKinley ebenfalls zwei Kinder, die zu der Zeit relativ klein gewesen waren. Cedric schätzte, dass der Sohn aus dieser Beziehung heute etwa zwölf bis vierzehn Jahre alt sein musste.

»Glaub mir, ich bin heilfroh, wenn ich den nervenaufreibenden Pflichtbesuch bei MacKinley hinter mir habe und sagen kann, dass er zufriedenstellend verlaufen ist. Danach kann ich voller Stolz meinem Clan mitteilen, dass die Zeit gekommen ist, eine Hochzeit auszurichten.«

Duncan holte tief Luft und ließ sie ganz langsam wieder entweichen. »Dann lass uns beten, dass die Frau, die neben dir zum Altar schreitet, auch die rechte sein wird.«

Missmutig sah Cedric seinen Freund an, schwieg aber. Dass er scheitern könnte und letztlich gezwungen sein würde, tatsächlich diese Catriona heiraten zu müssen, wagte er gar nicht erst nachzudenken. Das wäre ein Martyrium ohne Ende für Cedric.

»Ich habe noch einiges zu erledigen.« Der Laird erhob sich und setzte damit ihrer Unterhaltung ein Ende. »Ich würde gern dabei sein, wenn die Planwagen mit den Waren beladen werden.« Um eine reizvolle Verhandlungsgrundlage aus dem Ärmel zu schütteln, wollte er ausreichend Güter mit sich führen, um MacKinley notfalls zu kaufen, wenn es unerlässlich werden sollte. Er wollte nichts dem Zufall überlassen.

»Aye.« Duncan erhob sich ebenfalls. »Blaine war vorhin schon dabei, Schaffelle und Rindsleder zu sortieren.« Gemeinsam verließen sie den Arbeitsraum.

Zwei Stunden waren in etwa vergangen, Cedric gönnte sich gerade mit seinen Männern einen Krug Ale, als Tavish in den Burghof geritten kam.

»Na endlich taucht der Dreckskerl auf«, brummte Cedric.

»Überstürze es nicht«, warnte Duncan und legte ihm die Hand auf die Schulter.

Cedric achtete nicht auf ihn, behielt Tavish im Visier und stürmte auf ihn zu. Der Clansmann war mittlerweile aus dem Sattel gestiegen und dabei, seinen Hengst in den Stall zu führen.

»Wie sieht es aus? Bist du mit dem Dach deines Schwagers fertig geworden?«, fragte Cedric in ernstem Tonfall.

Einige Sekunden blickte Tavish ihn verwundert an. »Ja, alles bestens! Deshalb komme ich erst jetzt. Ich wollte die Arbeit erledigt wissen, bevor wir zum MacKinley Clan aufbrechen.«

»Und was macht sein Fuß?«

»Ist zum Glück nicht gebrochen, der Mann wird bald wieder.« Tavish schien irritiert, denn er sah abwechselnd mit gerunzelter Stirn zu ihm, dann zu Duncan, der breitbeinig etwa zwei Meter hinter dem Laird stand. Allmählich schien ihm zu schwanen, dass etwas nicht stimmte, denn er fingerte nervös an der Mähne seines Hengstes.

»Du wagst es, mir eiskalt ins Gesicht zu lügen?« Cedric schäumte vor Wut.

Tavish ließ von seinem Pferd ab und starrte ihn finster an.

Weitere Männer versammelten sich abwartend hinter ihrem Laird. Sekundenlang herrschte eisiges Schweigen. Ein Stallknecht nahm sich unaufgefordert des Pferdes an, um es zu versorgen.

»Ich denke, es ist an der Zeit, dass wir reden«, erklärte Tavish kühl und emotionslos.

»Aye, das ist es!« Cedric und Duncan nahmen ihn in die Mitte und eskortierten ihn forschen Schrittes in den Arbeitsraum.

Blaine und weitere Männer folgten ihnen.

»Es reicht!«, erklärte Cedric unmissverständlich, kaum dass die Tür hinter ihnen ins Schloss gefallen war. »Du wirst mir augenblicklich verraten, welcher Teufel dich geritten hat. Und komm mir nicht damit, dass du bei deinem Schwager warst. Er hat dich seit Monaten nicht zu Gesicht bekommen. Seinem Fuß geht es gut und das Dach bedarf keiner Reparatur. Also? Machst du hinter meinem Rücken heimliche Geschäfte mit irgendwelchen Gaunern oder bist gar selbst einer von ihnen geworden?«

»Für was hältst du mich?«, beschwerte sich Tavish. »Ich würde mich niemals mit derartigem Gesindel abgeben. Ich kann dir versichern, dass ich nichts Unrechtes getan habe.«

»Das fällt mir schwer zu glauben, angesichts der belastenden Fakten. Ich habe mich mit Duncan an deinem Schlafplatz umgesehen. Unter deinen persönlichen Sachen fanden sich ein Fläschchen Laudanum, ein Tiegel Heilsalbe und diverse Rollen Verbandsmaterial aus unserem Bestand. Und für wen waren die Lebensmittelvorräte?«

Tavish schnaubte und kratzte sich betreten am Hinterkopf. Kurz hatte es den Anschein, als würde er einknicken, dann straffte er sich und schaute seinen Laird geradewegs an.

»Ihr habt meine Sachen durchwühlt?«

»Aye, du hast mir keine andere Wahl gelassen.«

»Verstehe! Ich sehe ein, dass es vorbei ist. Da du von den Lebensmitteln weißt, nehme ich an, dass die Fremde es dir gesteckt hat, trotz all meiner Bemühungen, sie davon abzuhalten. Im Grunde überrascht es mich nicht wirklich. Sie ist eine starke und mutige Frau, die meinen Respekt zu Recht verdient.«

»Ich an deiner Stelle würde nicht versuchen,

mich um Kopf und Kragen zu reden«, zischte Cedric. »Du hast sie in Angst und Schrecken versetzt, das wird ebenfalls ein Nachspiel für dich haben, sei dir versichert. Aber jetzt will ich wissen, was hier gespielt wird, und zwar ohne Ausflüchte.«

»In Ordnung!«, erwiderte Tavish mit fester Stimme. »Zuvor möchte ich sagen, es war alles so nicht geplant. Es ist passiert, ohne dass ich im Nachhinein sagen kann, wie es dazu kam, vor allem, wie ausgerechnet mir das widerfahren konnte.«

»Derartige Beteuerungen kannst du dir sparen«, brummte Cedric ungehalten. »Pack endlich aus!«

»Aye! Gib mir eine Stunde!«

Cedric war nicht gewillt, noch länger zu warten. Lautstark machte er seinem Ärger Luft, schließlich hatte er Wichtigeres zu tun. Es gab noch etliches zu organisieren, bevor sie zum Aufbruch fertig wären.

»Ich bitte dich nur um eine Stunde! Ich gebe dir mein Wort, dass ich keine Tricks vorhabe und auch nicht versuchen will, dich übers Ohr zu hauen. Sobald ich zurück bin, erhältst du eine umfassende Aufklärung, inklusive der entsprechenden Zeugen. Je eher ich aufbreche, desto schneller kommt es dazu.«

Es passte Cedric nicht, aber da ihm nichts anderes übrigblieb, gab er seine Zustimmung. »Aber solltest du nicht binnen einer Stunde wieder hier sein, werde ich andere Maßnahmen ergreifen. Ich werde dich aufspüren, und mach dich gefasst, dass du dann die Zeit, bis ich vom Clan der MacKinleys zurück bin, im Kerker verbringen wirst. Zu deiner eigenen und unser aller Sicherheit, haben wir uns verstanden?«

Wütend zog Tavish die Augenbrauen zusammen. Eine tiefe Furche bildete sich oberhalb seiner Nase. »Das würdest du nicht wagen!«

»Bist du dir da so sicher?«, grollte Cedric. »Ich würde es nicht darauf ankommen lassen. Übrigens, deine Zeit läuft!«

»Ich bin zutiefst schockiert, wie wenig Vertrauen du in meine Person setzt. Ich habe dem Clan und meinem Laird gegenüber einen Treueeid geleistet, dein Vater wusste dies wenigstens zu würdigen«, sagte Tavish, sichtlich beleidigt. »Ich bin binnen einer Stunde zurück!« Abrupt machte er auf dem Absatz kehrt und verließ polternd den Raum.

Es war für Momente mucksmäuschenstill. Niemand wagte sich zur Sache zu äußern.

»Gut, uns bleibt eine Stunde«, beendete Cedric das Schweigen. »Bis dahin geht jeder wieder an seine Arbeit.«

»Aye«, murmelten die Männer und wandten sich mehr oder minder zögerlich der Tür zu.

Duncan wollte bleiben, doch Cedric bat ihn ebenfalls zu gehen. Er brauchte einen Augenblick für sich allein. Kaum waren alle der Aufforderung nachgekommen, genehmigte er sich einen Whisky, den er in einem Zug hinunterkippte. Nachdem er ein paar Minuten vor sich hin gesonnen hatte, überprüfte er alle notwendigen Papiere, machte sich einige Notizen und vervollständigte seine Listen. Anschließend verstaute er alles in seinem *Sporran*.

Nach einer Dreiviertelstunde wurde ihm gemeldet, dass Tavish in Begleitung zweier Männer das Burgtor passiert hatte. Wenige Augenblicke später wurden die drei zu ihm geführt. Tavish machte einen fahrigen und eher zerstreuten Eindruck.

Zwei Wachposten bezogen neben der Tür Stellung, die anderen postierten sich hinter ihrem Laird.

»Du liegst innerhalb der Zeit«, sagte Cedric anerkennend zu Tavish und musterte dessen seltsame Begleiter. Sie trugen Hosen! Auf den ersten Blick wirkten sie wie Vater und Sohn. Der Ältere zeigte eine straffe Haltung und sah den Laird unerschrocken an. Der junge Bursche war mehr als einen Kopf kleiner, deutlich schmächtiger gebaut, trug seine Mütze tief ins Gesicht gezogen und starrte unablässig auf den Boden.

»Aye«, sagte Tavish. »Ich halte mein Wort.« Er wirkte ausgesprochen nervös, so hatte Cedric ihn nie zuvor erlebt. Bei genauerem Hinsehen entdeckte er feine Schweißperlen an seinen Schläfen.

»Aye, ich warte auf die versprochene Erklärung.« Cedric nahm hinter dem Schreibtisch Platz, nun war er wirklich gespannt.

Tavish räusperte sich. »Diese beiden Herrschaften sind der Grund für meine fortwährende Abwesenheit in den letzten Wochen. Die Lebensmittel waren für sie bestimmt, und die Verbände, die du bei mir gefunden hast, ebenso. Ihre Zahlungsmittel waren ihnen abhandengekommen und bei dem Versuch, sich fürs Abendessen ein Huhn zu besorgen, wurde er …«, Tavish wies auf den älteren Mann zu seiner Linken, »von Malcolm, diesem Narren, angeschossen.«

Die Beschreibung, die Malcolm ihm nach dem Vorfall von dem Dieb gegeben hatte, passte auf den älteren der zwei Männer. Cedric wechselte einen Blick mit Iain, der neben ihm stand und bestätigend nickte, ohne dass er die Frage stellen musste. Iain hatte damals zusammen mit Tavish den Unterschlupf im Auge behalten und beiden waren zwei Gestalten aufgefallen, die ihnen aber entkommen konnten. Bei der anschließenden Inspizierung hatten sie Blut in der Höhle gefunden. Anschließend hatten sie sich getrennt, um in verschiedenen Richtungen nach den Personen zu suchen. Tavish musste die Flüchtigen auf seiner Route aufgespürt haben, aber warum hatte er diese Begegnung verschwiegen?

Nachdenklich musterte Cedric die Fremden, an deren Haltung sich nichts verändert hatte. »So weit, so gut«, sagte er mit Seitenblick auf Tavish. »Das erklärt nicht, wer Ihr seid und was Ihr auf MacArthur Gebiet verloren hattet?«, wandte er sich nun direkt an die Männer.

»Aye ... da wird es ein wenig ... ähm ... kompliziert ...«, versuchte Tavish zu erklären, wobei er sich verlegen am Kopf kratzte. »Da waren zum einen die Rotröcke ... und ...«

Der ältere Mann, der Cedric die ganze Zeit beharrlich angesehen hatte, hob gebieterisch seine Rechte und brachte Tavish damit zum Schweigen. »Laird MacArthur, ich denke, es ist an der Zeit, mich Euch vorzustellen«, sagte er mit fester Stimme. »Mein Name ist Angus MacKinley, Bruder des Lairds Dougal MacKinley.«

»Wie bitte?« Cedric konnte kaum glauben, was er da hörte. Die Männer hinter ihm machten sich ebenfalls durch ungläubiges Gemurmel bemerkbar.

»Es ist wahr. Ich war unvorsichtig, wurde erwischt und infolgedessen angeschossen. Als wir an der Höhle nur knapp Euren Männern entwischen konnten, ist die Wunde weiter aufgerissen. Ich habe viel Blut verloren und war nahe dran, das Bewusstsein zu verlieren. Ganz in unserer Nähe hatte ein Trupp Rotröcke eine Rast eingelegt. Wären wir mit meiner Schusswunde in deren Hände gefallen, hätte das üble Konsequenzen nach sich gezogen. Ich denke, das muss ich Euch nicht näher erläutern.«

Cedric nickte betrübt. »Ich bedaure, was Euch zugestoßen ist. Der junge Schütze war sich seiner Handlung nicht bewusst. Ich selbst habe die Waffe konfisziert und ihm sein unbedachtes Handeln vor Augen geführt.«

Angus MacKinley nickte anerkennend. »Euer Mann half uns, mich vor den Rotröcken zu verstecken. Dann legte er wegen meiner Blutspuren mit einem toten Tier eine falsche Fährte, falls die roten Tölpel misstrauisch werden sollten. Ich hatte zwischenzeitlich das Bewusstsein verloren und davon nichts mehr mitbekommen, aber ich bin Tavish zu großem Dank verpflichtet. Er hat uns nicht nur vor einer Konfrontation mit den Rotröcken bewahrt, sondern mir das Leben gerettet.«

»Warum hast du die beiden Männer nicht zur Burg gebracht, wo man den Verletzten optimal hätte versorgen können?«, erkundigte Cedric sich bei Tavish. Er hatte das Gefühl, dass hier irgendwas nicht zusammenpasste. MacKinley hin oder her, Tavish hätte wissen müssen, dass sie dennoch den Mann nicht einfach hätten verrecken lassen, nur weil er ein MacKinley war. Es wäre sogar seine Pflicht gewesen, zumal das geschehen war, weil ein Mann ihres Clans die Waffe erhoben hatte.

Tavish sah mit einem eigenartigen Blick zu dem jungen Burschen hinüber und dieser schielte mit gesenktem Kopf zu ihm hoch. Es war das erste Mal während der ganzen Zeit, dass der kleinere Mann überhaupt eine Regung zeigte.

»Wir wissen immer noch nicht, wer *er* ist«, raunte Iain Cedric zu, der gerade das Gleiche gedacht hatte.

»Wollt Ihr uns nicht Euren Begleiter vorstellen, Mister MacKinley?«, fragte Cedric.

Wieder warfen sich Tavish und der junge Mann einen Blick zu, nur dieses Mal länger und intensiver.

Angus MacKinley stöhnte. »Ich hätte mich niemals zu diesem Wahnsinn überreden lassen sollen, es hat uns nur Ärger eingebracht.« Die Worte waren an seinen Nebenmann gerichtet, den er dabei missbilligend ansah. »Du hast mich in eine unmögliche und äußerst prekäre Situation gebracht, Kind.«

Irritiert wanderte Cedrics Blick von einem zum anderen. Tavish und der Jüngere schienen sich durch Augenkontakt zu verständigen, während MacKinley beide nacheinander mit strafender Miene maß.

»Aye«, sagte Tavish niedergeschlagen, nickte MacKinley zu und wechselte die Seite, sodass der Junge nun in ihrer Mitte stand.

MacKinley wandte sein Augenmerk wieder auf Cedric und tat einen tiefen Atemzug. »Ich muss Euch leider mitteilen, dass es sich bei dem … Jungen, ähm … um …«, er räusperte sich kurz und sprach im leiseren Ton weiter, »… um meine Nichte handelt, Miss Catriona Isabella MacKinley, Eure Braut, wenn es nach den Vorstellungen des Rates geht.«

Ein Raunen ging um, das rasch in planloses Stimmengewirr überschwappte.

»Was hat diese ganze Scharade zu bedeuten?« Cedric war fassungslos und wütend. »Wolltet Ihr mich zum Narren halten?« Aufgebracht trat er hinter dem Schreibtisch vor und marschierte auf das Trio zu. »Das ist das Dämlichste, was ich je gehört habe. Ihr wagt es, Euch in diesem lächerlichen Aufzug in meinen Clan einzuschleichen? Was sah Euer Plan vor? Mich und meine Leute auszuspionieren oder mich vorzuführen?« Seine Aufmerksamkeit war auf Angus MacKinley gerichtet, dem die Situation äußerst unangenehm zu sein schien.

»Nein!«, meldete sich plötzlich Catriona zu Wort. Sie hob den Kopf und sah dem Laird unerschrocken ins Gesicht.

Cedric war von der jähen Wortmeldung so

überrascht, dass ihm die Sprache wegblieb und er sie perplex anstarrte. Sie hatte leuchtend grüne Augen, fiel ihm sofort auf, und zahlreiche winzige Sommersprossen.

»Ich wollte lediglich herausfinden, was Ihr für ein Mensch seid, wenn ich schon gezwungen sein sollte, Euch zum Gemahl nehmen zu müssen«, erklärte sie mit fester Stimme. Sie zog sich mit Schwung die Schirmmütze vom Kopf und schüttelte ihr Haar. Zum Vorschein kam eine wilde kupferfarbene Lockenmähne.

Für einen Moment vergaß Cedric alles um sich herum. Die ganze Zusammenkunft war etwas, worauf er nicht vorbereitet war, die ihn überforderte. Da stand unverhofft diese Catriona vor ihm, noch dazu in Hosen, und erinnerte ihn daran, dass sie als seine Gemahlin vorgesehen war. Was wurde aus seinen sorgfältig ausgearbeiteten Plänen, um ihren Vater davon abzuhalten, der Ehe zuzustimmen? War das alles umsonst gewesen? Er dachte an Leah und ein Anflug von Panik überkam ihn. Schlagartig war er wieder bei sich und die Wut kehrte mit doppelter Wucht zurück.

»Die ganze Inszenierung hättet Ihr Euch sparen können«, fuhr er sie unbeherrscht an. Zornig sah er anschließend MacKinley und danach Tavish an, bevor er wieder einige Schritte in die Riege seiner Männer zurücktat. Tavish, der Mistkerl, hatte es die ganze Zeit gewusst und kein Sterbenswörtchen darüber verloren. Sein Blick blieb eine Weile an ihm hängen, bevor er sich der Frau zuwandte.

»Nehmt es nicht persönlich, Miss MacKinley«, sein Ton triefte vor Sarkasmus, »aber der werte Herr zu eurer Linken wird Euch sicherlich darüber informiert haben, dass ich bereits in wenigen Stunden zu Eurem Vater aufbrechen werde, um ihn davon zu überzeugen, dass diese Ehe niemals zustande kommen wird.«

»Habt Euch nicht so!«, entgegnete Catriona und schob trotzig ihr Kinn vor. »Bildet Euch bloß nichts ein, ich will Euch sowieso nicht!«

»Catriona!«, warnte ihr Onkel scharf. »Mach es nicht noch schlimmer, als es schon ist.«

»Wunderbar! Dann hätten wir das ja geklärt!«, ging Cedric sie an und verschränkte provokant die Arme vor seiner Brust.

»Ich bedaure, wie das alles gelaufen ist«, wandte sich der Onkel an ihn. »Aye, uns ist bekannt, dass Ihr bereit seid, einiges auf Euch zu nehmen, um diese Ehe zu verhindern. Ehrlich gesagt, bin ich nach allem, was vorgefallen ist, darüber erleichtert …«

Verwundert hob Cedric die Augenbrauen.

MacKinley holte abermals tief Luft. »Während ich mit meiner Verwundung niederlag, sind sich meine Nichte und Euer Clansmann Tavish nähergekommen, ohne dass ich es verhindern konnte.« Sein Blick wanderte zu den beiden Personen neben ihm.

Tavish legte besitzergreifend den Arm um Catriona und sie schmiegte sich mit einem leisen Seufzen an ihn.

»Ich bitte um Entschuldigung, Cedric«, begann Tavish. »Ich wusste nicht, wie ich es dir sagen sollte. Hätte mir vorher jemand erzählt, dass mir so etwas widerfahren würde, den hätte ich für verrückt erklärt, aber es ist nun mal geschehen. Catriona und ich haben uns während der gemeinsamen Zeit ineinander verliebt.« Betreten senkte Tavish den Blick. »Deshalb habe ich darauf bestanden, mit euch zu reiten, um dich bei den Verhandlungen mit Laird MacKinley zu unterstützen.«

»Und wann wolltest du mich von dieser Liaison unterrichten?«, knurrte Cedric.

Nach einem tiefen Atemzug schaute Tavish seinen Laird wieder an. »Aye, irgendwann während der Reise hätte sich die Gelegenheit sicher ergeben. Auf jeden Fall, bevor wir MacKinley Gebiet erreicht hätten.« Er schluckte, blickte leicht verunsichert in die Gesichter der anderen Clanmänner und sah dann wieder Cedric mit fester Überzeugung an. »Wir verfolgen dieselben Interessen. Dein Ziel war es von Anfang an, eine Vermählung zwischen dir und Catriona zu verhindern. Dafür hast du einen attraktiven Grund, der mir durchaus bekannt ist, aber auch ich habe gewichtige Argumente gegen diese Ehe, denn immerhin wäre es durchaus möglich, dass Catriona bereits mein Kind in sich trägt.«

»Alter Fuchs«, entfuhr es Owen. »So viel Leidenschaft habe ich dir gar nicht zugetraut.«

Die Männer murmelten und grinsten.

Cedric hingegen war nicht zum Lachen zumute, die Informationen musste er erstmal verdauen. Es fiel ihm schwer, klar zu denken. Genaugenommen spielte ihm diese Liebschaft in die Hände, so viel war ihm bewusst, dennoch gab es etliches zu bedenken. Nichtsdestotrotz war er von Tavishs Verhalten nicht erbaut. Er hätte ihn bedeutend eher über die Sachlage informieren müssen, stattdessen hatte er ihn ins offene Messer laufen lassen und ihn vor seinen Männern und den MacKinleys dumm dastehen lassen.

Er machte seinem Ärger Luft, Tavish ließ den Wortschwall des Lairds stumm und mit gesenktem Haupt über sich ergehen. »Ich gehe doch recht in der Annahme, dass du zu deiner Verantwortung Miss MacKinley gegenüber stehen wirst?«, endete er und sah Tavish scharf an.

»Aye! Selbstverständlich! Lieber heute als morgen.« Das Paar tauschte einen kurzen gefühlvollen Blick aus.

Im Hintergrund rissen die Männer Witze und lachten.

»Duncan, Blaine und Iain, ihr bleibt, der Rest, raus mit euch«, bestimmte Cedric. Es ging hier immerhin um eine ernste Angelegenheit. Die Männer murrten enttäuscht.

Der Laird schüttelte unentwegt den Kopf, er konnte die absurde Geschichte nicht fassen. »Euer Plan ist wohl gehörig danebengegangen.« Vorwurfsvoll sah er die junge Frau an. »Wie wolltet Ihr das überhaupt bewerkstelligen, an mich heranzukommen, ohne Euch zu erkennen zu geben?«

»Ich dachte, es wird sich irgendwie eine Möglichkeit bieten.« Mit einem Mal wirkte sie schüchtern und nagte nervös an der Unterlippe.

»So, dachtet Ihr«, wiederholte Cedric und verbiss sich ein Schmunzeln.

»Ihr versteht das nicht, Laird MacArthur, ich war verzweifelt.« Sie tauschte einen Blick mit ihrem Onkel. »Mein Vater wollte, dass ich Alastair Maxwell vom Clan der MacPhersons heirate. Ich kannte ihn kaum, aber ich war bereit, mein Schicksal anzunehmen. Aber dann ist etwas geschehen ...« Sie senkte beschämt den Kopf.

»Kind, das musst du nicht tun«, mahnte der Onkel sanft.

»Doch! Ich möchte, dass der Laird versteht, warum ich so handeln musste. Es war schließlich nicht meine Schuld, das hast du selbst gesagt.«

»Wie du meinst, dann überlasse mir das Wort.«

Er straffte sich und sah Cedric und die verbliebenen drei Männer ernst an. »Zuvor möchte ich darum bitten, dass das Gesagte diesen Raum nicht verlässt.«

»Ihr habt mein Wort!«, bestätigte Cedric. Blaine, Duncan und Iain nickten zustimmend.

»Es ist nämlich so«, begann MacKinley zögernd, »einer der Männer aus dem Stab meines Bruders hat Catriona vergewaltigt. Dougal hat ihr nicht geglaubt und behauptet, dass sie das nur als Vorwand benutzen würde, um sich der geplanten Ehe zu entziehen. Irgendwie hat Maxwell Wind von der Sache bekommen und einen Rückzieher gemacht. Catrionas Ruf war somit ruiniert. Die Geschichte hat sich schneller herumgesprochen wie ein Lauffeuer. Die Menschen tratschten und zerrissen sich das Mundwerk. Meine Nichte mag nicht die typische feine Dame sein, sie ist beizeiten rebellisch und kann ebenso gut mit Schwert und Degen umgehen wie ein Mann, aber sie ist ein herzensguter und grundanständiger Mensch.«

»Aye, das ist eine furchtbare Sache.« Cedric war in der Tat betroffen. »Der Kerl hätte unverzüglich zur Rechenschaft gezogen werden sollen. Ich kann nicht nachvollziehen, wie ein Vater seinem eigenen Kind in einer solch schwerwiegenden Angelegenheit keinen Glauben schenken kann.«

Catriona stieß ein abfälliges Zischen aus. »Mein Vater war der Auffassung, ich hätte ihm Schande bereitet. Angeblich hätte ich Olghar Lamont dazu ermutigt und ihm zuvor ständig schöne Augen gemacht. Das zumindest hat er meinem Vater eingeredet. Dabei hat der Mann mir schon Wochen vorher nachgestellt und mich belästigt, aber meinem Vater gegenüber natürlich stets seine Unschuld beteuert.« Sie hatte derart gehetzt gesprochen, dass sie erst mal ihre Atmung unter Kontrolle bringen musste. Mit gemäßigter Stimme fuhr sie fort: »Zur selben Zeit kam von anderer Seite auf, dass ich eine MacArthur werden solle, um den Frieden unserer Clans sicherzustellen. Vater fand die Vorstellung recht amüsant und machte seine Späßchen darüber. Ich denke, im Grunde war es ihm gleichgültig, wessen Gemahlin ich werde.« Sie wirkte nun betrübt. »Seit dem Tod meines Bruders hatte ich ohnehin das Gefühl, dass er mich loswerden wollte, weil ich ihn zu sehr an Elphin erinnerte. Elphin war mein Zwillingsbruder, müsst Ihr wissen.«

»Ist mir bekannt«, sagte Cedric und nickte bedächtig.

»Zum Glück konnte meine Tante ihn dazu überreden, mich für eine Weile zu sich zu nehmen, bis das Gerede nachließ und um sicherzugehen, dass ... ähm ... dass keine Folgen zu erwarten waren, wenn Ihr versteht?«

»Aye!« Cedric war von der jungen Frau tief beeindruckt. Es gehörte viel Mut und Stärke dazu, offen über das Desaster zu sprechen, das ihr widerfahren war. Er bemerkte die Röte, die ihr beim letzten Satz ins Gesicht geschossen war, sie schämte sich eindeutig und er beschloss, ihr entgegenzukommen. »Und weil Ihr die Befürchtung hattet, ich könnte wie dieser Olghar Lamont sein, habt Ihr Euch in dieser Verkleidung in meinen Clan geschlichen?«

»So in etwa«, gab Catriona zu. Verlegen schaute sie zu Cedric hoch. »Im Tartan des MacKinley Clans konnten wir ja schwerlich auftreten. Ihr hättet uns wahrscheinlich unverzüglich gefangen genommen aufgrund der lang andauernden Fehde.«

»Ich bin heilfroh, wenn ich endlich aus diesen Dingern herauskomme und wieder meinen Breacan feile anlegen kann«, tönte MacKinley.

Ein Grinsen huschte über Cedrics Gesichtszüge. »Es sei Euch gestattet.«

MacKinley nickte dankend. »Ich möchte mich für die Unannehmlichkeiten entschuldigen, die wir Euch bereitet haben. Darf ich fragen, wie Euer weiteres Vorgehen aussehen wird, Laird MacArthur?«

Cedric nahm die Entschuldigung an und dankte den beiden unfreiwilligen Gästen für die Kooperation und Offenheit. Nachdenklich musterte er seine vermeintliche Braut. »Wie, denkt Ihr, wird Euer Vater auf die neuste Entwicklung reagieren?« Er sah dabei abwechselnd sie und Tavish an. »Ich könnte mir vorstellen, dass er keineswegs erbaut sein dürfte.«

Catriona seufzte schwer, schielte kurz zu Tavish auf und zuckte dabei hilflos die Schultern.

»Leider ist das nicht unser einziges Problem«, meldete sich MacKinley an ihrer Stelle zu Wort. »In seinem Zorn hat mein Bruder Catriona Olghar versprochen. Jetzt beharrt der vehement auf die Einlösung des Wortes. Er will sie zur Frau.«

»Da wird der Kerl erstmal an mir vorbei müssen«, Tavish stieß eine Reihe übler Verwünschungen aus.

»Damit werdet Ihr nur das Feuer schüren«, warnte MacKinley scharf. »Es geht schließlich darum, eine friedliche Einigung unserer Clans vor dem Großen Rat zu präsentieren, auch ohne die erwünschte Eheschließung zwischen Catriona und Eurem Laird. Wie ein Berserker auf den Kontrahenten loszugehen, ist definitiv der falsche Weg.«

»Da muss ich Mister MacKinley zustimmen.« Cedric sah seinen Mann eindringlich an. »Du wirst die Füße stillhalten, Tavish! Haben wir uns da verstanden?«

»Aye!«, knurrte Tavish widerwillig.

»Meine Nichte und ich werden selbstverständlich mit Euch reiten«, erklärte MacKinley.

»Aber deine Verletzung ist noch nicht ausgeheilt«, klagte Catriona. »Du bist viel zu geschwächt für einen derart langen Ritt.«

»Es wird schon gehen«, beruhigte der Onkel die Nichte. »Ich weiß, was ich mir zumuten kann.« Ihre Besorgnis schien ihm unangenehm zu sein, mit entschlossenem Gesichtsausdruck wandte er sich wieder Cedric zu. »Ich hoffe, dass ich hilfreich auf meinen Bruder einwirken kann. Versprechen kann ich aber nichts. Dougal ist mitunter ein verdammt sturer Hund, er lässt sich ungern belehren.«

Cedric musterte ihn eine Weile. »Wenn Ihr Euch dazu imstande fühlt, bin ich einverstanden«, erklärte er. »Ihr seid bis zum Aufbruch meine Gäste und ich werde Euch später die Heilerin schicken, damit sie Eure Wunde begutachten kann.«

»Ich danke Euch, aber ich muss ablehnen. Als Tavish eintraf, sind wir überstürzt aufgebrochen. Alle unsere Sachen sind in unserem Versteck. Wir werden die Habseligkeiten zusammenpacken, ein paar Stunden schlafen und dann pünktlich zu Euch stoßen.«

Schließlich einigten sie sich darauf, die beiden zumindest nicht ohne ausreichende Stärkung ziehen zu lassen.

Dieses Angebot nahm Angus MacKinley gerne an.

Cedric war über die gütliche Fügung der Geschichte erleichtert. Tavishs seltsames Verhalten hatte keinen verbrecherischen Hintergrund; der Mann hatte sich verliebt. Für einen Mann von Tavishs Schlag durchaus nicht alltäglich, wahrscheinlich hatte er selbst mit dieser Erkenntnis zu kämpfen. Dass es sich dabei ausgerechnet um die Frau handelte, die für ihn bestimmt war, komplizierte die Sache. Cedric hatte Catriona nie gewollt und von daher war es gut, dass Tavish und sie sich gefunden hatten. Er fand sogar, sie gaben ein schönes Paar ab. Catriona passte zu seinem Clansmann. Sie war eine Frau, die Tavish durch ihre unkonventionelle Art beeindrucken konnte. Jetzt hoffte er nur, dass Laird Dougal MacKinley ein Einsehen haben würde, und dem Glück seiner Tochter nicht im Wege stand. Angus MacKinley war ein aufrechter und verträglicher Mensch, aber sein Bruder war ein ganz anderes Kaliber.

Dennoch war Cedric, was das Ziel der Reise betraf, zuversichtlicher als vor seiner Begegnung mit Angus MacKinley. Er musste sich vor dem Angesicht des Lairds nicht länger rechtfertigen, warum er dessen Tochter nicht ehelichen wollte, denn er konnte eine verständliche Erklärung gleich an Ort und Stelle vorbringen. Die Voraussetzungen für ein Gelingen seines Plans hatten sich zum Vorteil entwickelt.

Die Schwierigkeit war, dass es nicht länger nur um seinen eigenen Hals ging, sondern auch um den seines Clanmannes. Er war überzeugt, dass sich durch diese Geschichte das angespannte Verhältnis zwischen ihm und Tavish bessern würde, vorausgesetzt, der Laird gab den beiden seinen Segen. Tavish war eigensinnig, aber Cedric war zutiefst erleichtert, dass er nicht länger an dessen Treue zu ihm und dem Clan zweifeln musste.

Zu späterer Stunde, als die MacKinleys längst die Burg verlassen hatten, suchte er Leah auf, um sich an ihrer Gegenwart und ihrem Liebreiz zu erfreuen. Immerhin würde er mindestens eine Woche unterwegs sein und sie nicht sehen können. Den Grund für die Reise verschwieg er. Cedric sagte nur, dass mit Tavish alles geklärt sei und er ihn begleiten würde. Näher wollte er auf das Thema nicht eingehen, sonst hätte er Catriona erwähnen müssen, und die Geschichte um sie wollte er keineswegs am Abend vor seiner Abreise anschneiden. Sobald er zurück wäre, hatte er alle Zeit der Welt, ihr die Fakten und Ereignisse ausführlich zu erzählen. Leah klang besorgt, sie zweifelte an Tavishs Loyalität und machte sich Sorgen um Cedric. Ihre Besorgnis freute ihn, aber er versicherte Leah, dass dazu kein Grund bestand. Er sagte ihr, dass es im Fall von Tavish nicht um ihn, sondern um eine ganz bestimmte Frau gegangen war. Damit hatte er schon mehr gesagt, als er wollte. Leah hatte ihn irritiert angesehen, aber sich damit zufriedengegeben, nachdem er beteuerte, dass ihm und seinen Männern durch Tavish keinerlei Gefahr drohe.

Eigentlich hatte er nicht vorgehabt, sie an diesem Abend zu nehmen, aber nach einigen leidenschaftlichen Küssen konnte er sich nicht mehr zurückhalten. Diese Frau reizte ihn wie keine andere zuvor, stellte er wieder einmal fest. Mit einem engelsgleichen Gesichtsausdruck war sie danach in seinem Arm eingeschlafen. Er seufzte und bedauerte, dass er nicht bleiben konnte und schlich sich davon. Er musste früh raus, wenn sie wie vereinbart aufbrechen wollten.

Alles schien gut zu verlaufen. Trotzdem verspürte er ein ungutes Bauchgefühl, so etwas wie eine böse Vorahnung. Er konnte sich dieses Gefühl nicht erklären, und es ließ sich auch nicht verdrängen. Bislang hatten sich solche Empfindungen stets bewahrheitet und das beunruhigte ihn. War es denkbar, dass Angus MacKinley ihn und seine Begleiter in eine Falle locken wollte? Sollte er sich in dem Mann tatsächlich getäuscht haben? Er befragte Tavish eindringlich, inwieweit er Catrionas Onkel traue, immerhin kannte er ihn am besten. Tavish nahm Cedrics Bedenken ernst, war aber der festen Überzeugung, dass der Mann zu einer derart schäbigen Hinterlist nicht fähig wäre.

Sicherheitshalber wies Cedric seine Männer an, besonders aufmerksam zu sein und die Umgebung stets genau im Auge zu behalten. Sein wacher Verstand sagte ihm, dass sein ungutes Bauchgefühl nicht von ungefähr kam.

*

Den ganzen Tag hatte Leah mit der kaum gesprächigen Malie in der Wäschekammer verbracht. Bergeweise saubere Wäschestücke mussten durchgesehen, auf Löcher, aufgeplatzte Nähe und sonstige Fehler überprüft werden. So ergaben sich schließlich mehrere unterschiedliche Haufen. Vorwiegend handelte es sich um die Plaids der Highlander und ihre fast knielangen Hemden, die in Mitleidenschaft gezogen waren und kleine Stellen aufwiesen, die geflickt werden mussten. Unbrauchbares wurde aussortiert und für Putzlappen in handliche Stücke zerschnitten.

Es war eine eintönige Arbeit. Ihr Versuch, Malie zu einem lockeren Geplauder zu animieren, das länger anhielt als Frage und Antwort, scheiterte. Sie wusste nicht, warum Malie sich so stark zurückzog und kaum Kontakte oder gar Freundschaften mit den anderen Frauen pflegte. Leah musterte sie. Malie war noch jung, hatte eine schlanke Figur und ein hübsches Gesicht, auch wenn sie nicht herausstach. Für Leah war es unverständlich, warum sie sich einigelte.

Eigentlich hatte Leah am Morgen mit Corrine mitfahren wollen. Sie hatte sich schon darauf gefreut, die Burg für ein paar Stunden zu verlassen. Der junge Finley sollte sie zur Heilerin Rinalda fahren, wo es galt, eine Liste bestimmter Kräuter zu besorgen, die sie sammelte und trocknete. Im Tausch bekam Rinalda dafür andere Waren, die von ihr benötigt wurden. Das konnten Lebensmittel, aber auch wärmende Decken oder Felle sein.

Kurzfristig musste Corrine entschieden haben, ohne sie zu fahren. Als Leah zur vereinbarten Zeit auf dem Burghof erschien, erfuhr sie von Fergus, dass Corrine bereits vor einer Stunde aufgebrochen war. Leah war enttäuscht. Angeblich habe Corrine sogar einige Minuten auf sie gewartet, aber da sie nicht gekommen sei, wären sie und Finley losgefahren, berichtete er.

Den ganzen Tag über hatte Leah gegrübelt, wie es zu dem Missverständnis gekommen sein konnte, denn sie war keineswegs zu spät gewesen und hatte sich auch nicht in der Zeit vertan.

Erst am frühen Abend war Corrine zurück. Leah und die anderen Frauen hatten gerade ihr Abendessen beendet. Morag nahm Corrine gleich aufgeregt in Empfang, als wäre sie tagelang fortgewesen. Sogleich wurden die mitgebrachten Sachen inspiziert, die Finley hereinschleppte. Die beiden Frauen schnatterten eifrig. Morag wollte wissen, wie es der alten Heilerin ginge und was es für Neuigkeiten gebe. Immerhin besuchte Rinalda regelmäßig die umliegenden Pachthöfe und wurde bei Notfällen auch zu weiter entfernt liegenden Gehöften geholt. Die anderen Frauen umringten die beiden, während Corrine eifrig erzählte; von dem Baby der Malcolms, der Arthritis des alten Matain und vom ungebetenen Besuch der Rotröcke in ihrer Kate.

Eine Weile stand Leah abseits und hörte den Erzählungen abwartend zu, dann zog sie sich, von allen unbemerkt, leise zurück. Sie verschob es auf den nächsten Tag, Corrine zu fragen, wie es geschehen konnte, dass sie offenbar aneinander vorbeigeredet hatten. Leah ging nach wie vor von einem dummen Versehen aus.

Doch als sie Corrine am nächsten Vormittag darauf ansprach, erlebte sie eine Überraschung.

»Ich habe dir absichtlich einen falschen Abfahrtstermin genannt«, gestand die Freundin kühl.

Leah war wie vor den Kopf geschlagen. »Aber … warum?«, fassungslos sah sie Corrine an.

»Da fragst du noch?« Feindselig funkelte die Magd sie an. »Lass mich in Ruhe, verstanden?« Sie machte auf dem Absatz kehrt und ließ Leah stehen.

Die war so perplex, dass sie zu keiner Reaktion fähig war und ihr nur mit offenem Mund hinterherstarren konnte. Was hatte sie getan, womit die Freundin verärgert? Sie war sich keiner Schuld bewusst.

Versuche, Corrine um eine Erklärung zu bitten, scheiterten. Sie ging Leah ständig aus dem Weg. Schließlich beschloss sie, abzuwarten, bis sie die Magd allein antreffen konnte, da die anderen Frauen offenbar schon auf ihren Disput aufmerksam geworden waren. Aber das war schwieriger als gedacht, da Corrine alles daransetzte, dass Leah sie nicht alleine antraf. Zudem herrschte ohnehin einige Aufregung. Es wurde viel getuschelt und spekuliert, eine der Frauen hatte gesehen, dass der Laird zwei geheimnisvolle Gäste hatte – zwei Männer, die kein Plaid trugen oder *Breacan feile*, wie die Highlander es nannten.

Leah entschied sich, später am Abend Corrine in deren Kammer aufzusuchen und sie um eine Aussprache zu bitten. Diese plötzliche Entfremdung belastete sie. Doch das Vorhaben und all die Gedanken, die sie sich darüber machte, waren rasch in den Hintergrund gerückt, als Cedric ihr Zimmer betrat. Sie wusste, dass er in wenigen Stunden aufbrechen wollte, und war überglücklich, dass er sich die Zeit nahm, bei ihr vorbeizuschauen. Sie seufzte selig, als sie sich daran erinnerte, wie sie miteinander geschlafen hatten. Es war genauso atemberaubend wie beim ersten Mal gewesen. Er war kraftvoll und besonders leidenschaftlich, vollkommen anders als die Männer aus ihrer Zeit. Durch ihn hatte sie eine ganz neue Seite an sich entdeckt. Zuvor hätte Leah es nie für möglich gehalten, zu welcher Leidenschaft und Begierde sie selbst fähig war. Cedric hatte es aus ihr hervorgeholt und sie schämte sich nicht für dieses Verlangen. Sie wollte ihn ebenso, wie er sie. Mehr noch, sie liebte ihn von ganzem Herzen.

Am Morgen, als sie erwachte, war er schon gegangen. Er und ein Teil seiner Männer befanden sich inzwischen irgendwo auf einem langen Ritt durch die unwegsamen Highlands. Sie vermisste ihn jetzt schon und war traurig, ihn womöglich eine Woche oder länger nicht zu sehen. Schnelle Fortbewegungsmittel wie im einundzwanzigsten Jahrhundert gab es schließlich noch nicht. Das war einer dieser Momente, wo sie den Fortschritt aus ihrer Zeit vermisste.

Mit gemischten Gefühlen betrat sie den Küchentrakt und entdeckte Corrine allein am großen Küchentisch sitzend, zusammengesunken und tief in Gedanken. Sie nutzte die Gelegenheit und sprach sie an. Corrine hatte sie nicht kommen gehört und zuckte zusammen. Sie sah traurig und unglücklich aus, bemerkte Leah sofort. Am liebsten hätte sie sogleich gefragt, was sie bedrückte, doch sie konzentrierte sich auf das vorrangige Problem.

Corrine versuchte, wortlos vor ihr zu flüchten, doch dieses Mal ließ Leah ihr keine Möglichkeit. Um deren volle Aufmerksamkeit zu erlangen, und damit sie sich nicht davonmachte, packte sie ihr Handgelenk.

»Du sagst mir jetzt augenblicklich, was du mir vorwirfst«, ging Leah sie scharf an »Ich verstehe es nicht. Wenn ich irgendetwas gesagt oder getan haben sollte, was dich verletzt hat, dann sag es mir bitte. Wie soll ich mich verteidigen, wenn ich nicht weiß, was ich verbrochen habe?«

Corrine riss sich los. Tränen glänzten in ihren Augen, während sie Leah wütend anfunkelte. »So, du weißt es also nicht?«, zischte sie. »Ich habe dir mein größtes Geheimnis verraten, weil ich dir vertraut habe. Ich dachte, du wärst eine Freundin. Nie hätte ich gedacht, dass du mich gemein hintergehst.«

Ungläubig starrte Leah sie an. Hektisch durchforstete sie ihr Hirn nach einer möglichen Erklärung, aber sie hatte keine Ahnung, worauf sich

Corrines Worte bezogen. Ihre Verständnislosigkeit musste sich in ihrem Gesicht widergespiegelt haben.

Kampfbereit stemmte Corrine die Hände in die Hüften. »Ich habe euch gesehen!«

»Gesehen? Wovon redest du?« Leah verstand noch immer nicht.

»Ich habe gesehen, wie Duncan des Nachts aus deinem Zimmer gekommen ist.« Die erste Träne kullerte ihr über die Wange, energisch wischte sie die mit dem Ärmel fort. »Wie konntest du nur?«

Schlagartig wurde Leah das Problem bewusst. Endlich begreifend schlug sie sich mit der flachen Hand gegen die Stirn. Die Freundin musste Duncan an dem Abend gesehen haben, als er nach ihrem Gespräch das Zimmer verließ. Aus der zufälligen Beobachtung hatte Corrine dann eine vollkommen falsche Schlussfolgerung gezogen.

»Du hast da etwas gründlich missverstanden«, sagte Leah sanft.

Doch Corrine war nicht gewillt, ihr länger zuzuhören, und versuchte, auf der anderen Seite des Tisches abzuhauen. »Ich weiß, was ich gesehen habe! Und jetzt lass mich in Ruhe!«

In dem Moment betraten Morag und Amena die Küche.

Leah wollte die Flucht verhindern und stellte

sich Corrine in den Weg. »Da war nichts! Die Sache hatte einen ganz anderen Grund.« Sie musste leiser reden, damit die beiden anderen sie nicht hören konnten.

»Halt mich nicht für dämlich«, zischte Corrine und wollte erneut entkommen.

Leah atmete tief durch, wenn sie die Freundin jetzt ziehen ließ, wäre es fatal und sie würde sich weiter in ihre Sicht der Dinge hineinsteigern.

»Lass uns kurz in mein Zimmer verschwinden, dort werde ich dir alles erklären.«

»Pah!«, machte Corrine und ging auf Amena und Morag zu. Für sie war das Gespräch offensichtlich beendet.

»Willst du die Wahrheit wissen oder nicht?«, rief Leah.

Von Morag und Amena wurden sie verwundert und abwartend beäugt. Amena war für ihr Getratsche bekannt. Leah war sich sicher, dass Corrine das nicht riskieren wollte.

»Wie du meinst, dann zwingst du mich, es hier und jetzt laut auszusprechen.« Wohlwollend nahm sie aus dem Augenwinkel zur Kenntnis, dass Amenas Interesse geweckt war und sie danach lechzte, etwas Brisantes zu Gehör zu bekommen. Inzwischen waren zwei weitere Frauen in der Küche eingetroffen.

Wutschnaubend fuhr Corrine herum. »Also gut, bringen wir es endlich hinter uns.«

Aufgebracht stapfte Corrine hinter ihr her. Leah war klar, dass sie ihr die ganze Sache mit Tavish erzählen musste. Sie konnte nur hoffen, dass es ihr gelang, die Freundin zu überzeugen.

In Leahs Zimmer angekommen, blieb Corrine mit verkniffener Miene und verschränkten Armen in der Nähe der Tür stehen. Leah nahm auf dem Bett Platz und bot ihr an, sich neben sie zu setzen. Corrine lehnte erhobenen Hauptes ab.

Ohne Umschweife begann Leah zu berichten, wie sie eines Tages Tavish mit einem Dolch in der Hand an der Truhe überraschte. Sie wies auf das besagte Teil, ohne Corrine dabei anzusehen. Anschließend starrte sie konzentriert auf ihre Hände im Schoß und erzählte die ganze Geschichte durchgängig und ohne die kleinste Unterbrechung. Sie berichtete ausführlich von Tavishs Drohungen, von ihrem Diebstahl der Lebensmittelvorräte und ihren verzweifelten Versuchen, Tavish selbst zu überführen. Erleichtert stieß sie die Luft aus, als sie es hinter sich hatte.

»Als wir beide Duncan auf dem Burghof trafen, kam mir der Gedanke, mich an ihn zu wenden.« Erstmals blickte sie auf und sah Corrine an. »Duncan macht immer einen ruhigen und verständnisvollen Eindruck. Ich dachte, wenn mir jemand helfen kann, dann er. Außerdem ist er der beste Freund des Lairds.«

Corrines Haltung hatte sich verändert. Sie sah nachdenklich aus und Leah schöpfte Hoffnung.

»Deshalb habe ich Duncan an jenem Abend gebeten, zu mir zu kommen. Ich wusste nicht, was Tavish vorhatte und wollte nicht schuld sein, falls dem Laird etwas passieren sollte. Ich konnte einfach nicht länger schweigen, aber ich hatte Angst, mich direkt an den Laird zu wenden, weil ich nicht wusste, wie er reagieren würde.« Um Verständnis flehend sah sie Corrine an.

Langsam kam sie näher und starrte Leah an. »Du warst das also, die die Vorräte gestohlen hat? Morag hatte einige der Küchenmädchen in Verdacht, aber du befandst dich nicht unter ihnen.«

Beschämt senkte Leah die Augen, »Ich hätte mich gar nicht erst zu dieser Tat nötigen lassen sollen, aber ich wusste nicht, was ich tun sollte.«

»Hm«, machte Corrine. »Weißt du denn inzwischen, was Tavish im Schilde führte?«

Heftig schüttelte Leah den Kopf. »Duncan hat den Laird unverzüglich informiert, und ich wurde danach von ihm befragt. Tavish war nicht in der Burg, aber man wollte ihn zur Rede stellen, sobald er zurück wäre. Mehr weiß ich auch nicht. Der Laird ließ mir vor seiner Abreise mitteilen, dass die Angelegenheit geklärt sei und Tavish ihn und die Männer begleiten würde, daher habe ich nichts mehr von ihm zu befürchten .«

Nachdenklich nahm Corrine neben ihr auf dem Bett Platz. Eine Weile starrten beide schweigend vor sich hin. »Und ich dachte damals, du wärst in Tavish verliebt, weil du ihn ständig beobachtet hast.«

»Tavish!« Stöhnend verdrehte Leah die Augen. »Um Gotteswillen, nein!« Erneut herrschte gedankenvolles Schweigen.

»Dann ... dann ist zwischen dir und Duncan also nichts gelaufen? Ich meine ... er und du, ihr beide, ich meine ... ihr habt nicht ...«, hakte Corrine errötend nach und rutschte unruhig hin und her.

»Nein!« Beherzt griff sie nach Corrines Händen. »Wirklich nicht! Ich schwöre es.« Eindringlich sah sie die Freundin an, in deren Gesicht sich allmählich ein erleichtertes Lächeln abzeichnete.

Leah war heilfroh, dass sie das dumme Missverständnis aus der Welt schaffen konnte.

»Tut mir leid, dass ich dir unterstellt habe, du würdest ...«

Leah ließ sie nicht ausreden. »Ich hätte vermutlich im umgekehrten Fall dasselbe angenommen. Lass uns die Sache einfach vergessen.«

Befreit fielen sich die beiden Frauen in die Arme. Wenige Minuten darauf kehrten sie einträchtig zur Burgküche zurück. Offenbar war ihretwegen schon heftig getuschelt worden, denn die Frauen verstummten unmittelbar bei ihrem Eintreffen und schauten sie erwartungsvoll an. Als sie aber merkten, dass ihnen von der Seite nichts an Unterhaltungswert geboten wurde, wandten sie sich wieder anderen Themen zu.

In der Küche war an diesem Tag nicht sonderlich viel zu tun, sodass Zeit blieb für das ein oder andere Schwätzchen. Für das Mittagsmahl waren ausreichend Reste vom Vortag geblieben, die nur erhitzt werden mussten, dazu sollte frisches Maisbrot zum Eintunken gereicht werden. Die fertigen Laibe lagen bereits zum Auskühlen auf dem Bord. Natürlich wurde auch über die Abwesenheit des Laird und die Mission seiner Reise debattiert.

»Die sind auf dem Weg zum MacKinley Clan«, wusste Amena stolz zu berichten. »Ich wette, unser Laird hat vor, seine Braut persönlich abzuholen.« Auch Gillian und Enya waren der Ansicht, da Cedric MacArthur schließlich ein Mann von Ehre sei, der die zukünftige Gemahlin nicht ohne seinen persönlichen Schutz den Gefahren der langen Reise aussetzen wolle. Morag hingegen war ganz anderer Ansicht. Sie war der festen Überzeugung, dass Cedric in dem Falle präzise Anweisungen erteilt hätte, damit alles für die Ankunft der künftigen Lairdess vorbereitet werden konnte. Aber das war nicht geschehen. Die Frauen diskutierten eifrig das Für und Wider.

Leah schluckte hart und war bemüht, sich ihr

Entsetzen vor den anderen nicht anmerken zu lassen. Cedric sollte sich auf dem Weg befinden, um seine Braut abzuholen? Das konnte unmöglich der Wahrheit entsprechen. Noch Stunden vor seinem Aufbruch hatten sie miteinander geschlafen und er hatte rein gar nichts in dieser Richtung erwähnt. Sollte ihre Liebe nichts weiter als eine einzige Lüge gewesen sein? Hatte er lediglich mit ihr ins Bett gewollt?

»Wie kommt ihr darauf, dass es um eine Braut gehen könnte?«, fragte Leah und war froh, dass sie den Satz ohne ein Zittern in der Stimme herausgebracht hatte. Unter dem Tisch krallte sie die Hände so stark ineinander, dass sich die Fingernägel schmerzhaft ins Fleisch bohrten. Sie musste diesen Schmerz spüren, um äußerlich gelassen zu erscheinen. Fassungslos hörte sie zu, wie ihr die Frauen erklärten, dass ein Laird nicht unverheiratet bleiben könne, sondern es seine Pflicht sei, sich eine Gemahlin zu nehmen und einen Erben zu zeugen. Weiter erfuhr sie, dass in einer Zusammenkunft der großen Clans die Ehe mit einer Catriona MacKinley beschlossen worden war, um zwei seit Generation verfeindete Clans durch Familienbande miteinander zu vereinen.

Catriona MacKinley, Leah erinnerte sich, den Namen schon einmal gehört zu haben. Bei ihrer ersten Begegnung mit Cedric hatte er sie gefragt, ob sie diese Person wäre. Damals hatte sie nicht gewusst, was die Frage zu bedeuten hatte. Jetzt ergab alles einen Sinn. Cedric hatte von Anfang an gewusst, dass er bald diese Frau heiraten würde und sie, Leah, war nur ein amüsanter Zeitvertreib gewesen. Sie kam sich benutzt und hintergangen vor. Die Qual wurde unerträglich, als hätte ihr jemand ein Messer in die Brust gerammt. Wie konnte er ihr das antun?

Unter einem Vorwand entschuldigte sie sich und verließ die Küche. Kaum befand sie sich außer Sichtweite der Frauen, begann sie zu rennen. Tränen flossen ihr in Strömen über die Wangen. Hastig öffnete sie die Tür zu ihrem Zimmer, schloss sie hinter sich und schob den Riegel vor, anschließend warf sie sich aufs Bett und ließ ihrem Schmerz freien Lauf.

Nachdem das Kopfkissen durchnässt war und keine Tränen mehr kommen wollten, richtete sie sich auf. Was würde diese Heirat für sie bedeuten? Selbst für den Fall, dass er sie tatsächlich liebte und nicht die andere Frau, wie stellte er sich das weitere gemeinsame Leben vor? Sollte sie für den Rest ihres Lebens seine heimliche Geliebte sein? Was, wenn sie schwanger wurde? Es gab immerhin noch keine Pille, die sie sonst zur Schwangerschaftsverhütung eingenommen hatte. Eine heimliche Affäre würde nicht dauerhaft zu verbergen sein, irgendwann würde die Liebschaft auffliegen. Ganz davon abgesehen, dass sie ein solches Dasein nicht führen wollte.

Sie erhob sich und wusch sich mit kaltem Wasser das verquollene Gesicht. Entschlossen starrte sie ihr Gegenüber in dem winzigen Spiegel oberhalb der Waschschüssel an. Es konnte nur eine einzige Lösung geben, sie musste den MacArthur Clan verlassen! Leah wusste, sie würde es nicht ertragen, Cedric tagein, tagaus mit einer anderen Frau zu sehen und zu wissen, dass er zudem mit ihr schlief. Der Clan, der den MacArthurs am nächsten war, war der Clan der MacDowells, so viel wusste sie. Aber die beiden Clans pflegten enge Beziehungen und sicherlich würden Cedric und seine Frau dort oft zu Gast sein, sodass sie ihn wahrscheinlich öfter sehen würde, als ihr lieb war.

Sie kühlte weiterhin ihre erhitzten Wangen und versuchte, wieder einen klaren Kopf zu bekommen. Leah musste in Erfahrung bringen, welche Clans es gab, zu denen sie gehen konnte. Im Grunde wäre Cedric es ihr schuldig, ihr zu helfen, in der Burg eines anderen Lairds unterzukommen. Wo sollte sie sonst hin?

Zum ersten Mal seit Langem dachte sie wieder an ihr Leben im einundzwanzigsten Jahrhundert. Wenn sie diese Burg verließ, blieb ihr dann die Chance einer Rückkehr für alle Zeiten verwehrt? Sofern es die Aussicht überhaupt jemals gab. Seit ihrem letzten Versuch war einige Zeit verstrichen, vielleicht sollte sie es erneut probieren. Was sollte sie noch hier, wenn sie Cedric verloren hatte? Sie malte sich sein dummes Gesicht aus, wenn sie bei seiner Heimkehr spurlos verschwunden wäre. Aber es gelang ihr nicht, sich an dieser Vorstellung zu erfreuen.

Mit schwerem Herzen fällte sie eine Entscheidung. Bevor sie sich mit einem dauerhaften Dasein in der Vergangenheit auseinandersetzte, wollte Leah alles daransetzen, das Szenario der Zeitreise ein weiteres Mal zu probieren. Vielleicht hatte das Schicksal dieses Mal ein Einsehen und beförderte sie zurück.

Solange sie noch in der Burg lebte und Cedric sich auf der Reise befand, hatte sie zumindest die Möglichkeit dazu. Leah atmete tief durch und beschloss, zu den anderen zurückzugehen, bevor sie großartig Fragen stellten, wo sie so lange abgeblieben war.

Kaum war sie in den Gang getreten, spürte sie, dass irgendetwas nicht stimmte. Es hörte sich an, als gäbe es in der Nähe der Großen Halle einen Tumult, sie vernahm Fußgetrampel und aufgeregte Stimmen. Sie hob ihre Röcke an und eilte dorthin, um zu sehen, was vorgefallen war. Von überall her stürmten Männer im Laufschritt Richtung Burghof und brüllten Befehle und Anweisungen in gälischer Sprache.

Leah erschrak, es musste sich um eine ernste

Angelegenheit handeln, denn die Männer aus der Halle ließen dafür sogar ihre vollen Teller stehen. Selbst die Frauen, mit denen sie zuvor in der Küche beisammen gesessen hatten, rannten wie aufgescheuchte Hühner durch die Gegend. Fergus lief an ihr vorbei und brüllte Morag etwas zu, während er sich den Rest seines Brotes in die Backen stopfte. Morag nickte und gab anscheinend eine Anweisung weiter.

»Was ist denn passiert?«, rief Leah zu Amena hinüber, die ihr am nächsten war.

»Die äußeren Wachposten haben Alarm geschlagen. Wir müssen zur Sicherheit alle inneren Zugänge schließen.«

Innere Zugänge? Leah verstand kein Wort. Irritiert hastete sie ein paar Meter neben ihr her. »Werden wir denn angegriffen?«

Amena maß sie mit einem seltsamen Ausdruck, als hätte sie etwas vollkommen Bescheuertes gesagt. Verständnislos blieb Leah stehen und rang verwirrt die Arme, während Amena auf Niall und Connor traf und mit denen in einen Seitengang abbog. Was zum Teufel war hier plötzlich los? Hilflos blickte Leah sich um. Sie kam sich schrecklich verloren vor. Das Herz schlug ihr vor Aufregung bis zum Hals. Nachdem der letzte Mann nach draußen gestürmt war, lief sie ebenfalls zum Torbogen und spähte auf den Burghof hinaus. Ein ganzer Trupp hatte sich auf die Pferde geschwungen und jagte im wilden Ritt davon. Das Dröhnen von Pferdehufen auf der Zugbrücke hallte bis zu ihr herüber und verursachte eine Gänsehaut. Die auf dem Hof Verbliebenen schienen sich neu zu formieren. Zu dumm, dass sie kein Wort von dem verstand, was sie einander in gälischer Sprache zuriefen. Der Ton war rau und die Gesichter der Männer angespannt und wild entschlossen. Zum ersten Mal führte Leah sich bewusst vor Augen, dass die Highlander auch Krieger waren.

Einer wies mittels Handzeichen die anderen an. Etliches an Materialien wurde herbeigeschleppt, aber sie konnte nicht erkennen, um was es sich handelte. Leah wagte kaum zu atmen und starrte gebannt auf das Geschehen.

»Was macht Ihr denn da?«

Leah schreckte dermaßen zusammen, dass sie um ein Haar laut aufgeschrien hätte. Keuchend fuhr sie herum und starrte Morag entgeistert an.

»Lasst die Männer ihre Arbeit machen. Kommt mit, wir müssen uns auf Verwundete einstellen.«

»Verwundete?« Leah wurde blass. Spontan fiel ihr eine Unterhaltung mit Corrine ein, in der es um die Versorgung der Verletzten aus dem Jakobitenaufstand gegangen war. Es hatte also ein Gefecht gegeben, hatte es wieder damit zu tun, dass die meisten Highlander Jakobiten waren? Oder war es zu einem blutigen Kampfgetümmel mit den verhassten englischen Soldaten gekommen? Sie mochte nicht glauben, dass das alles wirklich gerade passierte. Noch dazu hatte Morag es derart beiläufig ausgesprochen, als sei das etwas vollkommen Normales. Zittrig holte Leah Luft und sortierte ihre Gedanken. Wahrscheinlich war es für diese Menschen nichts Ungewöhnliches, für sie aber schon! Sie zwang sich, ruhig zu bleiben und sich nicht anmerken zu lassen, wie sie sich gerade fühlte.

»Alle reden nur gälisch. Ich habe keine Ahnung, was gerade passiert?«, fragte sie Morag und war überrascht, dass ihre Stimme trotz des inneren Aufruhrs beherrscht geklungen hatte.

Morag blickte lediglich kurz zu ihr auf, während Leah bemüht war, mit ihrem forschen Schritt mitzuhalten. Zuerst schien es, als wolle Morag nicht reagieren. An der Großen Halle angekommen, tat sie es dann doch. An der Tür sah Leah schon, dass Tische beiseitegeschafft wurden, fragend schaute sie die Ältere an.

»Wir wissen nicht, wie viele Verletzte wir haben werden, daher müssen wir Platz schaffen«, erklärte sie. »Helft mit, die vollen Teller dort rüber zu stellen.« Sie wies zur Tischreihe auf dem Podest. »Viele der Männer sind gar nicht erst zum Essen gekommen und wenn sie später Hunger haben, können sie sich bedienen.«

Leahs erster Gedanke war, dass doch anschließend niemand wisse, welcher Teller seiner gewesen war. Sie behielt das aber für sich. Im achtzehnten Jahrhundert war man da wahrscheinlich nicht so penibel und aß, was da war.

Morags Worte trugen keineswegs zur Aufklärung bei und beantworteten nicht ihre Frage, trotzdem nickte sie mechanisch. Die Teller waren schnell beiseite geräumt. Anschließend schleppte sie zusammen mit Enya einen der langen Tische zur Wand und stellte ihn neben den anderen ab. Die Tische waren aus massivem Holz und daher recht schwer. Die Frauen konnten sie kaum anheben, dennoch war der Kraftakt nach kurzer Zeit getan. Der vordere Bereich der Halle bildete nun eine freie Fläche.

Anspannung und Furcht war in den Gesichtern zu lesen, trotz alledem fand Leah, dass der Ablauf recht routiniert wirkte, jede von ihnen wusste, was zu tun war. Es war offensichtlich, dass die Frauen das nicht zum ersten Mal taten. Sie hoffte, dass ihr die Unsicherheit nicht zu sehr anzumerken war. Die scharfe Kante des Tisches hatte einen roten Abdruck auf ihrer Handinnenfläche hinterlassen. Unauffällig massierte sie die Stelle, während sie die anderen Helferinnen verstohlen beobachtete. Drei Leute aus der Webstube brachten hohe Stapel Wolldecken, die ihnen von Enya und Gillian abgenommen wurden. Um nicht deplatziert herumzustehen, griff Leah sich ebenfalls einen Stapel und eilte den beiden Frauen hinterher. Endlich kam Corrine, sie schleppte einen großen rechteckigen Flechtkorb. Sofort lief Leah der Freundin entgegen und half ihr, den sperrigen Korb auf dem ersten Tisch abzustellen.

»Wo warst du denn?«, fragte Corrine keuchend.

Leah kam gar nicht zum Antworten. Gillian teilte Corrine etwas mit und wies mit dem Finger in den hinteren Bereich. Corrine überlegte, dann diskutierten die beiden miteinander. Leah vermutete, dass es darum ging, ob noch weitere Tische an der Wand aufgereiht werden sollten. Während die zwei miteinander sprachen, warf sie einen Blick in den Korb. Er enthielt etliche Rollen aufgewickelte Leinenstreifen in unterschiedlichen Breiten, was wohl zum Verbinden offener Wunden gedacht war. Sie schluckte erneut und verspürte eine ansteigende Furcht vor dem, was da auf sie zukommen mochte. Zwar gehörte sie nicht zu den Menschen, die beim Anblick eines Blutstropfens gleich in Ohnmacht fiel, aber sie wusste selbst nicht, wie sie reagieren würde, wenn die Personen tatsächlich mit stark blutenden oder klaffenden Wunden ankamen und sich womöglich vor Schmerzen wanden.

In einiger Entfernung entdeckte sie Morag, die aufgeregt mit zwei Männern debattierte. Noch immer wusste Leah nicht, was eigentlich geschehen war. Ob die anderen es wussten? Sie schaute sich um und musterte jeden einzelnen Burgbewohner forschend.

Sie war so sehr darauf konzentriert, dass sie zusammenzuckte, als Corrine sich ihr plötzlich wieder zuwandte. Geistesgegenwärtig nickte sie, obwohl sie gar nicht verstanden hatte, was Corrine sagte. Sie fühlte sich wie in Trance, sie war da und doch nicht wirklich anwesend.

Gerade hatte Leah in ihrem verwirrten Hirn die Frage formuliert, die sie ihr stellen wollte, als jemand nach Corrine verlangte. Vom anderen Ende rief Morag ihr etwas zu und verschwand dann mit einer Handvoll Männer nach draußen auf den Burghof.

»Wir sollen daran denken, den großen Kessel rechtzeitig auf den Ofen zu stellen, damit das Wasser heiß ist, wenn es gebraucht wird«, erklärte Corrine. »Einer der Männer ist schon unterwegs, die Heilerin Rinalda zu holen, sie dürften jedem Moment eintreffen.«

»Gibt es denn keinen Arzt in der Nähe?«, rutschte es Leah heraus, als sie der Freundin zur Küche folgte.

»Arzt?« Corrine sah sie überrascht an. »Vielleicht gibt es so einen in einer Stadt, aber wir sind hier in den Highlands.«

»Ich dachte ja nur«, murmelte sie betreten und kam sich sehr dumm vor.

Während sie mit Corrine den gewaltigen Kessel auf die Feuerstelle schob und mit Wasser füllte, ermahnte sie sich, vorsichtiger zu sein.

»Was ist denn überhaupt vorgefallen, dass alle so in Aufregung sind?«

»Hast du es gar nicht mitbekommen?«, fragte Corrine irritiert.

»Nein! Ich … ich verspürte leichte Kopfschmerzen, deshalb war ich in meinem Zimmer, um mich auf dem Bett ein wenig auszuruhen«, log sie, »und als ich wieder herauskam, herrschte überall große Hektik.«

Corrine starrte in die Ferne und seufzte traurig. »Unsere Leute sind aus dem Hinterhalt angegriffen worden. Dem Tartan nach waren es MacKinleys. Sie sollen in der Überzahl gewesen sein. Araigh ist es gelungen zu entkommen und hat bei seinem Eintreffen sofort Alarm schlagen lassen. Und nun sind alle los, um unserem Laird zur Hilfe zu eilen.« Sichtlich gedankenschwer schob sie zwei große Holzscheite nach. »Oh Gott, ich hoffe, dass es keine Toten gegeben hat. Hoffentlich halten unsere Leute so lange durch, bis die Verstärkung bei ihnen ist.«

Cedric und seine Männer wurden überfallen? Leah war zutiefst schockiert. Ihr erster Gedanke galt Cedric, sie flehte innerlich, dass er noch am Leben war und es ihm verhältnismäßig gut ging. Erst dann stolperte sie über den Namen MacKinley. »Aber befand sich Laird MacArthur nicht auf dem Weg zum MacKinley Clan? Warum wurde er dann von denen angegriffen?«

Corrine zuckte mit den Schultern und stierte abwesend an ihr vorbei auf einen imaginären Punkt.

Leah wusste, dass sie an Duncan dachte und sich Sorgen um ihn machte. Sie konnte nur zu gut verstehen, wie sie sich fühlte. Für einen Moment bedauerte sie, dass sie der Freundin nie von sich und Cedric erzählt hatte. Damit hätte sie ihr zeigen können, dass sie mit ihr fühlte. Automatisch wurde Leah auch daran erinnert, Cedric war ausgezogen, um seine Braut zu holen, und sie konnte nicht ausschließen, dass sie von ihm nur als Zeitvertreib benutzt worden war. In dem Fall war es besser, dass niemand von der Beziehung zwischen Cedric und ihr wusste. Eine tiefe Traurigkeit überfiel sie. Selbstverständlich hoffte sie inständig, dass ihm nichts zugestoßen war, andererseits wurde ihr in diesem Moment auch klar, dass sie Corrine nie wiedersehen würde, wenn sie wegen Cedric die Burg verlassen musste. Genauso wenig konnte sie einen Versuch starten, in ihre Zeit zurückzukehren, nicht ohne zu wissen, wie es Cedric ging. Sollte nämlich der Versuch glücken und sie ins einundzwanzigste Jahrhundert zurückbringen, würde sie sich für den Rest ihres Lebens fragen, was mit ihrer Liebe geschehen und ob Cedric womöglich an jenem Tag gestorben war.

Außerdem stellte sie sich zum ersten Mal die Frage, ob sie nach den Erlebnissen in der Vergangenheit jemals wieder ein normales Leben in ihrer Zeit führen könnte. Unmöglich konnte sie an dem Punkt weitermachen, an dem sie gegangen war. Und was war mit Daniel?

»Lass uns zu den anderen gehen«, sagte Corrine.

Leah nickte und verdrängte fürs Erste derartige Gedanken an ihre Zukunft.

Alles war vorbereitet, jetzt hieß es warten. Minuten schienen zu Stunden zu werden. Die Frauen verbrachten die Zeit auf unterschiedliche Weise. Einige saßen stumm da und starrten vor sich hin, ein paar murmelten Gebete und andere beruhigten sich mit einer Unterhaltung. Eine Weile hatten sie alle gemeinsam in der Großen Halle gehockt. Bedingt durch die Situation war es unvermeidbar, dass bei vielen Burgbewohnern Erinnerungen an den Schrecken von 1715 wach wurden. Sie erinnerten sich an jene tapferen Männer, die von der Schlacht nicht mehr heimkehrten und hatten die Bilder derer vor Augen, die schwerverwundet auf dem Boden der Großen Halle lagen und auf Linderung ihrer Schmerzen hofften.

Leah saß am Rande des Raums und hörte betroffen den Berichten zu. Das Warten zerrte an den Nerven und so zerstreute sich die Versammlung allmählich, zu der sich inzwischen auch einige Männer gesellt hatten, die mit den Vorsichtsmaßnahmen auf dem Burghof fertig waren. Die Wachposten in den Rundtürmen würden ohnehin unverzüglich Meldung geben, sobald sie etwas erspähten, und einer jener, die am Torhaus postiert waren, würde dann alle in der Großen Halle informieren.

Corrine wirkte geistig abwesend und sprach kein einziges Wort. Leah hatte sie immer wieder mitleidig von der Seite angesehen. Sicher schwelgte sie tief in Gedenken an ihre Familie. Corrines Vater und Bruder gehörten ja zu denen, die damals nicht zurückgekehrt waren.

»Ich werde mal nach dem Wasser schauen«, sagte Corrine irgendwann fast tonlos. Sie erhob sich und ging hinaus. Leah folgte ihr in die Burgküche. Sie wusste nicht, was sie Tröstliches sagen sollte, daher blieb sie unschlüssig einige Meter hinter ihr stehen und sah zu, wie Corrine die Temperatur im Kessel prüfte.

»Es geht mir gut«, sagte sie schließlich zu Leah.

»Du hast an deine Familie gedacht, habe ich recht?«, fragte Leah bedrückt.

Corrine nickte traurig. »Damals saßen wir auch alle in der Großen Halle. Wir hofften, warteten und beteten, dass unsere Mission erfolgreich gewesen sein möge und unsere Leute wohlbehalten zurückkehren würden. Aber was dann kam, war der absolute Albtraum. Niemand hatte mit dieser Menge an Verwundeten gerechnet.«

»So schlimm wird es dieses Mal nicht werden«, versuchte Leah sie zu beruhigen. »Immerhin handelt es sich bei den Gegnern nicht um die englische Armee, sondern um einen unruhestiftenden Clan.« Sie wusste, dass es irrelevant war, was sie redete, aber ihr fiel auf die Schnelle nichts Besseres ein. »Sicher haben die Gegner es nur auf die Waren abgesehen, die der Laird mit sich führte.« Deren Herausgabe Cedric und seine Männer natürlich mit allen Mitteln zu verhindern versuchten, setzte sie in Gedanken hinzu, und kam sich naiv vor.

Corrine wirkte dankbar für die tröstenden Worte und lächelte sie an, während Leah sich plötzlich fragte, ob die Waren Brautgeschenke darstellen sollten.

Mit einem Male brach Hektik aus, ein Dutzend Männer stürmte vom Burghof ins Innere. Corrine und Leah rannten in den Gang, um sich einen Überblick zu verschaffen.

Leah war schockiert über den Anblick, der sich ihr bot. Die Männer sahen aus wie eine Horde Wilder, vollkommen verdreckt und mit zum Teil kaputter oder blutbefleckter Kleidung. Anfangs entdeckte sie kein bekanntes Gesicht. Es waren Männer des gegnerischen Clans, wie sie an deren Plaids ersehen konnte. Dann sah sie Eachnann und Kenneth. Eachnann führte eine Gruppe an und wies den Männern den Weg. Ihm folgte einer mit blutender Kopfwunde, ein Hinkender, der sich schwer auf seinen Partner stützte, und zwei Männer, die einen dritten, offenbar Bewusstlosen, in ihrer Mitte schleppten. Die lärmende Menge begab sich in die Große Halle.

Während Leah ihnen mit ungläubigen Augen hinterher sah, schrie Corrine neben ihr plötzlich auf und schlug sich vor Entsetzen beide Hände vors Gesicht. Sie wirkte wie erstarrt. Leah folgte ihrem Blick. Fergus, Blaine, Iain und Connor hielten eine Decke, in der ein regungsloser, blutüberströmter Körper lag. Leah musste bei dem Anblick kurz gegen ein flaues Gefühl in der Magengegend ankämpfen.

»Duncan«, hörte sie Corrine voller Verzweiflung wimmern.

Duncan? Leah sah genauer hin, als das Quartett an ihnen vorbeihastete. In der Tat, bei dem Schwerverletzten handelte es sich um Duncan. Sie hatte ihn beim ersten Hinsehen gar nicht erkannt. Offenbar wollten die Männer ihn gesondert unterbringen.

Corrine war kalkweiß geworden, atmete stoßweise und war anscheinend unfähig, sich zu rühren. Leah musste sie bei den Schultern packen und kräftig rütteln, da sie nicht reagierte. Sie selbst fühlte sich schlagartig vollkommen klar.

»Du hast mir doch erzählt, dass du damals geholfen hast, die Heimkehrer zu versorgen?«, redete Leah laut auf sie ein. »Du weißt also, was du tun musst.«

Mit Tränen in den Augen sah Corrine sie schließlich an und nickte verstört.

»Gut, dann geh zu ihm! Versorge seine Wunden und bleibe bei ihm. Er braucht jetzt jemanden, der sich um ihn kümmert.« Sie rüttelte Corrine abermals, weil sie sich nicht sicher war, ob ihre Worte überhaupt bei ihr ankamen. Die Ärmste stand vollkommen neben sich. »Hast du mich verstanden?«, fragte sie scharf. »Geh zu ihm! Setz dich durch und lass dich von niemandem verscheuchen oder beiseite drängen. Wehre dich, wenn es jemand versuchen sollte. Du kümmerst dich um Duncan! Dafür musst du jetzt kämpfen. Tu es für dich und für ihn. Du kannst es, das weiß ich.«

Corrine nickte heftig, und Leah spürte, dass ihre Freundin am ganzen Körper zitterte.

»Konzentriere dich auf das, was zu tun ist. Du schaffst das! Und jetzt geh, er braucht dich!« Leah ließ sie los und Corrine raffte wortlos ihre Röcke und eilte in die Richtung, in die die Männer mit Duncan verschwunden waren.

Kraftvoll stieß Leah die Luft aus. Der gute Duncan hatte furchtbar ausgesehen, sie konnte nur hoffen, dass er stark genug war, um seine Verletzungen zu überleben.

Ein lautes Streitgespräch ließ sie herumfahren. Vor der Halle stand Cedric, Blutspuren zeichneten seine linke Gesichtshälfte, Auslöser schien eine Platzwunde oberhalb der Augenbraue zu sein. Zudem musste ihm jemand einen Schlag auf den Kopf versetzt haben, sein Haar war zerzaust und wirkte feucht und klebrig. Aber er lebte! Das war ihr das Wichtigste. Just in diesem Moment trafen sich ihre Blicke. Obwohl sein Aussehen verheerend war, strahlte er Vitalität, Kraft und Stärke aus, der Inbegriff eines stolzen Kriegers. Sie spürte eine Wärme in sich aufsteigen, die ihr Herz berührte. Am liebsten wäre Leah zu ihm gerannt und ihm vor Erleichterung um den Hals gefallen. Aber das aggressive Gebaren des deutlich älteren Mannes neben ihm war ihr unheimlich. Er trug den Tartan der MacKinleys. Er war extrem aufgebracht, fluchte und gestikulierte wild.

Cedric wandte sich ihm zu und lotste den Mann in die Große Halle.

Leah vermutete, dass er dessen Aufmerksamkeit nicht auf sie lenken wollte, obwohl sie dafür keine Erklärung hatte. Tief atmete sie durch, was sollte sie jetzt tun? Sie kam sich wie eine Schaulustige vor, die abseits stand und gaffte, ohne etwas zu tun. Sollte sie sich zurück in die Halle begeben und den Frauen zur Hand gehen? Inzwischen waren weitere Lädierte eingetroffen. Männer mit leichteren Blessuren, die noch selbst laufen konnten.

Leah war unsicher, wie ohne Desinfektionslösung, antiseptische Salben, sterile Wundauflagen und keimfreies Verbandsmaterial eine optimale Wundversorgung gewährleistet werden konnte, um zu verhindern, dass sich die Wunde später infizierte.

Sie zögerte, entschied dann aber, dass sie sich in jedem Fall mit einbringen musste. Vielleicht half es schon, wenn sie den erfahrenen Frauen etwas anreichte. Bei der Gelegenheit konnte sie denen unverfänglich über die Schultern schauen.

Entschlossen setzte sie sich in Bewegung, stockte aber abrupt, als sie Tavish entdeckte. Vor Entsetzen schlug sie die Hand vor den Mund und musste abermals tief durchatmen, um eine Übelkeit zu unterdrücken.

Tavish sah zum Fürchten aus. Seine ramponierte Kleidung war blutverschmiert. Immer noch sickerte Blut aus einer langgezogenen klaffenden Wunde am Oberarm, die den gesamten Arm bis zum Handrücken rot färbte. Der muskelbepackte Oberkörper war zum Teil unbedeckt und zeigte einen weiteren schrägverlaufenden Schnitt im Brustbereich, aus dem Blut quoll. Auch von seinem Oberschenkel abwärts verlief eine Blutspur, die von seinem Strumpf aufgesogen wurde. Er sah erschöpft aus und atmete schwer. Im Grunde grenzte es an ein Wunder, dass der Mann noch imstande war, aufrecht zu gehen.

War er für dieses Desaster verantwortlich? Ihr erster Impuls war es, ihm aus dem Weg zu gehen und sich versteckt zu halten, bis er in der Halle verschwunden war. Doch es bot sich gerade keine geeignete Deckung an, zudem hatte er sie bereits erspäht. Sekundenlang starrten sie einander an, seine Augen wirkten glasig. Dann wandte er sich abrupt ab, legte die Hand auf die Schulter des jungen Mannes neben ihm und flüsterte ihm etwas zu.

»Kommt her«, rief Tavish und winkte Leah heran.

Leah schluckte. Sicher war er verärgert, dass sie ihn beim Laird verraten hatte. Aber in seinem derzeitigen Zustand würde er ihr bestimmt nichts antun. Ganz langsam ging sie näher auf ihn zu, während sie zwischen ihm und dem anderen Mann hin und her sah. Dieser trug einen viel zu langes Plaid im MacKinley Tartan.

»Nehmt Euch ihrer an und kümmert Euch um sie«, sagte Tavish ohne Umschweife.

Sie? Leah war verwirrt.

Doch als der vermeintliche junge Mann sich zu ihr drehte, erkannte sie eindeutige weibliche Züge. Das Gesicht war feucht vor Tränen und die Augen vom Weinen gerötet. Sofort vergaß Leah alles andere um sich herum und wandte sich der verzweifelten Frau zu.

»Kommt mit mir. Ihr müsst ja Schreckliches mitgemacht haben«, sagte sie sanft.

Die Kleidung war ebenfalls blutverschmiert, aber es schien nicht ihr eigenes zu sein. Dankbar lächelte die junge Frau sie an und sah dann noch einmal intensiv zu Tavish auf.

»Alles wird gut, meine Liebe«, sagte er. Die Worte hatten fürsorglich, beinah zärtlich geklungen. Aufmunternd nickte Tavish ihr zu, während er beruhigend über ihren Oberarm strich.

Leah wunderte sich über die offensichtliche Vertrautheit, zog es aber vor, keine Fragen zu stellen, obwohl sie ihr auf der Zunge brannten. Tröstend legte sie den Arm um die Fremde. »Gehen wir in mein Zimmer, dort könnt Ihr Euch waschen und umziehen. Ich habe Kleider, die Euch passen könnten«, schlug sie vor.

Nach ein paar Metern drehte die Frau sich noch einmal zu Tavish um, der unverändert dastand und ihnen hinterher sah.

»Habt vielen Dank, Ihr müsst Miss Leah Branagh sein«, sagte sie, nachdem sie das Zimmer betreten hatte.

»Ich bin Catriona MacKinley.«

Leah war nur zu einem Nicken fähig. Catriona MacKinley, der Name hallte in ihrem Hirn nach. War sie Cedrics zukünftige Ehefrau? Der Gedanke schmerzte. Sie wusste nicht, wie sie sich dieser Person gegenüber verhalten sollte und begnügte sich damit, sie eingehend zu mustern.

»Oh, da ist ja meine Truhe«, rief sie plötzlich erfreut aus. Sie stürzte darauf zu und öffnete sie.

»Es ist alles da«, sagte Leah leise. Sie fühlte sich miserabel. Hatte Cedric gewusst, dass die Truhe der Frau gehörte, die er ehelichen sollte? Sie biss sich auf die Unterlippe, weil ihr die Tränen aufzusteigen drohten, als ihr das Ausmaß des Ganzen bewusst wurde. Wie konnte Cedric ihr das antun?

»Habt Ihr die Kleider denn gar nicht getragen?«, verwundert sah Catriona aus der Hocke zu ihr auf.

Leah schüttelte den Kopf.

Catriona griff nach dem braunen Kleid mit der blassgelben Spitze. »Darf ich?«

»Natürlich! Ihr braucht meine Zustimmung nicht, es sind schließlich Eure Kleider«, erwiderte sie. Zum Glück war Catriona entgangen, wie kühl und reserviert Leahs Antwort ausgefallen war, denn sie reagierte nicht darauf.

»Ich bin heilfroh, endlich aus diesen unsäglichen Sachen herauszukommen.«

Leah zwang sich zu einem Lächeln.

Die junge Frau sah in der Tat seltsam aus. Ihr Plaid reichte ihr bis weit unterhalb der Knie und darunter blitzte eine cremefarbene Hose aus grobem Leinen hervor.

»Ich hatte nichts anderes zur Verfügung«, erklärte Catriona leicht verlegen zu ihrem derzeitigen Erscheinungsbild. »Ihr sagtet, ich dürfe mich waschen?«

»Nur zu.« Leah goss frisches Wasser in die Schüssel und legte ein unbenutztes Handtuch daneben. »Sicher wollt Ihr warmes Wasser zum Waschen, ich werde welches holen.«

»Ach, das ist nicht nötig«, winkte Catriona ab und schälte sich aus ihren Sachen.

Leah hatte das Gefühl, keine Luft mehr zu bekommen. »Dann hole ich wenigstens noch einmal Wasser nach«, erklärte sie bestimmt. Immerhin hatte sie den ganzen Inhalt entleert. Ohne auf den Protest der jungen Lady zu achten, stürmte sie mit dem Krug in der Hand aus dem Zimmer. Im Gang lehnte sie sich aufatmend gegen die Wand. Natürlich hatte sie nur nach einem Vorwand gesucht, das Zimmer schnellstmöglich zu verlassen, und war keineswegs erpicht darauf, ihre Rivalin zu bedienen. Eigentlich fand sie die MacKinley sympathisch, das verschlimmerte die prekäre Situation. Catriona war freundlich und offen, hatte aber keinen Schimmer, dass sie mit der Person sprach, die mit ihrem zukünftigen Gatten das Bett teilte.

Leah ließ sich viel Zeit, bis sie mit dem vollen Wasserkrug zurückkehrte. »Tut mir leid, dass es so lange gedauert hat«, entschuldigte sie sich bei ihrem Eintreten. »Ich wurde aufgehalten, man benötigte anderwärtig meine Hilfe«, redete sie sich heraus.

»Ich bitte Euch, das ist doch kein Problem. Ihr hättet Euch gar nicht die Mühe machen müssen, ich bin auch so zurechtgekommen.« Sie lächelte Leah wohlwollend zu, konnte darüber hinaus aber nicht verbergen, dass sie erschöpft war.

Sie trug nicht mehr die Mütze, die ihre Lockenmähne versteckte und war bereits in das ausgewählte Kleid geschlüpft. Zum ersten Mal sah Leah Catriona so, wie Cedric sie sehen würde. Leah schluckte und zwang sich zu einem zaghaften Lächeln.

»Habt Ihr mitbekommen, ob mein Vater noch bei Eurem Laird ist?«, fragte Catriona.

»Vermutlich sind alle in der Großen Halle versammelt. Bedaure, mehr weiß ich leider nicht«, antwortete sie wahrheitsgemäß.

Catriona machte einen betrübten Eindruck. »Ich habe meinen Vater seit Langem nicht mehr so wütend erlebt. Hinzu kommt, dass er heute zwei seiner besten Männer verloren hat und sein eigener Bruder schwer verwundet ist. Ich hoffe, es gelingt Eurem Laird, ihn zu besänftigen, ansonsten kann ich es mir schenken, ihn auf meine Vermählung anzusprechen.« Sie seufzte schwer. »Es wäre eine Katastrophe, wenn mein Vater sich querstellen sollte. Ich liebe ihn …«, leiser fügte sie an, »… und es könnte immerhin möglich sein, dass ich bereits sein Kind in mir trage.«

Die Worte versetzten Leah einen schmerzlichen Stich in der Brust. »Sicher wird alles gut werden«, versuchte sie dennoch zu trösten.

»Das hat Tavish auch gesagt.« Sie starrte nachdenklich die Wand an. »Vielleicht sollte ich zu Vater gehen und versuchen, ihm ins Gewissen zu reden, nicht, dass er seine ganze Frustration an Eurem Laird auslässt, der nun wirklich keine Schuld an der Misere trägt.«

»Ich finde, die aufgebrachten Gemüter sollten sich erstmal beruhigen. Vorher wird es wenig sinnvoll sein, ein ernsthaftes Gespräch zu führen.«

Sie schien kurz darüber nachzudenken. »Ja, wahrscheinlich habt Ihr recht.«

Leah war der Gedanke unerträglich, dass Catriona zu ihrem Vater und Cedric laufen wollte, um über ihre Hochzeit zu sprechen. »Ihr seht erschöpft aus. Legt Euch hin und ruht Euch aus. Mit neu erwachten Lebensgeistern fällt ein schwerwiegendes Gespräch viel leichter. Ich werde Euch so lang allein lassen und schauen, wo ich helfen kann.«

Catriona lächelte sie freundlich an. »Meint Ihr wirklich? Ihr seid zu gütig, Miss Branagh.«

Leah kam sich wie eine Heuchlerin vor. Ewig konnte sie das Aufeinandertreffen von Cedric und seiner Catriona nicht verhindern. Sie fällte eine Entscheidung. Sobald es etwas ruhiger geworden war, würde sie ihr Highlanderkleid aus dem Schrank holen und sich in den speziellen Gang begeben.

So Gott will, würde sie sich in wenigen Stunden wieder im einundzwanzigsten Jahrhundert befinden.

*

Stöhnend fuhr Cedric sich mit der Hand durchs Gesicht. Er war müde und erschöpft, aber an Schlaf war noch lange nicht zu denken. Die Verwundeten beider Clans waren inzwischen versorgt. Selbst Tavish, der sich lange gesträubt hatte, sich behandeln zu lassen, war mittlerweile verbunden worden. Gedankenvoll sah Cedric ihn an. Tavish saß mit ausgestreckten Beinen auf dem Boden der Halle, mit Rücken und Kopf an die Mauer gelehnt. Er sah fahl aus und seine Augen waren geschlossen.

Er hatte erbittert gekämpft und sich dabei heftige Verletzungen zugezogen. Aber er hatte es geschafft, seinen Gegner, keinen geringeren als Olghar Lamont, zu bezwingen.

Olghar besaß im MacKinley Clan den Ruf eines berüchtigten Kämpfers, furchtlos, unerschrocken und nicht zu besiegen. Ein Mann, der jedem Gegner den Garaus machte. Jetzt war Olghar Lamont tot, der Mann, dem sie den ganzen Schlamassel zu verdanken hatten. Sein Tod war das einzig Positive an diesem schwarzen Tag gewesen.

Der Mistkerl hatte seinem Laird eingeredet, dass er, Cedric MacArthur, Catriona MacKinley entführt und verschleppt hätte, um sich einer Eheschließung zu entziehen. Olghar hatte ihn aufgestachelt und zum Handeln gezwungen, um seine angeblich beschmutzte Ehre zu retten. In Wahrheit war es dem Schurken um persönliche Rache gegangen. Die vom Laird versprochene Braut war vor ihm geflüchtet, noch dazu zum verhassten MacArthur Clan, um die Bekanntschaft des vom Rat vorgesehenen Bräutigams zu machen.

Mit gehöriger Wut im Bauch waren die MacKinleys aufgrund Olghars Ränke Richtung Westen geritten, um sich für die vermeintliche Entführung zu rächen.

Cedric hatte, kurz bevor sie im Begriff waren, eine enge Schlucht zu passieren, plötzlich das ungute Gefühl verspürt, dass etwas nicht stimmte. Er hatte seinen Männern ein Warnzeichen gegeben, dennoch waren nur gefühlte Sekundenbruchteile verstrichen, bis der MacKinley Clan zum Angriff übergegangen war. Dessen Männer waren in der Überzahl gewesen. Cedric sah sich gleich von mehreren Angreifern umzingelt und seinen Begleitern erging es ähnlich. Wären sie bereits in der Schlucht gewesen, hätten sie keine Chance gehabt. Die Enge wäre zu einer tödlichen Falle geworden.

Angus MacKinley gab sein Bestes, den Bruder von dessen fatalen Irrtum zu überzeugen und auch Catriona war nicht untätig. Cedric hatte ihre schrille Stimme noch immer im Ohr. Verzweifelt schrie sie die Männer ihres Clans an, gefälligst mit dem Unsinn aufzuhören, versuchte, ihnen klarzumachen, dass sie freiwillig beim Clan der MacArthurs war, aber niemand schenkte ihren Worten Beachtung.

Das Unheil war angerichtet und nahm seinen Lauf. Bis Angus MacKinley und seine Nichte sich im lärmenden Kampfgetümmel zu Laird MacKinley durchschlagen konnten, verging wertvolle Zeit. Weitere Zeit verstrich, bis der starrköpfige Mann endlich begriff, dass seine Tochter nicht gegen ihren Willen verschleppt worden war. Laird MacKinley pfiff sogleich seine Männer zurück und löste damit unter ihnen große Verwirrung aus.

Nur der Kampf zwischen Olghar und Tavish ging mit voller Härte weiter.

Olghar hatte sich zu Beginn auf Cedric gestürzt, weil er ihn als Kontrahenten betrachtete. Dann hatte Tavish sich in den Zweikampf gedrängt, indem er Olghar bewusst mit den Worten provozierte, er habe Catriona ›besessen‹. Wie ein Berserker stürzte sich Olghar Lamont daraufhin auf Tavish. Cedric wusste nicht, ob Catriona ihm gesteckt hatte, dass er dieser Olghar war oder ob Tavish während des Kampfes mitbekommen hatte, dass Olghar behauptete, Catriona gehöre ihm.

Als Cedrics Kopf herumschnellte, um sich dem nächsten Angreifer zu widmen, sah er gerade noch, wie ein MacKinley seinen Freund Duncan zu Boden streckte. Unbändige Wut erfasste ihn und er nahm sich den Kerl persönlich vor.

Aus dem Augenwinkel registrierte er, wie Angus MacKinley wild mit seinem Bruder stritt. Zeitgleich mit Dougal MacKinleys Befehl, die Kämpfe einzustellen, versetzte Cedric seinem Gegner den tödlichen Hieb.

Danach sah er sich erstmals Laird MacKinley gegenüber. Der war einen Kopf kleiner als er, sein Haar zeigte unverkennbare Grauspuren und einzelne ausgeprägte Falten im Gesicht verrieten das fortgeschrittene Alter. Der Mann besaß einen aufbrausenden, fast cholerischen Charakter und machte seinem Ärger lautstark und mit obszöner Wortwahl Luft.

In steifer Haltung verharrte Cedric schweigend, bis sein Gegenüber sich gemäßigt hatte. Furchtlos sah er ihm ins Gesicht und wartete, bis seine Aufmerksamkeit nicht länger von dessen Bruder oder der aufgelösten Catriona abgelenkt wurde.

Im Hintergrund ging der erbitterte Zweikampf zwischen Tavish und Olghar weiter.

Catriona hatte schreckliche Angst um Tavish, sie flehte ihren Vater an, den Kampf sofort zu beenden. Ihr verzweifelter und verständnisloser Blick huschte zwischen den beiden Lairds hin und her. Cedric konnte und durfte nicht eingreifen. Es war ein Gefecht auf Leben und Tod. Tavish war ein Kämpfer, der Olghar durchaus ebenbürtig war. Die zwei mussten diesen Disput untereinander ausfechten und es konnte nur einen Überlebenden geben. Cedric wusste dies und hoffte mit aller Kraft, dass Tavish den elendigen Intriganten zur Strecke brachte.

Auch Laird MacKinley war nach den Erkenntnissen über Olghar nicht gewillt, zu dessen Verteidigung einzuschreiten.

»Du darfst ihn jetzt nicht ablenken«, bläute Angus MacKinley seiner Nichte ein. Er hielt sie fest wie in einer Schraubzwinge, um sie daran zu hindern, zu Tavish zu rennen. »Eine winzige

Unachtsamkeit seinerseits kann seinen Tod bedeuten.«

Zum Glück zeigte die Frau schließlich ein Einsehen und nahm die Warnung ernst.

Cedric hatte Mitleid mit der verzweifelten Catriona, die um ihren Liebsten bangte, aber im Gegensatz zu ihr kannte er die Kampfkraft seines Clansmannes und glaubte an ihn.

Laird MacKinley war in dem Szenario nicht entgangen, dass seine Tochter eine besondere Verbindung zu dem betreffenden MacArthur Mann zu pflegen schien.

»Ihr seid also Laird MacArthur«, polterte er und musterte Cedric angewidert von Kopf bis Fuß. »Habt Ihr mein Kind gleich an Eure Männer weitergereicht und hatten sie die Ehre, meine Tochter vor Euch zu testen?«

»Ich muss doch sehr bitten!«, knurrte Cedric und ballte seine Hände zu Fäusten, ohne sie zu heben. Den herrischen Ton versuchte er zu ignorieren und nicht auf die vulgäre Anspielung einzugehen. Er wollte vermeiden, den Laird zusätzlich zu reizen. MacKinley war von einem engen Vertrauten hinters Licht geführt worden und hatte sich zu einem hinterhältigen Überfall hinreißen lassen. Cedric gestand dem Mann einen gewissen Zorn zu, auch wenn ihm seine wüste Anmaßung übel aufstieß. Er biss die Zähne zusammen und maß ihn mit einem warnenden Gesichtsausdruck, während er hoffte, den Kerl nicht daran erinnern zu müssen, wer wen überfallen hatte. Immerhin war es sein gutes Recht, Aufklärung und eine angemessene Entschädigung für den Überfall zu fordern, anstatt sich von ihm beleidigen zu lassen.

Ein kurzer Gedanke an Leah rief ihm wieder ins Gedächtnis, warum er sich auf den Weg gemacht hatte. Dass er früher als erwartet auf den MacKinley Clan treffen würde, konnte niemand ahnen. Dennoch blieb die Mission dieselbe. Cedric zwang sich, Ruhe zu bewahren und sich nicht von seiner Wut über den infamen Angriff leiten zu lassen. Es verlangte ihm einiges an Selbstbeherrschung ab, vor allem, wenn er an seinen Freund Duncan dachte, den es schwer erwischt hatte.

Gerade als Cedric einen Vorschlag zur Güte vorbringen wollte, wurde er von einem knappen abgehackten Schrei abgelenkt. Olghar Lamont sackte in die Knie, kippte zur Seite und blieb reglos im Gras liegen. Sekundenlang herrschte in beiden Clans eine tödliche Stille.

Cedric atmete auf und schickte ein Dankesgebet zum Himmel. MacKinley verdrehte die Augen und zog einen Mundwinkel zerknirscht nach oben, damit war die Angelegenheit für ihn beendet. Catriona schoss desorientiert von dem Findling hoch, auf dem sie wie ein Häufchen Elend gehockt hatte, und bahnte sich stolpernd einen Weg durch die Herumstehenden.

Laird MacKinley missfiel das Verhalten seiner Tochter sichtlich. Mit verzerrter Miene starrte er zuerst seinen Bruder, dann Cedric an.

»Was geht hier eigentlich vor?«, donnerte er und wollte seinem Kind nachsetzen.

Der Bruder hielt ihn am Arm zurück. »Es hat seine Richtigkeit!«

Cedric fiel auf, dass Angus MacKinley mit einem Mal fahl wirkte und eine leicht gekrümmte Haltung einnahm.

»Verflucht noch mal! Du hättest deiner Tochter Glauben schenken sollen, als sie dir sagte, was Olghar getan hat.« Angus zeigte in die Richtung, in der Olghar tot am Boden lag. »Aber das Thema hat sich ja zum Glück erledigt. Jetzt kannst du deinen starrsinnigen Fehler wiedergutmachen. Sie gehört zu ihm«, keuchend wies er auf Tavish, der von Catriona stürmisch umarmt wurde. »Er ist ein guter Mann, er hat mir das Leben gerettet.«

Der Laird lief dunkelrot an und holte zu einem Wutschwall aus, brach aber abrupt ab, als sein Bruder neben ihm in sich zusammensank. Reflexartig griffen er und ein Clansmann ihm unter die Arme und halfen ihm, sich auf dem Findling niederzusetzen, auf dem Catriona zuvor gehockt hatte.

»Er ist von einer anderen Verletzung noch geschwächt«, erklärte Cedric. »Ich schlage vor, uns unverzüglich auf den Weg zu meiner Burg zu begeben. Die Verwundeten unserer Clans sollten versorgt werden. Die Entfernung dorthin ist bedeutend kürzer als zu Eurem Ansitz. Ohnehin drängt die Zeit, einer meiner Männer befindet sich im kritischen Zustand.«

»Einen Teufel werd ich tun!«, schimpfte Dougal MacKinley.

»Ich fürchte, Ihr werdet keine Wahl haben!« Cedrics Ton wurde schärfer. »Wir beide haben eine Menge zu klären, und das werde ich keineswegs hier an Ort und Stelle tun, wo einer meiner Leute neben mir mit dem Tode ringt.«

»Ihr beschwert Euch? Ihr habt gerade zwei meiner Männer ins Jenseits befördert.«

Aus dem Augenwinkel bemerkte Cedric, dass Tavish schwer atmend auf ihn zukam. Catriona hing wie ein Klammeräffchen an ihm, doch seine Aufmerksamkeit war auf die beiden Lairds gerichtet, als würde er die Frau an seiner Seite gar nicht bemerken.

»Das habt Ihr Euch selbst zuzuschreiben«, sagte Cedric unbeeindruckt. »Denkt an Eure Tochter und seht Euch Euren Bruder an. Er wird den langen Weg zu Eurem Castle nicht überstehen, wollt Ihr das riskieren?« Ohne auf das abfällige Grunzen des Älteren zu reagieren, befahl er seinen Gefolgsleuten, aufzusitzen. Duncan war zwischenzeitlich auf einen der Wagen geladen und behelfsmäßig versorgt worden. Rasch umfunktionierte Säcke und Felle sollten eine halbwegs stabile Lage gewährleisten und ihn vor groben Erschütterungen sichern.

Mittlerweile waren Tavish und Catriona neben ihnen eingetroffen. Catriona bemerkte den Zustand ihres Onkels und stürzte besorgt auf ihn zu. Laird MacKinley und Tavish musterten sich abschätzend. Cedric sah neben seinen Männern Blaine auftauchen, den er zuletzt an Duncans Seite hatte knien sehen. Via Blickkontakt und Zeichensprache deutete er an, dass es nicht gut um ihren Mann stand, und sie unmittelbar aufbrechen sollten.

Cedric nickte schmerzvoll betrübt und Blaine entfernte sich in Richtung der Wagen. »Wir werden keine Zeit mehr vergeuden«, wandte er sich forsch an Laird MacKinley. »Am besten, Ihr folgt uns mit Euren Leuten.«

Der Laird ließ keinen Zweifel aufkommen, dass ihm das nicht passte. Er befürchtete, dass er in eine Falle gelockt werden sollte, weshalb er vehement protestierte und gegen den MacArthur Clan wetterte.

»Ich gebe Euch mein Wort, dass ich nicht beabsichtige, Euch in irgendeiner Form zu hintergehen, sofern Ihr mir Eures gebt, meine Burg in friedvoller Absicht zu betreten.« Seine Männer waren bereit. Die Wagenführer waren dabei, ihre Gefährte zu wenden und sich in Bewegung zu setzen.

Aufgrund der Umstände sah Laird MacKinley sich schließlich genötigt, Vernunft walten zu lassen und auf das Angebot einzugehen.

Angesichts dessen, dass sie mehrere Wagen mitführten, und nicht zuletzt wegen des schwer verletzen Duncans kamen sie nur langsam voran. Angus lag ebenfalls in einem Gefährt, sein Pferd war hinten angebunden, da der Mann zu einem Ritt nicht mehr in der Lage war.

Auf halber Strecke kam ihnen der Trupp vom MacArthur Clan entgegengeritten. Ein kritischer Moment, der kurzweilig für große Aufregung unter den MacKinleys sorgte. Cedric schickte zwei seiner Leute zu den Neuankömmlingen voraus, während MacKinleys Männer bereits ausschwärmten, um sich für einen möglichen Angriff zu positionieren.

Mit Araigh in der Mitte, der sie anführte, kehrten die Ausgesandten zurück.

»Ist es wahr?«, wandte Araigh sich an Cedric und beäugte den älteren Mann neben ihm kritisch.

»Aye«, bestätigte Cedric. »Die MacKinleys begleiten uns zur Burg. Niemand wird ihnen ein Haar krümmen, verstanden? Sie sind unsere

Gäste!«

Araigh ließ den Blick argwöhnisch über die ausgeschwärmten MacKinleys schweifen, woraufhin MacKinley Entwarnung gab und seine Männer anwies, sich wieder in die Kolonne einzureihen.

Nach einer kurzen Unterbrechung, in der Cedric ein weiteres Mal nach Duncan gesehen hatte, war die Reise weitergegangen. Cedric hatte sich über die ganze Strecke arge Sorgen um seinen Freund gemacht und war kaum in der Lage gewesen, Laird MacKinley seine Aufmerksamkeit zu widmen. So war er ganz dankbar gewesen, dass dessen Tochter fast unentwegt geredet hatte, in der Hoffnung, dem Vater ihre Handlungsweise verständlich zu machen. Alles hatte er nicht mitbekommen, da sie sich teilweise weit zurückfallen ließen, um Familieninternes zu diskutieren.

In der Großen Halle war es bis auf gedämpftes Gemurmel ruhig geworden. Diverse Gruppen hatten sich gebildet, aber Clanmänner der MacKinleys und der MacArthurs streng getrennt voneinander, niemand schien der Eintracht so recht zu trauen. Jeder beobachtete die Männer des anderen Clans genau.

Nachdenklich hatte Cedric sich halb auf die Tischkante gesetzt und nippte an einem Becher

Ale. Duncan war in guten Händen. Alles, was Cedric für seinen Freund tun konnte, war beten, damit er dem Tod von der Schippe sprang. Duncan sah furchtbar bleich und mitgenommen aus, so hatte er ihn nie zuvor gesehen. Auch war er nach wie vor nicht ansprechbar, das beunruhigte ihn sehr. Doch die erfahrene Heilerin sah darin nicht das Hauptproblem. Sie kümmerte sich zusammen mit einer Corrine, die ihr zur Hand ging, aufopfernd um ihn. Cedric hatte gebeten, an seiner Seite bleiben zu dürfen, bis er zu sich kam, doch Rinalda hatte ihn schlichtweg hinausgeworfen und gemeint, er würde nur im Wege stehen. Schweren Herzens war er gegangen.

Angus MacKinley war wieder bei Bewusstsein. In halbliegender Position unterhielt er sich intensiv mit seinem Bruder. Cedric musterte die beiden. Wenn der Laird so friedlich dasaß, konnte er nicht darüber hinwegtäuschen, dass er nicht mehr der Jüngste war. Offenbar hatte ihm das lange Sitzen im Sattel zugesetzt. Mehrfach massierte er sich verstohlen das Kreuz oder rieb sich verkniffen das rechte gestreckte Bein. Als er in diesem Moment den Kopf hob und sich ihre Blicke trafen, erhob Cedric sich und ging auf die beiden zu.

»Wie fühlt Ihr Euch, Mister MacKinley?«, wandte er sich an den Jüngeren.

Angus MacKinley schmunzelte bedauernd.

»Ehrlich gesagt, ich habe mich schon besser gefühlt, aber ich will nicht klagen.«

»Ich hoffe, Ihr habt dem Narren, der ihm das angetan hat, eine gehörige Lektion erteilt«, beschwerte sich Dougal. »Wie kann es angehen, dass der Schwachkopf einfach wild in der Gegend herumballert? Ihr könnt von Glück sagen, dass sich kein Rotrock in der Nähe befunden hat, der den Schuss hätte hören können. Ihr seid noch jung, aber Ihr tätet gut daran, Eure Leute besser im Griff zu haben.«

Cedric presste kurz die Lippen aufeinander. Es missfiel ihm gewaltig, sich von dem Laird irgendwelche Belehrungen anhören zu müssen. »Seid gewiss, ich habe mich unverzüglich um die Angelegenheit gekümmert«, entgegnete er in einem Ton, der keinen Widerspruch zuließ. Ausgerechnet ein Kerl, der mit den Rotröcken regen Handel trieb, wagte es, ihn wie einen dummen Jungen vor ihnen zu warnen? Der Mann stellte seine Friedfertigkeit wahrlich auf eine harte Probe. Gemächlich zog Cedric sich einen Schemel heran und setzte sich betont langsam, als müsse er testen, ob der sein Gewicht trug. Der Laird ließ ihn währenddessen nicht aus den Augen. Nachdem er seine Position gefunden hatte, blickte er den Mann herausfordernd an, bis der Ältere schließlich wegsah. Erstmals fiel ihm die unverkennbare Ähnlichkeit der Geschwister auf, nur das Angus MacKinley deutlich jünger war. Er schätzte den Altersunterschied auf etwa zehn Jahre.

»Euer Mann …«, Dougal MacKinley machte eine Kopfbewegung in Richtung Tavish, »… ist ein ausgezeichneter Kämpfer.« Anerkennung klang aus seiner Stimme.

»Aye, das ist er!« Andächtig nickend drehte Cedric sich zu Tavish herum, der gerade einen Becher mit dampfendem Inhalt von einer Küchenmagd entgegennahm. Als er sich wieder dem Laird zuwandte, sah der ihn ernst und durchdringend an.

»Was geschieht nun in Bezug auf meine Tochter?«

Cedric räusperte sich. »Wenn ich mich nicht täusche, hat sie Euch auf dem Weg hierher die Sachlage erläutert«, antwortete er vorsichtig.

MacKinley stieß ein Grunzen aus. »Sie ist ein eigenwilliges Frauenzimmer. Ständig versucht sie, ihren Kopf durchzusetzen. Ich bin es leid!« Verbissen sah er zur Seite. »Soll sich der künftiger Gemahl mit ihren Eigenheiten herumschlagen.« Er fuchtelte dabei mit dem Arm in der Luft. »Vielleicht gelingt es ihm, aus ihr eine fügsame Lady zu formen.«

Cedric wusste nicht recht, wie er die Aussage deuten sollte, und warf einen hilflosen Blick auf Angus MacKinley.

»Bedeutet das, du stimmst der Verbindung zwischen ihr und Tavish zu?«, fragte Angus seinen Bruder daraufhin direkt.

Der Laird sprang auf, wobei er kurz schmerzvoll das Gesicht verzog und dann geschickt sein Gewicht auf das andere Bein verlagerte. »Das habe ich nicht gesagt! Sie hätte Alastair heiraten sollen, damit wäre uns allen gedient gewesen, aber dieser MacPherson Feigling hat ja den Schwanz eingezogen und Olghar ist tot. Viele Möglichkeiten eröffnen sich nicht mehr. Catriona hat mit ihrer leichtfertigen Art das Schicksal zu sehr herausgefordert.« Verstimmt stapfte er neben dem Krankenlager auf und ab.

»Was willst du denn damit ausdrücken?«, beschwerte sich Angus. »Catriona kann am wenigsten für das Desaster. Der Schuldige ist einzig und allein Olghar, auch wenn es dir schwerfällt zuzugeben, dass du dich von dem Kerl hast täuschen lassen.«

»Ja ja ja ja«, wehrte der Ältere mit einer gereizten Handbewegung ab. Abrupt stoppte er sein unruhiges Auf und Ab und starrte Cedric MacArthur an. »Was ist mit Euch?«

»Was soll mit mir sein?«, fragte Cedric unschuldig.

»Nun, wenn ich Euch daran erinnern darf, würde der Rat es gerne sehen, wenn Ihr meine Tochter zur Frau nehmt.«

Ein kritischer Moment. Cedric holte tief Luft und ließ sie ganz bedächtig wieder entweichen. »Ihr habt eine wundervolle Tochter, dessen müsst Ihr Euch bewusst sein, doch als ich das Vergnügen hatte, ihre Bekanntschaft zu machen, gehörte ihr Herz bereits einem anderen.« Sein Blick wanderte kurz zu Tavish und wieder zurück, um keinen Zweifel aufkommen zu lassen, von wem die Rede war. »Und der Korrektheit wegen muss ich Euch mitteilen, dass die Wahl meiner Lairdess schon vor dieser Begegnung gefällt war.«

»Ihr habt Mut, mir Eure Ablehnung dreist ins Gesicht zu sagen«, knurrte Dougal.

»Verzeihung, ich wollte nur ehrlich sein«, entgegnete Cedric mit mehr Selbstbewusstsein, als er gerade verspürte. »Ich denke, das bin ich Euch schuldig.«

»Ihr schuldet mir gar nichts!« Der Laird war ungehalten. »Ihr haltet mein Kind also nicht für würdig, Eure Lairdess zu werden?« Versuchte der Laird gerade, seine Tochter um jeden Preis an den Mann zu bringen?

Cedric war auf der Hut. »Darum geht es hier nicht! Sondern darum, dass unsere beiden Herzen eine andere Wahl getroffen haben. Wollt Ihr Euch wirklich dem Glück Eurer Tochter in den Weg stellen? Tavish ist ein hervorragender Mann, er wird ihr ein guter und treuer Ehemann sein. Die beiden lieben einander.«

Laird MacKinley schnaubte. »Ich halte nichts von dieser Gefühlsduselei. Solche Dinge ergeben sich von selbst, wenn man erst das Bett miteinander teilt.«

»Soweit ich informiert bin, haben sie das bereits getan«, murmelte Cedric, gerade laut genug, dass der Laird ihn verstehen konnte. Er sah den Mann dabei bewusst nicht an.

»Vielen Dank auch, dass Ihr mich an ihre Schamlosigkeit erinnert«, maulte Dougal. Zerknirscht nahm er wieder Platz. »Ich werde Euch meine Entscheidung mitteilen, sobald ich mit Catriona und diesem Tavish persönlich gesprochen habe.«

Cedric nickte. Er konnte mit dem bisherigen Verlauf des Gesprächs zufrieden sein, auch wenn er gern sofort eine bindende Antwort gehabt hätte.

Es war spät geworden, der Großteil der Halle lag bereits im Dunkeln. Nur im vorderen Bereich spendeten ein paar Fackeln ein wenig Licht. Die meisten Männer lagen auf ihren Decken und schliefen, einige schnarchten erschöpft. Cedric hatte dem Laird sowie dessen Bruder ein bequemes Gästezimmer angeboten, doch beide hatten es vorgezogen, bei ihrem Clan zu nächtigen. Vorsicht und Zweifel dem anderen Clan gegenüber überwogen nach wie vor.

Jene MacKinleys, die unverletzt waren, wechselten sich mit der Nachtwache ab, und auch Cedric postierte für alle Fälle zusätzliche Posten.

*

Leah fühlte sich hilflos und mit der Situation überfordert. Ziellos irrte sie durch die Gänge der Burg, stets bemüht, einen weiten Bogen um die Große Halle zu machen. Was sollte sie tun? Ihren Mut zusammennehmen, zu den anderen Frauen gehen und Hilfe anbieten? Sie seufzte. Oder sollte sie zurück in ihr Zimmer gehen und sich mit ihrer Konkurrentin auseinandersetzen? Nach einer gefühlten Ewigkeit kehrte sie ernüchtert zu ihrem Zimmer zurück, schließlich konnte sie nicht die ganze Nacht herumirren. Leise öffnete sie die Tür und trat ein. Catriona lag angezogen auf ihrem Bett und schlief tief und fest. Eine Weile stand sie ratlos da und betrachtete die junge Frau. Sie hatte durch ihre kräftige Lockenmähne etwas Wildes, aber ihr Gesicht wirkte zart und verletzlich. Wie sie dalag, erweckte sie den Eindruck, als sei sie aus der sitzenden Position eingeschlafen und zur Seite gekippt.

Leah atmete tief durch, griff dann vorsichtig nach Catrionas Beinen und schob sie auf das Bett. Sie rekelte sich und murmelte etwas in gälischer Sprache, schlief aber weiter.

Einige Minuten nahm Leah auf dem einzigen Stuhl Platz und betrachtete sie im Halbdunkeln.

Catriona lag auf dem Bett, in dem Leah sich noch vor Stunden intensiv mit Cedric geliebt hatte. Der Gedanke schnürte ihr beinahe die Kehle zu. Sie sprang auf, öffnete den Schrank und zog das magische Kleid heraus, das sie in diese Epoche katapultiert hatte. Entschlossen streifte sie es über und verließ das Zimmer. In der geöffneten Tür hielt sie kurz inne und ließ den Raum auf sich wirken, danach schloss Leah sie und begab sich in den Gang, der zum Weinkeller hinunterführte. Wie in jener Nacht war er nur schwach beleuchtet und sie musste sich an der Wand entlangtasten.

Cedric war am Leben, das war alles, was sie wissen wollte. Nun war es an der Zeit zu gehen. Sie hatte in dieser Epoche nichts mehr verloren. Zwangsläufig drängten sich ihr Bilder auf, wie Cedric sich mit Catriona in den Kissen wälzte und er mit ihr das tat, was sie mit ihm erlebt hatte. Ob er mit ihr glücklich werden würde? Würde er gelegentlich an sie zurückdenken? Energisch wischte sie sich eine Träne von der Wange, schloss die Augen und wartete konzentriert auf den Strudel, der sie fort sog.

Nichts geschah! Allmählich wurde sie wütend. »Warum?«, klagte sie immer wieder leise vor sich hin. »Warum will es nicht funktionieren?«

Leah hatte das Zeitgefühl verloren, sie konnte nicht mehr sagen, wie lange sie in dem Gang zugebracht hatte. Sie fühlte sich ausgelaugt und mutlos, ihre Füße kribbelten inzwischen vor Kälte. Sie wollte und konnte auch nicht in die Schlafkammer zurück – ihr Bett war belegt.

Sie tastete sich in den Hauptgang zurück, schlich an ihrem Zimmer vorbei und probierte die Türen der übrigen Gästeunterkünfte. Das Herz klopfte ihr bis zum Hals; nicht, dass sie plötzlich im Zimmer einer fremden Person stand, womöglich noch einer männlichen. Die Räume waren alle abgesperrt. Gedanklich sah sie sich schon auf dem Fußboden im Gang schlafen. Die letzte Tür ließ sich schließlich doch öffnen. Der Schein des Mondes leuchtete durch das schmale Fenster. Leah blinzelte, es schien sich um einen Lagerraum zu handeln. Mehrere mit Stroh gefüllte Matratzen lagen an der Wand aufeinandergestapelt. Sie zog sich die oberste herunter und setzte sich darauf. Lange hatte sie sich nicht mehr so miserabel gefühlt. Traurig starrte sie vor sich hin.

Irgendwann musste Leah die Müdigkeit übermannt haben, denn als sie die Augen öffnete, war es taghell. Sie brauchte einen Moment, um sich zu orientieren. Steif erhob sie sich und strich ihr Kleid glatt. Sie schenkte es sich, die Matratze wieder auf den Stapel zu wuchten, fast fluchtartig verließ sie die Notunterkunft.

Es waren jede Menge fremde Clanleute in der Burg, die alle verköstigt werden mussten. Sicher war in der Burgküche bereits die Hölle los. Eine Beschäftigung würde Leah in ihrer Situation sicher guttun, Morag wartete bestimmt schon ungeduldig auf sie.

Vor ihrem Zimmer hielt sie inne. In diesem Kleid konnte sie unmöglich in der Küche auftauchen, sie musste sich umziehen. Sie seufzte, denn sie würde gern darauf verzichten, Catriona zu sehen. In der Hoffnung, dass sie noch schlief, betrat sie den Raum. Ihre Hoffnung wurde nicht erfüllt, Catriona saß auf dem Bett und sah sie an.

Leah rang sich einen knappen Morgengruß ab und machte sich daran, ihre Kleidung zu wechseln.

»Was ist passiert?« Catriona erhob sich vom Bett und kam besorgt auf sie zu.

»Was soll denn passiert sein?«, fragte Leah, konnte aber den schnippischen Ton nicht unterdrücken.

Catriona wirkte verwirrt. »Nun, Ihr seht furchtbar aus, wenn ich das sagen darf.«

»Oh, vielen Dank«, zischte Leah.

»Ist … ist es meinetwegen? Seid Ihr verärgert, dass ich Euer Zimmer in Beschlag genommen habe? Es tut mir leid, dass ich so tief geschlafen habe, aber Ihr hättet mich natürlich jederzeit wecken können.«

Ihre freundliche, mitfühlende Stimme trieb Leah beinah wieder die Tränen in die Augen, aber diese Blöße wollte sie sich vor dieser Frau nicht geben. Abrupt wandte sie ihr den Rücken zu, während ihr Blick auf den Haufen der blutverschmierten Kleidung fiel, die Catriona gestern getragen hatte.

Doch Catriona ließ sich nicht abwimmeln. »Miss Branagh, Ihr macht mir wahrlich ein schlechtes Gewissen. Kann ich irgendetwas für Euch tun?«

»Ja!« Leah fuhr herum. »Lasst mich in Ruhe!« Sie hatte keine Lust mehr, die Freundliche zu mimen. Die Rückkehr in ihre Zeit war fehlgeschlagen, das bedeutete, dass ihre Tage in der Burg gezählt waren. Sie konnte nicht bleiben und zusehen, wie Cedric und diese Frau ein glückliches Paar sein würden, während ihr Leben ein Scherbenhaufen war.

Catriona wich erschrocken zurück. »Aber was habt Ihr denn?« Verzweiflung klang aus ihrer Stimme. Sichtlich erstaunt sah sie Leah an.

»Was ich habe? Denkt Ihr, ich weiß nicht, wer Ihr seid und warum Ihr hier seid?«, fuhr Leah ihr Gegenüber an. Warum sollte sie Cedrics Zukünftige verschonen? Sie war wütend und schmerzlich enttäuscht. »Die Leute in der Burg tuscheln!

Mir ist bekannt, warum Laird MacArthur mit seinen Leuten aufgebrochen ist. Was ich nicht verstehen kann ist, warum ausgerechnet Euer Clan unsere Männer angegriffen hat. Aber das geht mich auch nichts an. Fakt ist, Ihr seid nun da und ich bin überflüssig!«

Catriona blickte sie anscheinend vollkommen verständnislos an und versuchte, sich zu äußern, doch Leah ließ sie gar nicht erst zu Wort kommen. Der ganze Schmerz brach aus ihr heraus.

»Ihr habt mir gesagt, wie sehr Ihr ihn liebt … nun …« Sie stemmte die Hände herausfordernd in die Hüften und hob ihr Kinn. »Tut mir leid, Euch mitteilen zu müssen, dass unsere Gunst demselben Mann gehört und er keinen Zweifel daran ließ, dass er meine Gefühle erwidert.«

Sollte Catriona Cedric daraufhin die Hölle heißmachen, konnte Leah das nur recht sein. Warum sollte er ungeschoren aus der Sache herauskommen? Wahrscheinlich würde er nach dieser Aktion ihren Wunsch, seine Burg zu verlassen, nur allzu gern unterstützen. »Ihr müsst Euch dennoch keine Sorgen machen, ich werde Eurem Glück nicht im Wege stehen. Sobald wie möglich werde ich den Clan verlassen und Ihr werdet mich nie wiedersehen. Verzeiht mir, wenn ich Cedric und Euch nicht alles Gute wünsche. Und jetzt entschuldigt, ich habe zu tun.«

Catriona versuchte, sie aufzuhalten, doch sie

ergriff stürmisch die Flucht und wäre an der Ecke um ein Haar mit Tavish zusammengeprallt. Er griff nach ihrem Arm, aber sie riss sich wortlos los und rannte weiter.

Bevor sie den Küchentrakt betrat, atmete sie durch, um ihre aufgepeitschten Nerven zu beruhigen. Gern hätte sie jetzt Corrine um sich gehabt, aber die hatte derzeit andere Sorgen.

Morag unterrichtete die Küchenhilfen, dass sie auf Corrines Arbeitskraft die nächsten Tage verzichten müssten, da sie bei der Versorgung eines Verwundeten gebraucht werde. Leah war erleichtert, das zu hören, Corrine hatte ihren Rat befolgt und sich nicht abwimmeln lassen. Sie hoffte für die Freundin, dass ihr Einsatz irgendwann Früchte trug und Duncan erkannte, wie sehr diese Frau ihn liebte. Aber vorrangig war erst mal, dass Duncan wieder gesund wurde.

Auf Nachfrage bekam sie gesagt, dass sein Zustand immer noch kritisch sei, er aber teilweise bei Bewusstsein gewesen sein soll. Mechanisch verrichtete Leah die Arbeit und ging dabei den anderen Frauen weitgehend aus dem Weg. Sie hatte keine Lust, sich an dem Getuschel und den Spekulationen zu beteiligen. Dennoch ließ es sich nicht vermeiden, dass sie die einen oder anderen Wortfetzen mit anhören musste. Die Frauen wetteiferten regelrecht und brüsteten sich damit, was sie in der Großen Halle aufgeschnappt hatten und bildeten daraus ihre eigene Version der Ereignisse. Auffallend häufig fiel Tavishs Name, was Leah verwunderte. Was hatte er damit zu tun? Sie horchte zwar auf, wagte aber nicht nachzuhaken, aus Furcht, jemand könnte ihr anmerken, dass mit ihr etwas nicht stimmte und sie dadurch ins Kreuzfeuer geriet.

Der Tag zog sich endlos in die Länge. Am späten Nachmittag brühte sie sich einen Becher Früchtetee auf und setzte sich an das Kopfende des langen Küchentisches. Es herrschte gerade eine ruhigere Phase, in der die anderen Mägde sich ebenfalls eine Pause gönnten. Ein paar Frauen aus der Näh- und Webstube gesellten sich auch zu ihnen.

Leah erfuhr, dass Cedric schon vor Stunden mit dem Laird MacKinley in seinem Arbeitszimmer verschwunden war.

»Der Bruder des Lairds und die Tochter sind auch anwesend«, wusste Amena zu berichten. »Sicher handeln sie die Bedingungen für die Eheschließung aus.«

»Das kann ich mir nicht vorstellen«, meinte Enya. »Mir scheint, als hätte unser Laird nicht das geringste Interesse an der Frau. Ich glaube eher, es geht um den sinnlosen Überfall. Warum sonst wären Tavish, Iain und Blaine dabei? Ich sah sie hineingehen.«

»Ihr werdet es noch früh genug erfahren«, sagte Morag gelassen. »Bedenkt, dass die MacKinleys seit Ewigkeiten als Feinde unseres Clans gelten, natürlich werden die Lairds nun Einiges zu besprechen und zu klären haben.«

»Also geht es doch um eine Vermählung«, beharrte Amena. »Auch wenn es nie offiziell bekanntgegeben wurde, wissen wir doch alle, dass die mächtigen Clans eine solche Verbindung wünschen.«

»Du willst doch nur, dass es darum geht«, warf Freya ein, »weil du hoffst, dass bei den Feierlichkeiten ein paar starke Kerle für dich abfallen.«

»Und wenn schon!«, maulte Amena, während die anderen sich vor Lachen bogen.

»Warum bist du der Ansicht, dass sie viel zu besprechen hätten?«, ging Enya auf Morags Äußerung ein. »Glaubst du etwa auch, dass unser Laird diese Frau heiraten wird?«

Alle Augen waren auf Morag gerichtet, die sich mit der Antwort Zeit ließ. »Vom optischen Erscheinungsbild betrachtet, hätte es ihn weitaus schlimmer treffen können. Die junge MacKinley ist ganz hübsch anzusehen und macht einen freundlichen Eindruck. Sicher ergäbe sie eine angenehme und würdige Lairdess, dennoch bin ich persönlich davon überzeugt, dass er sie unter gar keinen Umständen zur Frau nehmen wird.« Morag war die Älteste hier, sie kannte Cedric schon von Geburt an, deshalb löste ihre Meinung

Überraschung und Bestürzung zugleich aus.

Alle begannen durcheinanderzureden. Der Lärmpegel schwoll an, jede Magd versuchte, ihre Ansicht lautstark zu vertreten.

Leah schlürfte ihren Tee und hörte aufmerksam den Diskussionen zu, vergaß darüber hinaus sogar zeitweilig, dass sie selbst unmittelbar beteiligt war. Die angeregte Debatte zog weitere Zuhörer an, die sich, neugierig geworden, um den Küchentisch drängten, darunter Frauen aus der Waschküche, die sich derzeit nur um die dringend benötigten Verbände kümmerten.

»Also gut, wer ist der Ansicht, dass sie da drinnen über die Hochzeit von unserem Laird und der MacKinley Tochter verhandeln?«, drängte sich Amena in den Vordergrund. Sofort flogen die ersten Hände nach oben. Sekundenlang passierte nichts, dann gingen weitere Hände skeptisch, aber sehr zögerlich nach oben. Amena sah strahlend in die Runde, offenbar fühlte sie sich bestätigt, auch wenn nicht alle Anwesenden die Hand gehoben hatten.

Amena wandte sich plötzlich an Leah. »Was ist mit dir? Du hast während der ganzen Zeit noch keinen einzigen Ton dazu gesagt.«

»Was … ich?« Leah war vollkommen überrumpelt und starrte perplex in die Runde. Alle Augen waren mit einem Mal auf sie gerichtet und sie fühlte sich extrem unwohl.

»Aye, wer sonst?« Einige der Frauen lachten amüsiert.

»Es geht immerhin um unseren Laird und die Zukunft unseres Clans, das geht uns alle an«, sagte eine korpulente Frau aus der Waschküche. Leah hatte sie einige Male gesehen, wenn sie am dampfenden Waschtrog stand. Ihren Namen hatte sie sich nicht gemerkt.

»Du bist noch nicht sehr lange bei uns, dennoch kann es dir unmöglich egal sein«, setzte Amena nach. »Wieso hast du so gar nichts zu der Sache zu sagen?«, fragte sie herausfordernd.

Leah bekam Schnappatmung. Natürlich war es ihr nicht egal, wie könnte es? In Cedrics Arbeitsraum wurde indirekt gerade über ihr Leben entschieden, aber das war natürlich ein Punkt, der niemanden etwas anging. Sie verbarg ihre feuchten zittrigen Hände unterhalb der Tischplatte und versuchte panikartig, ihre Gedanken zu sortieren.

»Vielleicht, weil sie die Antwort auf all unsere Fragen längst kennt«, meldete sich unverhofft eine Frau zu Wort, die direkt am Eingang stand. Sie sah Leah neugierig an. »Mein Neffe hat mal so gewisse Andeutungen fallen lassen.«

Die Blicke der anderen Frauen huschten gespannt zwischen den beiden hin und her.

Leah kannte sie, ihr Name war Sinéad. Sie hatte die gesamte Weberei unter sich, in der die Plaids der Männer hergestellt wurden. Eine kluge und elegante Frau mittleren Alters. Ihr Kommentar hatte keineswegs feindselig geklungen, dennoch fühlte Leah sich angegriffen und war enttäuscht, dass die sonst so freundliche Frau ihr in den Rücken fiel.

»Was soll der Unsinn?«, fuhr Leah auf. »Wie kommt Ihr darauf, dass ich angeblich mehr wüsste?« Hilflos rang sie die Arme. »Und was sollen das für Andeutungen sein? Ich kenne Euren Neffen doch überhaupt nicht.«

»Das ist Duncans Tante«, klärte Enya sie auf.

»Oh!« Sofort senkte Leah die Augen und errötete vor Scham. Sie hatte keine Ahnung gehabt, woher auch? »Das … das wusste ich nicht«, stammelte sie und wünschte, dass sich unter ihr ein tiefes Loch auftäte, in dem sie rasch verschwinden könnte.

»Ich bitte Euch, das macht gar nichts«, hörte Leah sie noch sagen, bevor die anderen sich wie die Geier mit Fragen auf sie stürzten.

Den ganzen Tag hatte Leah mühsam die Beherrschung bewahrt, jetzt war ihre Kraft am Ende. Sie musste unverzüglich aus der Küche, sonst konnte sie für nichts mehr garantieren. Sie schoss hoch, ohne auf die erstaunten Blicke zu achten, und begab sich zum Ausgang, streng bemüht, gemächlichen Schrittes und mit erhobenem Haupt an den Frauen vorbeizugehen. Sollten sie sich ruhig weiter das Mundwerk zerreißen, sie konnte und wollte sich das nicht länger antun.

Wenn Amena recht hatte, dann war Catriona bei Cedric in seinem Arbeitsraum, das hieß, sie konnte zumindest in ihr Zimmer, ohne zu befürchten, die Konkurrentin anzutreffen. Dennoch spähte sie zuerst vorsichtig hinein, bevor sie erleichtert eintrat. Catriona hatte alles ordentlich hinterlassen, die blutverschmierten Sachen vom Boden waren verschwunden und das Bett akkurat gemacht, als wäre sie nie dort gewesen. Schwermütig setzte Leah sich darauf und strich sich sorgenvoll durch die Haare. Was sollte jetzt aus ihr werden?

Ein Klopfen an der Tür riss sie irgendwann aus ihren trübsinnigen Gedanken. Wer konnte das sein? Sie wollte in ihrem Elend niemanden um sich haben, also verhielt sie sich ruhig und reagierte nicht. Sie hoffte, die Person würde wieder gehen, doch ihre Hoffnung wurde nicht erfüllt. Jemand öffnete ganz langsam die Tür. Leah stieß einen innerlichen Fluch aus. Warum nur hatte sie den Riegel nicht vorgeschoben? Als sie dann sah, wer sich unbefugt Zutritt verschaffte, sprang sie entsetzt auf und nahm eine Abwehrhaltung ein.

»Cedric … ich meine, Laird MacArthur, was verschafft mir die Ehre Eures Besuches?«

Cedric zog verwundert die Stirn in Falten.

»Entschuldige, ich wollte dich nicht erschrecken. Ich dachte, du hättest dich hingelegt und deshalb mein Klopfen nicht wahrgenommen.«

»Es ist helllichter Tag, warum sollte ich mich hingelegt haben?«, fragte sie kühl. »Ich habe Euer Klopfen sehr wohl gehört. Was wünscht Ihr?«

Cedric blieb auf halben Weg stehen und starrte sie erstaunt an. »Leah? Was ist los mit dir? Warum bist du so abweisend?«

Im raschen Rhythmus hob und senkte sich ihr Brustkorb. Seine pure Anwesenheit und der Anblick seiner stattlichen Erscheinung lösten Erinnerungen aus, die zutiefst schmerzten.

»Du bist verärgert, weil ich nicht sofort nach unserer, nicht ganz freiwilligen Rückkehr zu dir gekommen bin«, mutmaßte er. »Es ging nicht, das musst du verstehen. Dir dürfte bekannt sein, dass wir vom MacKinley Clan angegriffen worden sind. Die Umstände geboten es, das Missverständnis, welches zu dem Überfall führte, restlos aufzuklären. Erst danach war es möglich, Gespräche über die Zukunft seiner Tochter zu erörtern, immerhin hängt beides untrennbar zusammen. Laird MacKinley ist nicht einfach im Umgang, aber dank der Unterstützung seiner Tochter und dem Bruder des Lairds ist es uns gelungen, ein Abkommen zu treffen. Es ist für den Moment alles recht verwirrend, ich werde dir bei Gelegenheit die ganze Geschichte in Ruhe erklären.« Er machte Anstalten, auf sie zuzukommen, stoppte aber abrupt, als er sah, dass sie zurückwich. »Leah?«

»Gib dir keine Mühe, du musst mir nichts erklären. Ich weiß Bescheid!« In steifer Haltung stand sie da und versuchte, mehr Würde zu demonstrieren, als es ihre Kraft zuließ.

»Wovon zum Teufel redest du?« Jetzt wirkte er verärgert.

»Du bist losgezogen, um deine zukünftige Gemahlin abzuholen, Catriona MacKinley. Alle in der Burg reden davon, dass ihr bald vermählt werdet. Was erwartest du von mir?« Sollte er ruhig verärgert sein, das machte es Leah leichter, denn sie war weit mehr als das. »Glaubst du, du kannst weiterhin in mein Bett kommen, wann immer es dich gelüstet? Vergiss es!« Sie ließ Cedric ihre Verachtung spüren, während sie heftig mit den Armen gestikulierte. »Du hast mich die ganze Zeit benutzt, ich hoffe, du hattest deinen Spaß. Ich werde nämlich nicht deine heimliche Geliebte spielen.« Trotzig stampfte sie bei dem Wort ›nicht‹ mit dem Fuß auf und verschränkte die Arme vor der Brust.

»So denkst du also über mich? Ich bin tief enttäuscht, dass du mir solch ein niederträchtiges Verhalten zutraust.« Seine Stimme erhob sich, klang richtig wütend. »Nur zu deiner Information, ich bin zum MacKinley Clan aufgebrochen, nicht um meine Braut abzuholen, sondern um mit dem Laird zu verhandeln, um einen anderen Weg zu finden, vor dem Rat der großen Clans eine Einigung zu demonstrieren, ohne dass es zwangsläufig zu dieser Ehe kommen muss. Ich habe dir vorher nichts davon erzählt, weil ich erst den Ausgang der Verhandlungen abwarten wollte. Die Heirat war ein Wunsch des Rates, niemals mein eigener! Aber das scheint wohl keine Rolle mehr zu spielen. Unfassbar, was du mir unterstellst!« Abrupt drehte er sich um und stapfte mit ausladenden Schritten zur Tür. Mit ohrenbetäubendem Knall krachte sie hinter ihm ins Schloss.

Wie erstarrt blieb sie stehen, noch nie hatte sie ihn derart wütend erlebt. Mit weichen Knien tapste sie zum Bett und ließ sich, während sie sich am hinteren Pfosten festklammerte, langsam darauf niedersinken. Normalerweise waren derart emotionale Ausbrüche nicht ihre Art. Sie hatte ihn verletzen, ihm wehtun wollen, aber war sie womöglich über das Ziel hinausgeschossen? Grübelnd zupfte sie an einem Faden der Decke, als es erneut an ihrer Tür pochte. Für den Bruchteil einer Sekunde hoffte sie, dass Cedric zurückgekehrt wäre. Aber die Person, die auf ihre Bitte hin eintrat, war nicht der Laird.

»Was wollt *Ihr* denn?«, fragte sie desinteressiert und schenkte Tavish einen knappen Blick.

»Ich fragte mich gerade, warum Cedric so außer sich an mir vorbeigerauscht ist. Was habt Ihr zu ihm gesagt?«

»Ich denke, das geht Euch nichts an!«, sagte sie leise.

»Da bin ich anderer Ansicht!« Ungebeten kam Tavish näher. »Kann es sein, dass Ihr einem Irrtum aufgesessen seid?«

In Leah wuchs Verzweiflung, sie schwieg und hoffte, dass er dadurch rascher verschwand.

»Catriona erzählte mir bereits, dass Ihr Euch sehr abweisend ihr gegenüber verhalten habt, was nur bedeuten kann, dass Ihr falsche Informationen habt.«

Leah war der Überzeugung, dass sie ihn am schnellsten los wurde, wenn sie seine Ansprache über sich ergehen ließ.

Tavish zögerte, ihr Schweigen schien ihn zu irritieren. »Aye, wie dem auch sei. Die Lairds sind zu einer, für alle zufriedenstellende Einigung gelangt. Die Fehde ist beigelegt und ein Friedensabkommen unterzeichnet, damit ist Cedric frei und meiner Vermählung mit Catriona MacKinley steht ebenfalls nichts mehr im Wege. Ich nehme an, das hatte Cedric Euch sagen wollen, bevor Ihr mit Eurem Gezeter begonnen habt.«

Hatte sie das gerade richtig verstanden? Verstört sprang sie auf. »Wieso Eure Hochzeit? Ich verstehe nicht ...«

Tavish zog einen Mundwinkel grinsend nach oben. »Vielleicht hättet Ihr den Laird ausreden lassen sollen.« Er marschierte zur Tür, doch ehe er ging, drehte er sich um. »Übrigens, die Vorräte, die Ihr mir freundlicherweise besorgt habt, waren für Catriona und ihren Onkel gewesen. Dafür meinen Dank und verzeiht, dass ich gezwungen war, Euch zu bedrohen. Ich bin nicht stolz darauf, ich hoffe, Ihr könnt mir vergeben.«

Hilflos stand Leah mitten im Raum, sie hatte ihn aufhalten wollen, aber er war ohne weitere Erklärungen gegangen. Allmählich begriff sie. Systematisch spielte sie den Ablauf durch und es passte alles zusammen. Sie musste unbedingt sofort mit Cedric sprechen. Nervös machte sie sich frisch, richtete ihr Haar und ging auf die Suche nach ihm. Vermutlich traf sie ihn in seinem Arbeitsraum an. Sie hoffte, dass er allein sein würde. Auf dem Weg dorthin traf sie Corrine, sie hatte einen Stapel Leinentücher aus der Wäschekammer geholt. Sie sah übernächtigt aus, dunkle Ringe zeichneten sich unter den Augen ab.

»Wie geht es Duncan?«, fragte Leah ehrlich interessiert.

»Er schläft viel, das liegt an dem Mittel, was Rinalda ihm alle zwei Stunden verabreicht, aber sie meint, dass er es schaffen wird. Im Moment ist er gerade wach, der Laird ist bei ihm. Gleich müssen wir seine Verbände wechseln, damit sich die Wunde nicht entzündet.«

»Das hört sich gut an, richte ihm bitte meine Genesungswünsche aus.«

Corrine nickte dankend und schaute nach rechts und links, ob jemand in der Nähe war. »Stell dir vor, er wusste meinen Namen.« Ein kleines Aufleuchten zeigte sich in ihren Augen. »Ich war kurz eingeschlafen, ausgerechnet mit dem Kopf auf seiner Bettdecke und den Arm hatte ich auch halb um ihn. Es war furchtbar peinlich, ausgerechnet da wachte er auf. Ich bin hochgeschreckt, weil er mir mit der Hand übers Haar strich und meinen Namen flüsterte.« Sie presste die Tücher gegen ihren Brustkorb und errötete. »Die Situation war mir so unangenehm, dass ich nicht wusste, wie ich das erklären sollte und nur wirres Zeug gestammelt habe.« Sie sah verlegen zu Boden. »Duncan hat daraufhin meine Hand genommen und mich angelächelt, aber dann kehrte Rinalda zurück.«

Leah schmunzelte zuversichtlich. »Ich denke, ihr zwei seid auf dem richtigen Weg.«

Corrine seufzte. »Ohne deine eindringlichen Worte hätte ich mich nie getraut, seine Pflege an mich zu reißen. Ich muss jetzt auch wieder, Rinalda wartet sicher schon.«

Nachdenklich sah Leah ihrer Freundin nach, die den Gang entlang eilte.

Cedric war also gerade bei Duncan, dennoch machte sie sich auf den Weg zu seinem Arbeitsraum, in der Hoffnung, dass er anschließend dort auftauchen würde. Viele Dinge gingen ihr durch den Kopf, während sie auf ihn wartete. Sie war so in Gedanken vertieft, dass sie erst spät bemerkte, dass er auf sie zukam. Zwei Meter vor ihr stoppte er, schweigend fixierten sie einander.

»Ich hörte, du warst gerade bei Duncan? Wie geht es ihm?«, fragte sie, weil sie nicht wusste, was sie sagen sollte.

»Den Umständen entsprechend, er ist noch sehr schwach«, erwiderte er knapp. »Bist du deshalb gekommen?«

Betreten schüttelte Leah den Kopf. »Nein ... ich ... ich wollte mit dir reden.«

Stumm schaute er sie an. Es kam ihr wie eine Ewigkeit vor, bis er endlich eine Reaktion zeigte. Er öffnete die Tür und avisierte ihr, dass sie eintreten möge. Wieder zog sich das Schweigen in die Länge.

»Was hast du mir zu sagen?«, fragte er schließlich. Seine Stimme hatte den gewohnten, sonoren Klang, er war also nicht mehr wütend. Trotzdem wusste sie nicht recht, wie sie beginnen sollte. Nervös malträtierte Leah mit den Zähnen die Unterlippe.

»Es tut mir leid, was ich gesagt habe.« Sie schluckte und sah ihn an. »Es tat so weh, von allen Seiten zu hören zu bekommen, dass du die Frau heiraten wirst.«

»Leute tratschen nun mal, das ist normal. Du hättest mir vertrauen sollen.«

»Wie denn?«, fuhr sie auf. »Du hast mit keinem Wort erwähnt, weshalb du den MacKinley Clan aufsuchen wolltest. Du hast mir nicht gesagt, wohin deine Reise gehen sollte, geschweige denn den Grund dafür.«

Cedric kratzte sich betreten am Kinn. »Aye, das ist wahr! Ich dachte, es sei klüger, dir erst von der Sache zu erzählen, wenn ich wieder zurück wäre.«

»Weil du *mir* nicht vertraut hast?«

»Nein! Weil ich selbst nicht wusste, wie die Verhandlungen mit Laird MacKinley verlaufen würden. Alles wäre möglich gewesen, nur dass die MacKinleys uns bereits auf halber Strecke erwarteten, damit konnte niemand rechnen.« Er erläuterte in kurzen Sätzen Abläufe und Hintergründe des Überfalls.

»Als wir uns zum ersten Mal gegenüberstanden, hast du mich gefragt, ob ich Catriona MacKinley sei«, erinnerte Leah ihn.

»Aye! Ich hätte dem Laird durchaus zugetraut, dass er seine Tochter vorschickt, um mich zu demütigen und zu verhöhnen, nachdem der Rat zwischen unseren Clans die Verbindung durch eine Vermählung vorgeschlagen hatte. Tatsächlich ist es ja auch so ähnlich abgelaufen, nur das Catriona sich aus eigenem Antrieb und ohne Wissen ihres Vaters in meinen Clan geschlichen hat und ...«

»... und statt auf dich auf Tavish getroffen ist«, vollendete Leah den Satz.

»So könnte man es auch ausdrücken.« Cedric schmunzelte. »Ich finde, die beiden ergeben ein ausgezeichnetes Paar. Durch seine Heimlichtuerei um diese Frau hat er sich zwar selbst unnötige Probleme eingehandelt, aber ich denke, das war sie ihm wert. Catriona ist die ideale Gefährtin für Tavish.«

Leah dachte eine Weile darüber nach. Aus ihrer Sicht kannte sie Tavish nur als grimmigen und wüsten Gesellen. Vielleicht war es nur seine äußere harte Schale, die jedoch einen sensiblen Kern verbarg. Dennoch fiel es Leah überaus schwer, sich Tavish als leidenschaftlichen Liebhaber vorzustellen.

»Ich weiß, er hat sich dir gegenüber nicht von seiner besten Seite gezeigt, und ich heiße die Art und Weise, wie er mit dir umgegangen ist, absolut nicht gut. Dennoch bin ich überzeugt, dass er dir niemals wirklich etwas angetan hätte.«

Zweifelnd schielte sie zu ihm auf. Doch allmählich spürte sie große Erleichterung aufsteigen, vor allem, weil Cedric auf sie zukam und lächelte.

»Sieh es mal so«, er umfasste ihre Taille, »ich hatte ebenfalls allerhand Differenzen mit Tavish. Er ist ein stolzer und eigenwilliger Mensch, aber gleichgültig, was geschehen ist, im Grunde sollten wir beide ihm dankbar sein.« Verständnislos musterte sie ihn.

Cedric schmunzelte vielsagend. »So wie Catriona für Tavish die perfekte Gemahlin ist, so bist du für mich die einzig wahre Frau an meiner Seite. Mein Clan wird ihre wunderschöne Lairdess ins Herz schließen und sie lieben, so wie ich dich liebe.«

»Was?« Leah blieb der Atem weg.

Cedric warf den Kopf in den Nacken und lachte herzhaft. »Aye, was dachtest du denn?« Er zog sie enger an sich, und hauchte einen Kuss auf ihre Stirn. Bis Leah die Tragweite seiner Worte begriffen hatte, dauerte es einen Moment, dann sammelten sich Tränen in ihren Augen, aber diesmal waren es Tränen der Rührung und der Freude. Sie schlang ihm die Arme um den Hals, als sie bemerkte, dass ihre Knie weich wurden.

Cedric hatte ihr auf seine ganze eigene Weise zu verstehen gegeben, dass er sie zur Gemahlin wollte. Glücklich schmiegte sie sich an ihn.

»Ich denke, es war eine göttliche Fügung, dass du ausgerechnet in meiner Burg Zuflucht gesucht hast, nachdem du dich in den Highlands verirrt hattest.«

Leah seufzte ergriffen. Die wahre Geschichte musste für alle Zeit ihr Geheimnis bleiben. Die offizielle Version, die sie allen erzählt hatte, lautete, dass sie sich bei dem Bestreben, ihre schottische Großmutter ausfindig zu machen, in den Highlands verirrt hatte, nachdem sie einem dubiosen Kerl auf den Leim gegangen war, der ihr versichert hatte, er wisse, wo die besagte Dame wohne. Stattdessen habe er sie auf halbem Wege ausgesetzt und sei mit ihrer bescheidenen Habe auf und davon. Die Amnesie erklärte sie damit, dass ihr die ganze Sache peinlich gewesen war und sie sich für ihre Dummheit geschämt hatte. Mit dieser Geschichte waren schließlich der Laird und die anderen des Clans zufrieden gewesen.

»Du bedauerst es doch nicht etwa, bei mir gelandet zu sein?«, fragte er schelmisch.

»Nein, selbstverständlich nicht!«, glücklich strahlte sie ihn an.

»Wenn du möchtest, werde ich dir helfen, deine Großmutter aufzuspüren«, sagte er und sah sie erwartungsvoll an.

Sie musste ihn dauerhaft von diesem Einfall abbringen, überzeugend schüttelte sie den Kopf. »Das ist mir längst nicht mehr wichtig! Es war von vornherein eine irrsinnige Idee. Die Frau wäre ohnehin eine Fremde für mich, außerdem müsste sie inzwischen weit über achtzig sein, wenn sie überhaupt noch am Leben ist.« Im Hinterkopf dachte sie, dass sie nun nie mehr erfahren würde, warum die Großmutter sie zu sich bestellt hatte, aber was immer es war, es interessierte sie nicht. Sie musste zwangsläufig lächeln, als sie sich klarmachte, dass die Frau erst in über zweihundert Jahren das Licht der Welt erblicken würde. »Ja, es muss in der Tat eine göttliche Fügung gewesen sein, dass wir einander begegnet sind«, beantwortete sie ihm seine Frage nun.

Ob es jetzt göttliche Fügung oder pure Magie war, sei dahingestellt, dachte Leah, wichtig war einzig und allein, dass sie einander gefunden hatten. Alles andere war nicht länger von Bedeutung.

»*Tha gaol agam ort*«, hauchte er zärtlich an ihrem Mund.

»Ich liebe dich auch, Cedric«, erwiderte Leah voller Inbrunst.

Er lächelte, als ihre Lippen zu einem leidenschaftlichen Kuss aufeinandertrafen.

Epilog

Liebevoll betrachtete Leah MacArthur das Gesicht ihres Sohnes. Cailan schlummerte gesättigt und zufrieden in ihrem Arm. Sie konnte sich an diesem Anblick gar nicht sattsehen.
»Schaut nur, wie er an seinem Däumchen nuckelt«, sagte sie entzückt. Seit drei Wochen war sie Mutter und Cailan ihr ganzer Stolz.

Kurz vor der Niederkunft hatte sie eine Phase banger Besorgnis durchgemacht, in der sie sich fragte, wie sie ihr Kind ohne moderne Geburtsklinik, ausgebildete Hebammen und Ärzte auf die Welt bringen sollte. Inzwischen hatte sie die Erfahrung und das Wissen einer Heilerin zu schätzen gelernt. Leah war erstaunt, wie sie ohne medizinische Instrumente und technischer Ausstattung relativ präzise Aussagen machen konnten. Durch jahrelange Erfahrung bei unzähligen Geburten besaßen diese Frauen offenbar ein Gespür, das im hektischen Jahrhundert ihrer Zeit verloren gegangen war.

Leah war glücklich mit ihrem Leben, und um nichts in der Welt würde sie es gegen ihr vorheriges eintauschen wollen. Nur selten dachte sie noch an das einundzwanzigste Jahrhundert zurück.

»Heute ist es auf den Tag genau ein Jahr her, dass Duncan so schwer verwundet wurde«, sagte Corrine plötzlich und sah abwesend zum Fenster, während sie die Hand schützend auf ihren Bauch legte, der bei genauerem Hinsehen schon eine leichte Wölbung erkennen ließ.

»Wer weiß, ob ihr zwei ohne dieses Unglück jemals zusammengefunden hättet?«, gab Catriona zu bedenken.

Corrine seufzte. »Darüber habe ich oft nachgedacht«, gestand sie, »auch wenn Duncan behauptet, dass ich ihm schon vorher aufgefallen sei. Dennoch, das Leid und die Schmerzen hätte ich ihm gerne erspart.«

Catriona verknotete den Faden der letzten Naht und legte das fertige Hemdchen auf den kleinen runden Tisch neben sich. Stöhnend nahm sie eine bequemere Sitzposition ein, während sie sich undamenhaft über ihre Leibesfülle beklagte. Damals, als sie und Tavish vor Laird MacKinley und Cedric um ihre Liebe kämpften, nutzte sie eine mögliche Schwangerschaft als zusätzliches Druckmittel, um ihren Vater zu überzeugen, der Verbindung zuzustimmen. Nicht lange darauf war sie tatsächlich guter Hoffnung.

Leah und Corrine lachten amüsiert; dass Catriona gelegentlich fluchte wie ein Mann, waren sie von ihr längst gewöhnt.

»Warte nur ab«, beschwerte sich Catriona bei

Corrine, »in wenigen Monaten schaust du auch aus wie ein Walross.«

»In etwa drei Wochen hast du es überstanden, dann hältst du ebenfalls ein kleines Wunder im Arm«, tröstete Leah, ohne die Augen von ihrem schlafenden Sohn abzuwenden.

»Ich hätte nichts dagegen, wenn es jetzt losginge«, murrte Catriona. »Ich finde es schrecklich, von Tavish ständig wie ein rohes Ei behandelt zu werden.«

»Oh, ich finde es rührend«, entgegnete Corrine. »Seit Duncan weiß, dass ich in anderen Umständen bin, trägt er mich noch mehr auf Händen, als er es zuvor schon getan hat«, schwärmte sie mit verklärtem Gesichtsausdruck.

Leah grinste, während sie dem Schlagabtausch folgte. Corrine und Catriona waren selten einer Meinung. Dennoch verbrachten die drei Frauen viel Zeit miteinander, wenn ihre Männer beschäftigt waren. Auch zu Catriona hatte Leah eine innige Freundschaft aufgebaut, ihre Vermählungen folgten kurz aufeinander und die fast zeitgleichen Schwangerschaften stärkten dieses Band.

Im Clan der MacArthurs war Catriona nach anfänglicher Skepsis gut aufgenommen worden. Inzwischen interessierte sich niemand mehr dafür, dass sie eine MacKinley war. Intensive Beziehungen zu ihrem Clan bestanden trotz der

Verbindung nicht, worüber niemand traurig war, auch Catriona nicht.

Der Rat der großen Clans war von der Planänderung nicht erbaut gewesen, hatte sich aber schließlich von den Beteuerungen beider Clanoberhäupter beschwichtigen und überzeugen lassen.

Vor fünf Monaten erfüllte sich auch Corrines größter Traum an jenem Tag, als sie Duncans Gemahlin wurde. Seine Verwundung war vollständig ausgeheilt und außer einer kleinen Narbe hatte er keinen Schaden zurückbehalten.

Zufrieden lächelnd blickte Leah in die Runde. Niemals hätte sie sich vorstellen können, dass sie ausgerechnet in der Vergangenheit ihr großes Glück finden würde.

Sie war nun eine Lairdess und Cedric der beste Ehemann, den sie sich je erträumt hatte.

Sie liebte ihn und ihre kleine Familie über alles und vermisste nichts aus ihrem alten Leben in einem anderen Jahrhundert.

Ende

Mehr von Emilia Doyle:

Entgegen aller Vernunft
Roman über eine Liebe in den Südstaaten, im Vorfeld des Amerikanischen Bürgerkrieges.

Flora heiratet einen reichen Plantagenbesitzer, aber es fällt ihr schwer, sich in die Welt der Pflanzer-Aristokratie einzugewöhnen.

Von ihrem Ehemann fühlt sie sich unverstanden und ihre Schwiegermutter lässt kein gutes Haar an ihr.

Eines Tages begegnet sie dem charmanten Gavin Pears, einem Soldat aus dem Norden, der in Charleston stationiert ist.

Flora ist von dem Mann hingerissen und lässt sich auf eine riskante Liebesbeziehung mit ihm ein. Doch ist die junge Frau geschaffen für ein Leben aus Lügen und Geheimnissen?

Das schlechte Gewissen quält sie zunehmend. Aber auch die sich verschärfenden Beziehungen zwischen dem Norden und dem Süden belasten ihre Liebe.

Sie treffen eine Entscheidung, doch das Schicksal hat längst entschieden.

Ruf des Südens: Zeitreiseroman

Nach einem Streit mit ihrem Freund Benjamin irrt Nathalie während eines Gewitters durch ein Neubaugebiet und stürzt in eine Baugrube.

Als sie wieder zu sich kommt, sieht sie sich kurz darauf einem Reiter gegenüber, der sich als Hank Craven vorstellt. Verwirrt lässt sie sich von ihm auf seine Plantage bringen.

Langsam begreift Nathalie, dass sie durch ein Zeitloch gefallen und im Süden der USA gelandet ist. Der Sklavenhandel blüht und das Land steht kurz vor dem Bürgerkrieg.

Trotz ihrer Furcht und der Sehnsucht nach ihrer Familie arrangiert sie sich mit der neuen Lebenssituation, stößt aber durch ihre unkonventionelle Art den Sklaven gegenüber auf Unverständnis. Sie zieht sich den Hass von Mathew, Hanks Stiefbruder und Besitzer der Plantage, zu, der sie beschuldigt, eine Hure zu sein oder gar der Abolitionistenbewegung anzugehören, die den Sklaven zur Flucht verhilft.

Nathalie, die ihre Herkunft nicht nachweisen kann, verliebt sich in Hank und steht hilflos Mathews Forderung gegenüber, seine Mätresse zu werden. Andernfalls würde er sie von der Plantage jagen.

Ball der Hoffnung

Die attraktive Ashley Callahan träumt in ihrer jugendlichen Unschuld von rauschenden Bällen und zahlreichen Verehrern, in der Hoffnung baldmöglichst einen Ehemann zu finden, um dem freudlosen Elternhaus zu entfliehen.

Aber ihr strenger Vater hat eigene Pläne.

Er will sie mit dem Sohn seines verstorbenen Freundes Arthur Fulgham verheiraten.

Ashley ist verzweifelt. Unter keinen Umständen will sie den Sohn dieses Teufels zum Gemahl.

Ihrem selbstgefälligen Bruder kann sie nicht trauen, oder ihn gar um Hilfe bitten.

Sie schmiedet einen Plan.

Unverhofft bekommt sie Unterstützung von ihrer Tante Tawinia, die sie kurzerhand entführt.

Aus alten Schuldgefühlen heraus, will sie Ashley helfen, einen liebevollen Gentleman kennenzulernen, um der arrangierten Ehe zu entkommen.

Doch das Unterfangen gestaltet sich schwieriger als erwartet, und die Zeit sitzt ihnen im Nacken. Zudem muss Ashley erkennen, das nichts ist, wie es scheint.

Der Fluch der Greystokes

- Die Suche
- Verbotene Gefühle
- Macht der Liebe

Romantische, mysteriöse Liebesgeschichte, überschattet von einem alten Fluch

Das schändliche Verhalten eines Urahnen hat zur Folge, dass alle männlichen Nachkommen mit einem Fluch belastet sind und sich bei Vollmond in einen Werwolf verwandeln.
Nur die Liebe kann ihren Fluch brechen.
Aber warum ist es den Generationen vor ihnen nicht gelungen?
Wo liegt das wahre Geheimnis zur Erlösung?